Vanessa Halen

Ein neues Leben!

Impressum

Alle Fakten über dieses Buch

„Wahre Schönheit kommt von innen - aus dem Inneren des Herzens. Und da können selbst die besten Cremes und die teuersten Schönheitspillen nicht nachhelfen."

Ein neues Leben!
Neue Lebensfreude, Glück und Wohlbefinden mit der sensationellen Para-Methode

Cover-Design & Layout:
Vanessa Halen

Fotos & Abbildungen:
Hemera Photo Objects, Corel, Aztech

Redaktion:
Vanessa Halen

Druck:
Libri Books on Demand
Georg Lingenbrink GmbH & Co., Norderstedt

Hinweis der Autorin:
Die Informationen und Ratschläge in diesem Buch können keinesfalls eine fachmännische Diagnose oder Behandlung ersetzen. Eine Haftung der Autorin für Personen-, Sach- und Vermögensschäden ist daher ausgeschlossen. Bei ernsten Erkrankungen oder in Zweifelsfällen ist ein Arztbesuch dringend anzuraten.

Über die Autorin:
Vanessa Halen ist Werbefachfrau und Autorin mit den Schwerpunkten Medizin, Gesundheit, Beauty und Wellness. Als freie Journalistin hat sie bereits zahlreiche Fachartikel in Zeitschriften und Zeitungen veröffentlicht. Die Autorin macht es sich in ihren Werken zur Aufgabe, ratsuchende und gesundheitsbewußte Menschen offen und ehrlich mit besonders viel Einfühlungsvermögen aufzuklären und zu beraten.

Kontakt:
Gesundheit! Vanessa Halen
Heidestraße 153, 58239 Schwerte

Die Autorin ist für Anregungen, aber auch für Kritik, sehr dankbar. Bei schriftlichen Anfragen bitte unbedingt einen ausreichend frankierten Rückumschlag beifügen.

Dank der Autorin:
Ich danke allen Menschen, die mich bei der Produktion und Realisation dieses Ratgebers unterstützt haben. Besonderen Dank gilt jedoch jenen kreativen Ärzten und Therapeuten, die mein heutiges Leben erst ermöglicht haben.
Die moderne und kreative Medizin mit all ihren wunderbaren Möglichkeiten hat mich schließlich inspiriert, mich in den Sektoren Medizin, Gesundheit, Beauty und Wellness selbst fortzubilden und entsprechend aktiv zu werden. Dieses Buch ist nun das aktuelle Resultat meiner Gesundheitsarbeit.

ISBN 3-89811-731-6

Ein neues Leben!

Mit beiden Füßen fest auf der Erde
Schwerelos wie ein Fisch im Wasser
Flexibel wie Eisen im Feuer
Frei wie ein Vogel in der Luft

Vanessa Halen

Inhaltsverzeichnis

Ein kurzer Überblick über dieses Buch

Eine kurze Geschichte vorab

Oder: Wie alles einmal begann

Im zarten Alter von 21 Jahren traf mich ein wahrhaft harter Schicksalsschlag. Ein schwerer ärztlicher Kunstfehler zerstörte mein ganzes Leben. Der Schaden war so schlimm, daß für mich eine ganze Welt zusammenbrach. Ich mußte damals sogar mein Studium aufgeben, weil ich nicht mehr in der Lage war, zur Uni zu fahren. Und weil ich jetzt auch noch arbeitsunfähig war, mußte ich fortan meinen Lebensunterhalt von der Sozialhilfe bestreiten.

finden, nun ein Krüppel zu sein, der alles verloren hatte: Gesundheit, Liebe, Glück, Lebensfreude...

So vegetierte ich vor mich hin und wurde von Tag zu Tag immer depressiver. In meiner tiefen Verzweiflung suchte ich nach einem Ausweg aus diesem schrecklichen Alptraum. Ich las alle möglichen Selbsthilfebücher und Psycho-Ratgeber, die mir mitunter weismachen wollten, ich sei meines

Ein verheerender Ärztepfusch machte mein Leben zu einem Wettlauf mit der Zeit. Mein Zustand verschlimmerte sich zusehends, so daß ich immer mehr verzweifelte und fast mein Leben schon aufgeben wollte.

Außerdem verlor ich auch noch meinen damaligen Lebenspartner, auf dessen Hilfe ich doch nun in meiner schweren Lebenslage so sehr gebaut hatte. Und alles kam noch viel schlimmer, als mir alle möglichen Ärzte nämlich erklärten, daß ich unheilbar krank sei und man medizinisch nichts mehr für mich tun könne. Ich war völlig verzweifelt und konnte mich einfach nicht damit ab-

Glückes Schmied und könne mit positivem Denken mein Leben völlig verändern. Doch die angeblich wunderbare Kraft des positiven Denkens machte mich letztendlich nur noch depressiver.

Irgendwann mußte ich nämlich gnadenlos feststellen, daß ich mich mit all den wunderbaren Vorstellungen von einem besseren

Leben selbst nur geblufft hatte und mit diesen ach so positiven Gedanken mein körperliches Leiden keineswegs beeinflussen konnte. Alles blieb so schrecklich deprimierend, wie es zuvor auch schon war.

Mir wurde in diesen Wunder-Büchern versprochen, daß alles machbar sei durch die Kraft meiner Gedanken. Doch ich hatte wohl versagt, denn ich war und blieb ein kaputtoperierter Krüppel. Trotz dieser vielen positiven Parolen, die ich wirklich genauestens befolgt hatte, blieb ich erfolglos.

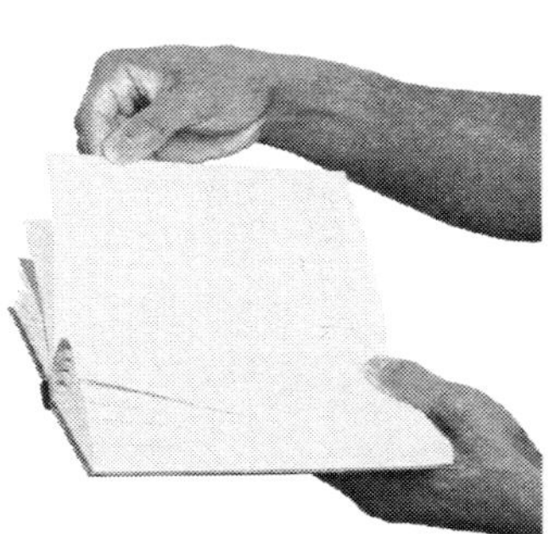

Selbst die positivsten Parolen aus den verschiedensten Selbsthilfebüchern halfen mir nicht aus meiner schweren Lebenskrise heraus.

Ich machte mir deshalb immer mehr Selbstvorwürfe und wurde immer depressiver. Zudem verlor ich auch noch büschelweise meine Haare, meine Haut war ständig schmerzhaft entzündet und meine Nägel deformierten sich zusehends zu häßlichen Monsterkrallen. Und wieder waren die Ärzte völlig hilf- und ratlos. Ich war fest davon überzeugt, daß ich dieses Elend endlich beenden mußte. Ich wollte einfach nicht mehr so weiterleben. Also schrieb ich einen Abschiedsbrief.

Doch während ich mit verheulten Augen diesen Brief schrieb, wurde mir klar, daß ich mein Leben nicht einfach so wegschmeißen durfte. Jede einzelne Träne, die auf meine traurigen Abschiedszeilen tropfte und diese wieder verwischte, machte mir klar, daß dies sicher nicht der richtige Weg war.

Guter Spruch

Mit jeder Träne, die Du vergießt, wird Dein Blick wieder klarer.

Anstatt mich vom Leben zu verabschieden begann ich von nun an, mein elendes Dasein wieder mit Leben zu füllen. Fortan studierte ich u.a. alle interessanten Medizin-Neuheiten, ich besuchte spezielle Kongresse, Seminare und Fachveranstaltungen. Dort lernte ich viele andere schwerbehinderte Menschen kennen, die teilweise sogar noch „schlimmer behindert" waren als ich. Von da an wußte ich: „Du bist nicht alleine! Es gibt immer einen Weg!" Und so lernte ich sogar viele Wege kennen, die alle nur ein Ziel haben: Ein Leben in vollkommener Harmonie mit unserer eigenen Natur.

Ich nahm mein Leben also wieder in die Hand und schrieb Briefe an alle möglichen Universitätskliniken und schilderte darin meinen körperlichen Schaden. Ich glaubte fest daran, irgendwo auf dieser Welt einen Arzt zu finden, der mir helfen würde. Ich hätte auch nach Amerika, China oder sonst wohin geschrieben, weil ich ganz fest davon überzeugt war, irgendwo Hilfe zu finden.

Und so fand ich auch in eigener Regie ein kreatives Ärzte-Team, welches durch eine gewagte Operation mein körperliches Leiden deutlich lindern konnte. Dieses Wunder hat mich schließlich dazu bewegt, mich sehr intensiv mit der klassischen

Medizin, mit der Naturheilkunde und mit alternativen Heilweisen zu beschäftigen.

Ich habe sogar eine Heilpraktiker-Ausbildung gemacht, weil ich gerne meine eigene Therapeutin sein wollte. Bei meinen Studien stellte ich dann fest, daß es nicht die absolute Heilmethode für alle Beschwerden und Krankheiten gibt.

Gesundheitsbeschwerden sind von Mensch zu Mensch derart unterschiedlich gelagert, so daß man selbst bei gleichen Krankheiten nicht immer dieselbe Standard-Heilmethode hilfreich anwenden kann. Es kommt wirklich darauf an, die Gesundheitsbeschwerden genau zu analysieren und anhand des individuellen Krankheitsbildes einen kreativen Behandlungsweg zu finden.

So wurde mir nach vielen fehlgeschlagenen Behandlungsversuchen der Ärzte, meinen Haarausfall, die Hautentzündungen im Gesicht und die Nageldeformationen zu beseitigen, endlich klar, daß die Ursache für diese Beschwerden nicht organischer, sprich körperlicher, Natur waren. Da halfen mir keine Tinkturen, Salben oder Tabletten.

Diese Beschwerden kamen aus meiner Seele, die ja durch den schweren ärztlichen Kunstfehler ebenfalls tief verletzt war. Ich mochte mich nicht mehr im Spiegel ansehen, fand mich nicht mehr als vollwertiger Mensch und als Folge dieser negativen Einstellung zu mir selbst mußte ich im wahrsten Sinne des Wortes mächtig Haare lassen und im Spiegel in ein gekränktes Gesicht blicken und mich mit meinen Krallen durchs Leben raufen.

Ich blühte wieder auf wie eine Blume im warmen Sonnenlicht und begann, hübsche Blumenaquarelle zu malen und schrieb nette Gedichte dazu. Ich verschenkte meine kleinen Kunstwerke an meine lieben Freunde. Mit der Freude, die ich damit meinen Freunden bereitete, wuchs auch meine eigene Lebensfreude wieder.

Man darf Diagnostik und Therapie nicht alleine auf körperliche Symptome reduzieren, sondern man muß unbedingt auch den Geist und die Seele mit in die Behandlung einbeziehen.

Mir wurde schließlich bewußt, daß all diese Beschwerden keine Krankheiten waren, sondern Hilfeschreie meiner Seele. Diese wirklich häßlichen Beschwerden waren schlichtweg Signale meiner Seele, die mir mitteilen wollte, daß ich nun lernen mußte, mich als Schwerbehinderte endlich selbst zu akzeptieren. Ich mußte nun lernen, das Beste aus meiner Situation zu machen.

Eine innere Stimme sagte mir, daß ich meine Geschichte einfach aufschreiben und die Bilder meiner Seele einfach malen sollte. Mit jeder Zeile, die ich schrieb, mit jedem Bild das ich malte, fiel es mir wie Schuppen von den Augen. Mein Leben war doch noch gar nicht zu Ende. Ich stand lediglich vor einem neuen Anfang, der für mich eine große Herausforderung war.

Ich schrieb meine ganze Geschichte einfach auf und entdeckte dabei völlig neue Lebensinhalte.

Und so blühte ich wieder auf und malte hübsche Blumen-Aquarelle und schrieb nette Gedichte, die ich einfach an meine Freunde verschenkte. Die Freude, die ich ihnen mit meinen kleinen Kunstwerken machte, ließ die Lebensfreude in mir selbst wieder erwachen und wachsen.

Heute bin ich zwar immer noch schwerbehindert, aber ich habe gelernt, mit meiner Behinderung zu leben. Ich akzeptiere heute, daß meine Behinderung zu meiner eigenen, persönlichen Natur gehört. Ich habe gelernt, eine harmonische Lebensordnung für mich zu finden, die zu meiner persönlichen Natur paßt.

Nach langen, schwierigen Erfahrungen weiß ich heute, daß es immer einen Weg gibt, der uns selbst aus den tiefsten Sorgen und Problemen hinausführen kann. Dieser Weg ist kein einfacher Standard-Weg, der für alle möglichen Beschwerden oder Krankheiten gleich ist. Der richtige Weg ist eine kreative Aufgabe, die verschiedene Möglichkeiten zu einer ganz individuellen Lösung vereint.

Ein kreatives Ärzteteam konnte mein schlimmes Leiden durch eine sensationelle Operationsmethode lindern und so meine Lebensqualität wieder verbessern.

Wie ich kann jeder Mensch aus vielen Möglichkeiten seinen ganz persönlichen Weg finden und so ein neues Leben beginnen!

Vanessa Halen

Zurück zur Natur des Menschen

Der richtige Weg zu Gesundheit, Schönheit und Wohlbefinden

Der Mensch ist in seiner Entwicklung stets bestrebt, in allen Lebensbereichen große Fortschritte zu machen. Die Bereiche Medizin, Wissenschaft und Technik sind da schon glänzende Paradebeispiele für erstaunliche, ja schon fast unglaubliche Fortschritte der Menschheit.

Doch je mehr der Mensch so fortschreitet, desto weiter entfernt er sich auch von seiner eigenen Natur. Die Kehrseite der Medaille steht nämlich für die typischen Merkmale der heutigen Zeit: Unruhe, Streß, Hektik oder Schlaflosigkeit sind nur einige Warnsignale des menschlichen Körpers. Hervorgerufen durch den Erfolgsdruck, der mit dem rasant wachsenden Fortschritt ständig zunimmt.

Haben wir inzwischen dank modernster Medizin viele Krankheiten im Griff oder Volksseuchen sogar ganz ausgemerzt, so sind gerade durch die Auswirkungen des Fortschritts wieder neue Volkskrankheiten, die sogenannten Zivilisationskrankheiten, entstanden.

Diese Zivilisationskrankheiten sind ein deutliches Zeichen dafür, daß der Mensch längst nicht mehr in vollkommener Harmonie mit seiner eigenen Natur lebt. So sind Hektik, Streß, Ernährungsfehler und Bewegungsmangel die Folgen des schnellen menschlichen Fortschritts und gleichzeitig Ursache von vielen neuen typischen Gesundheitsbeschwerden und ernstzunehmenden Erkrankungen.

Solange der Mensch weiter fortschreitet und sich so immer mehr von seiner natürlichen Lebensordnung entfernt, solange werden auch immer wieder neue Krankheitsbilder entstehen, die im schlimmsten Falle sogar die gesamte Menschheit bedrohen können.

Wissenschaft, Forschung und Technik haben den Menschen große Fortschritte gebracht. Aber längst nicht jeder Fortschritt war ein Segen für die Menschheit. So brachten viele Fortschritte den Menschen z.B. immer mehr Streß und Hektik und damit die typischen Zivilisationskrankheiten.

Beispiel

Die Entdeckung des Penicillins und weiterer Antibiotika war einst ein großer Segen für die Menschheit. Doch heute können gerade diese Antibiotika zu einer Bedrohung für die Menschheit werden: Aufgrund unsachgemäßer Anwendung von Antibiotika, z.B. durch Einnahmefehler von Patienten oder durch den massiven Einsatz in der Tierfutterverarbeitung, sind bereits viele Erreger gegen Antibiotika resistent geworden, die nun mit herkömmlichen Therapien nicht mehr behandelt werden können.

Der Weg zu Gesundheit, Schönheit und Wohlbefinden liegt also nicht im Fortschritt, sondern in einem gewaltigen Schritt zurück zur Natur des Menschen. Und genau dies ist der Weg der sensationellen Para-Methode.

Die Para-Methode umfaßt ein ganzheitliches Programm zur Behandlung und Re-Harmonisierung von Körper, Geist und Seele im Einklang mit der Natur des Menschen. Dabei vereint die Para-Methode verschiedene Heilmethoden aus den Bereichen Medizin, Naturheilkunde und alternative Heilweisen für jedes Beschwerdebild zu einem individuellen Behandlungs-Programm für Körper, Geist und Seele.

Ziel ist es, einzelne Heilmethoden nicht isoliert anzuwenden, sondern verschiedene Heilweisen individuell zu einem ganzheitlichen Therapie-Programm optimal zu kombinieren.

Im Gegensatz zur klassischen Medizin, die ja eine reine Körpermedizin ist, kann man mit der Para-Methode Körper, Geist und Seele wieder ins Gleichgewicht bringen und bewirkt so positive Veränderungen auf allen Ebenen. Der Körper wird gestärkt und vitalisiert. Auf der geistigen Ebene werden die Sinne angeregt und der Verstand geschärft. Und letztlich signalisiert uns die Seele innere Zufriedenheit und Wohlbefinden. Mit der Para-Methode kann jeder Mensch seinen persönlichen Standpunkt überprüfen und einen individuellen Weg für die persönliche Lebensführung finden.

Leben in Harmonie mit sich selbst und mit der Umwelt fördert die innere Zufriedenheit und das Wohlbefinden.

Das vorliegende Buch ist ein idealer Wegweiser für alle Menschen, die ihr Leben neu sortieren möchten. Es soll Ratsuchende anleiten, ihr Leben neu auszuloten, um schließlich einen kreativen Weg zu finden, der zu einem neuen Leben in Gesundheit, Schönheit und Wohlbefinden führt.

Gesundheit und Krankheit

Eine ganzheitliche Definition

Gesundheit und Krankheit sind zwei gegensätzliche Begriffe, die dennoch gemeinsam fest zum Leben eines Menschen gehören. Kein Mensch auf dieser Welt ist völlig gesund oder absolut krank. Der Mensch ist ein Individuum und gleicht keinem anderen Menschen. Und genau so unterschiedlich ist auch die Spannbreite von Gesundheit und Krankheit im Leben jedes einzelnen Menschen.

Eine absolute Definition der Begriffe Gesundheit und Krankheit kann es also nicht geben. Gesundheit und Krankheit stellen vielmehr Extrem-Zustände dar, die der Mensch leider oder glücklicherweise, je nach Sichtweise, nie erreichen wird. Wie heißt es doch so treffend: Niemand ist perfekt. Und So gibt es auch keine perfekte Gesundheit oder absolute Krankheit, sondern nur eine individuelle Gesundheit oder Krankheit.

Gesundheit beschränkt sich nicht nur auf den Körper, sondern auch auf den geistig-seelischen Bereich des Menschen, der auch dessen zwischenmenschlichen Beziehungen umfaßt. Weil die sich verändernden Lebensbedingungen durch den modernen Fortschritt mit Streß, Hektik und Reizüberflutung beim Menschen jedoch zunehmend gesundheitliche Beschwerden verursachen, spielt gerade die geistig-seelische Gesundheitspflege eine immer größere Rolle im

Eine Überlastung, z.B. durch Streß und Hektik am Arbeitsplatz, kann schnell zu gesundheitlichen Störungen führen. Aus Dauerstreß können so ernstzunehmende Erkrankungen entstehen, die sogar chronisch werden und die Lebensqualität des Menschen stark beeinträchtigen können.

Leben des Menschen.

Schätzungen zufolge kann man davon ausgehen, daß mittlerweile 80-90% der Bevölkerung an geistig-seelischen Störungen leidet. Und bei fast 70% aller Patienten, die mit einem körperlichen Leiden einen Arzt oder Therapeuten aufsuchen, sind die Ursachen teilweise oder ausschließlich im geistig-seelischen Bereich angesiedelt.

Daraus wird ersichtlich, wie bedeutsam eine ganzheitliche Gesundheitspflege, bezogen auf den Körper, vor allem aber auf Geist und Seele, für den Menschen ist.

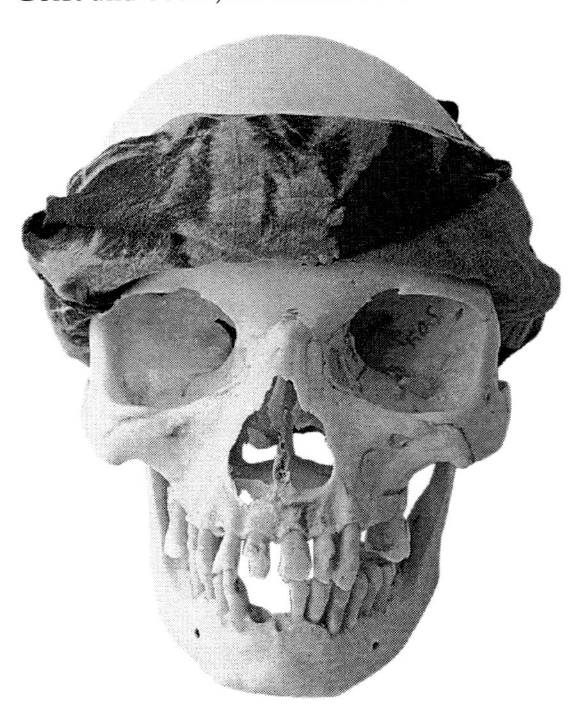

Es ist besonders wichtig, auf die Warnzeichen unseres Körpers zu hören und entsprechend darauf zu reagieren, damit es nicht zur Katastrophe kommt.

Eine exakte Definition des Begriffes Krankheit ist ebenso schwierig wie die der Gesundheit. Krankheit wird subjektiv von jedem Menschen anders empfunden. Wenn der eine Mensch sich mit einer Erkältung gerade einmal unwohl fühlt, so kann ein anderer diesen Zustand schon als eine schwere Krankheit empfinden.

Guter Rat

Bei unklaren Krankheitssymptomen sollte man besser einen Arzt oder Therapeuten aufsuchen und sich fachgerecht behandeln lassen.

Allgemein läßt sich jedoch sagen, daß Krankheit eine Störung der normalen Körperfunktion (der Organe oder Organsysteme) und von geistig-seelischen bzw. sozialen Vorgängen darstellt, die zu unterschiedlich stark ausgeprägten Beeinträchtigungen des Wohlbefindens führen oder sogar schlimmstenfalls das Leben bedrohen.

Mit Krankheit reagiert der Mensch auf störende bzw. schädliche körperliche und/oder geistig-seelische Einflüsse. Als Zeichen der Krankheit entwickeln sich dann typische Beschwerde- und Krankheitssymptome. Diese Symptome sind schließlich nichts anderes als deutliche Warnsignale, die auf eine Störung körperlicher oder geistig-seelischer Funktionen hinweisen.

Auf die vielen Reize und negativen Einflüsse, denen wir alltäglich ausgesetzt sind, reagiert unser Körper in der Regel nicht mit Symptomen, weil unser Organismus ein automatisches Abwehrprogramm beherrscht. Von diesem Abwehrkampf nehmen wir normalerweise überhaupt nichts wahr. Diese natürliche Körperabwehr bleibt solange intakt, solange die Störfaktoren nicht Überhand nehmen.

Wenn aber die Störfaktoren das natürliche Abwehrprogramm zu stark attakkieren, dann greift unser Organismus zu verschärften Mitteln. Um bösartige Erreger abzuwehren oder ernsthafte Störungen wieder zu beseitigen kommt es zu Fieber, Entzündungen, Durchfall, Erbrechen und anderen Symptomen. Dadurch signalisiert der Körper, daß er dringend Hilfe im Kampf gegen die Krankheit braucht.

Krankheiten sind ein Geschenk der Natur. Die typischen Krankheitssymptome zeigen uns, daß wir unsere Lebensweise überdenken und ändern müssen.

Solche Symptome zwingen den Erkrankten z.B. automatisch zur Bettruhe, damit er seine Kräfte schont und alle Energien zum Auskurieren seiner Erkrankung mobilisieren kann. Daraus wird ersichtlich, daß es für unsere Gesundheit besonders wichtig ist, auf die Warnzeichen unseres Körpers zu hören, diese richtig zu deuten und sich entsprechend richtig zu verhalten.

Wenn der Körper so z. B. durch ein geschwächtes Allgemeinbefinden, durch Schmerzen oder andere deutliche Symptome signalisiert, daß er nach Ruhe und Schonung verlangt, um seine Selbstheilungskräfte zu mobilisieren, dann sollte man keineswegs der Natur ins Handwerk pfuschen, indem man chemische Medikamente nimmt, die diese wichtigen Warnsignale völlig unterdrücken. Dadurch verschwinden zwar die Symptome, aber die Ursachen dafür bleiben weiter bestehen.

Jede Krankheit birgt in sich eine wichtige Information, die uns mitteilen soll, daß wir unseren Lebensstil korrigieren müssen. Wenn wir Krankheitssymptome als Warnsignale richtig erkennen, so gibt uns jede Krankheit eine neue Chance, unseren Lebenskurs neu auszuloten.

Körperliche Gesundheitsbeschwerden trainieren so unser Abwehrsystem und unsere Selbstheilungskräfte, während Störungen im geistig-seelischen Bereich helfen, unsere Persönlichkeit zu entwickeln. Deshalb sollte der Mensch Krankheit als ein Geschenk der Natur ansehen, das ihm neue Wege im Leben eröffnet.

Krankheiten entstehen heute häufig infolge einer Lebensweise, die nicht der Natur des Menschen entspricht: Ernährungsfehler, Bewegungsmangel, „ungesunde" Gewohnheiten (z.B. Rauchen, Alkohol, Süßigkeiten), Dauerstreß oder geistig-seelisches Fehlverhalten.

Eine Lebensweise mit „ungesunden" Gewohnheiten, wie z.B. Rauchen, fördert die Entstehung von Krankheiten.

Zunächst erzeugen solche Störungen nur bagatellartige Gesundheitsstörungen, die nicht weiter bedrohlich erscheinen. Solange aber die Fehler in der eigenen Lebensführung bestehen bleiben, können sich die Störungen im Laufe der Zeit zu einer ernstzunehmenden Erkrankung akkumulieren, die dringend der Behandlung bedarf.

Daher sollte jeder Mensch lernen, schon rechtzeitig auf die Warnzeichen seines Körpers zu achten und seine Lebensweise entsprechend seiner natürlichen Lebensordnung wieder anzupassen.

Pillen sind nicht immer der beste Weg zu einer optimalen Gesundheit.

Wenn wir nicht krank werden wollen, dann müssen wir uns um unsere Gesundheit kümmern und entsprechend Vorsorge leisten. Bei den ersten Anzeichen von Mißzuständen im gesundheitlichen Bereich müssen wir frühzeitig entgegensteuern und vorbeugen, lindern oder heilen.

Es liegt in der Hand jedes einzelnen Menschen selbst, welchen Weg er wählt. Gerade in jüngster Zeit ist durch die Gesundheitsreform die Selbstmedikation und Selbstbehandlung ein wichtiges Thema für uns alle geworden. Aber in Eigenverantwortung sinnvoll und richtig Vorsorgen und Vorbeugen bedeutet auch, daß wir uns umfassend über die Möglichkeiten und Grenzen einer Selbstbehandlung informieren müssen.

Gesund bleiben bedeutet aktive Gesundheitsvorsorge durch eine natürliche Ernährung, gezielte Bewegung, eine typgerechte Körperpflege und eine insgesamt naturgemäße, harmonische Lebensweise, um Körper, Geist und Seele in einer naturgemäßen Balance zu halten.

Eine naturgemäße Ernährung ist für unsere Gesundheit genau so wichtig, wie ausreichende körperliche Bewegung, typgerechte Körperpflege und eine insgesamt harmonische Lebensweise.

Beim Gesundwerden spielen genau die gleichen Maßnahmen die wichtigste Rolle, nur mit dem Unterschied, daß man Störfelder im Gleichgewicht von Körper, Geist und Seele gezielt beheben muß.

Gesundheitspflege führt nur dann zu einem optimalen Erfolg, wenn man Körper, Geist und Seele als Ganzheit betrachtet und entsprechend behandelt.

Selbstbehandlung von Krankheiten

Möglichkeiten, Grenzen und Risiken

Selbstbehandlung und Selbstmedikation nehmen infolge der Gesundheitsreform einen immer größeren Raum in unserem Leben ein. Als Patienten müssen wir immer mehr selbst für unsere Gesundheit sorgen.

Die Gesundheitspolitik zwingt uns zu mehr eigenverantwortlichem Handeln zur Erhaltung oder Wiederherstellung unserer kostbaren Gesundheit. Die guten alten Zeiten, in denen wir uns mit unseren Beschwerden vertrauensvoll an unseren Hausarzt wenden konnten, sind nun endgültig vorüber.

Ein Arzt hat heute nicht mehr die Zeit, um sich wirklich umfassend um seine Patienten zu kümmern.

Ärzte finden heute kaum noch die Zeit, sich wirklich intensiv um unsere Gesundheit zu kümmern. So sind wir heute gezwungen, uns sehr umfassend über unsere Gesundheit zu informieren, wenn wir Gesundheitsbeschwerden selbst richtig behandeln wollen.

Eine Selbstbehandlung orientiert sich immer an den individuellen Symptomen der Erkrankung. Bei den meisten kleinen Wehwehchen wissen wir schon sehr gut, wie wir diese wieder kurieren. Vor allem bei Bagatellerkrankungen wie Husten, Schnupfen, Erkältung usw. können wir auf viele gute Hausmittel oder auf entsprechende freiverkäufliche Medikamente zurückgreifen.

Bei einfachen Bagatellerkrankungen, wie z.B. Husten oder Heiserkeit helfen oft schon gute Hustenbonbons und altbewährte Hausmittel.

Ein ansonsten gesunder Mensch wird mit diesen Mitteln auch schnell wieder seinen alten Gesundheitszustand wiederherstellen können. Doch für alte und abwehrgeschwächte oder herzkranke Menschen können bereits die einfachsten Bagatellerkrankungen schon zu einer ernstzunehmenden Lebensbedrohung werden. In diesen Fällen ist es besonders wichtig, die Grundverfassung eines Menschen richtig einzuschätzen, und die Behandlung einem Arzt oder Therapeuten zu überlassen.

An diesem Beispiel wird besonders deutlich, welche Rolle der allgemeine und individuelle Gesundheitszustand eines Menschen bei der Wahl der richtigen Behandlung spielt.

Vorsorgen ist besser als Heilen. Bluthochdruckpatienten sollten daher ihren Blutdruck regelmäßig kontrollieren.

Selbstbehandlung findet dort ein Ende, wo Gesundheitsbeschwerden überhand nehmen und den Erkrankten in seinem Wissen derart überfordern, daß er die Symptome nicht korrekt zuordnen oder erklären und schon gar nicht richtig behandeln kann.

Hier ist immer eine genaue Diagnose und anschließende Behandlung durch den Arzt oder Therapeuten notwendig. Selbstbehandlung findet dort ihre Grenzen, wo das Wissen über die Gesundheit und die Fähigkeit zur richtigen Beschwerdezuordnung eines Menschen aufhören.

Zur Vorsorge, Vorbeugung und Linderung von Gesundheitsbeschwerden stehen uns heute eine Vielzahl von Produkten der Pharmaindustrie zur Verfügung. Allerdings können wir diese Mittel nur dann mit einem optimalen Nutzen verwenden, wenn wir diese auch sinngemäß anwenden.

Sobald wir diese Mittel regelrecht für angebliche Gesundheitszwecke oder zugunsten unseres Wohlbefindens mißbrauchen, birgt eine solche Selbstbehandlung erhebliche Risiken. Sicher ist es recht einfach, z.B. dauernde Kopfschmerzen oder Unwohlsein mit freiverkäuflichen Schmerzmitteln zu unterdrücken, aber die Folgen einer solchen dauerhaften Selbstbehandlung enden nicht selten in einer Katastrophe.

Magenschleimhautentzündungen, Blutungen, Darmdurchbrüche und weitere ernsthafte Nebenwirkungen sind bei unsachgemäßer Anwendung die möglichen Folgen einer solchen Selbstmedikation.

Guter Rat

Experimentieren Sie nicht mit Ihrer Gesundheit. Kaufen Sie keine angeblichen Wunderpillen, deren Wirksamkeit nicht erwiesen ist. Kaufen Sie nur qualitätiv hochwertige Präparate, und diese auch nur dort, wo Sie über deren Wirkungen und Nebenwirkungen gut beraten werden.

Sinn einer Selbstbehandlung ist nicht die Unterdrückung von Symptomen, sondern die Erkennung der Ursachen in ihnen und eine anschließende Unterstützung der Heilung der jeweiligen Gesundheitsstörung. Wenn uns Symptome wie Schmerzen, Übelkeit oder Fieber mitteilen, daß wir unseren Körper schonen sollen, dann sollten wir dieses auch dringend tun und unsere Selbstheilungskräfte allenfalls mit natürlichen Mitteln unterstützen.

Verhängnisvoll kann sich hingegen eine Behandlung auswirken, die lediglich durch chemische Medikamente die Symptome unterdückt, wie dies bei der klassischen Schulmedizin immer noch der Fall ist. Dadurch werden die Symptome zwar beseitigt, aber die Krankheit wird nicht geheilt.

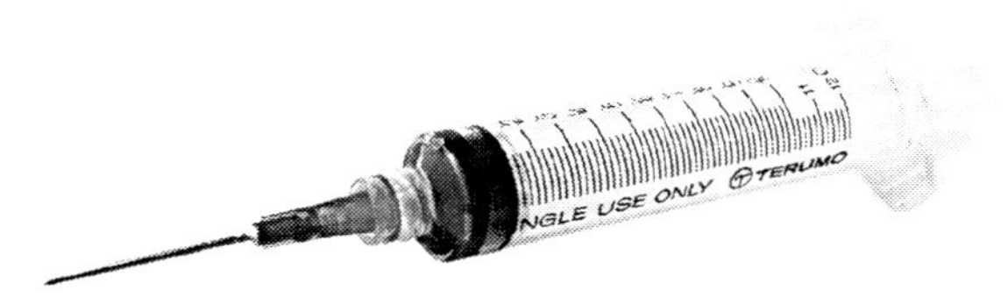

Eine Betäubungsspritze lindert zwar schnell selbst heftigste Schmerzen, aber sie beseitigt nur in den seltensten Fällen die Ursachen dafür. Eine Behandlung der Ursachen ist jedoch sehr wichtig, da sich sonst gefährliche Komplikationen einstellen können.

Manchmal schafft es der Organismus trotzdem, die krankmachenden Ursachen mittels Selbstheilung zu überwinden, aber oft bleiben diese trotz Beseitigung der Symptome noch latent, d.h. im Verborgenen, bestehen. Dann kann schon eine geringfügige Störung in den Bereichen Körper, Geist und Seele heftige Gesundheitsbeschwerden oder sogar eine ganze Lawine von Gesundheitsstörungen auslösen.

Außerdem wird durch eine ständige Unterdrückung von Krankheitssymptomen die Entstehung von chronischen Leiden begünstigt. Und das kann bedeuten, daß schließlich keine Aussicht auf Heilung mehr besteht.

Die Naturheilkunde mit ihren unterschiedlichsten Heilmethoden stellt die Unterdrückung von Symptomen nicht in den Vordergrund, sondern erkennt diese als Ausdruck des körpereigenen Abwehrmechanismus an.

Aufgabe von natürlichen Heilverfahren ist die Unterstützung von körpereigenen Selbstheilungskräften mit sanften Methoden, die das gestörte Gleichgewicht von Körper, Geist und Seele wiederherstellen helfen.

Manche Naturheilmethoden verschaffen dabei eine Linderung der Symptome, ohne diese jedoch zu unterdrücken. Andere Heilverfahren führen anfangs sogar zu einer sogenannten Erstverschlimmerung, die als Folge einer stark angeregten Körperabwehr eintreten kann.

Die Naturheilkunde befaßt sich mit vielen natürlichen Heilmethoden, die die körpereigenen Selbstheilungskräfte mit z.B. pflanzlichen Mitteln sinnvoll unterstützen und so das gesunde Gleichgewicht von Körper, Geist und Seele wiederherstellen.

Schon die alten Urvölker kannten die wirksamen Heilkräfte der Naturmedizin und wußten diese sinnvoll einzusetzen.

Nur bei sehr ernsthaften Krankheiten oder bei unerträglichen Krankheitssymptomen vertritt die Naturheilkunde auch eine vorübergehende Blockierung der Symptome, um eine naturgemäße Behandlung zur Heilung vornehmen zu können.

Wenn eine Krankheit letztlich sogar dergestalt ausartet, daß sie Ihren Sinn als Abwehrfunktion nicht mehr ausübt, akzeptiert die Naturheilkunde auch ansonsten bedenkliche Therapieformen oder chirurgische Eingriffe.

Allerdings ist auch nach solchen Therapien (z.B. Chemotherapie) oder nach Operationen eine ganzheitliche Weiterbehandlung im Sinne der Naturheilkunde wichtig, um Körper, Geist und Seele wieder in eine naturgemäße Balance zurückzuführen.

Jede Behandlung, ob nun eine Selbstbehandlung oder eine Behandlung durch den Arzt oder Therapeuten, sollte also den Sinn haben, Körper, Geist und Seele als Ganzheit zu betrachten und bei gesundheitlichen Störungen das Gleichgewicht auf diesen Ebenen wiederherzustellen.

Und das funktioniert nur wirklich dann optimal, wenn wir die Signale unseres Körpers, die Krankheitssymptome, richtig verstehen, entschlüsseln und deren Mitteilung an unsere Lebensweise konsequent befolgen.

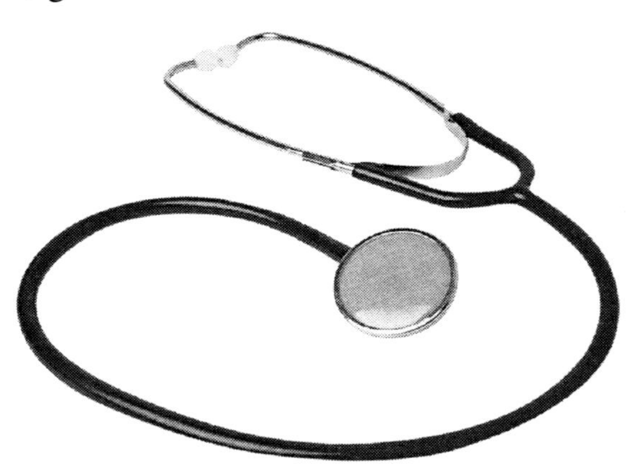

Wenn man seine Krankheitssymptome selbst nicht hundertprozentig zuordnen kann, dann ist es in jedem Falle sehr ratsam, sich einmal von einem Arzt oder Therapeuten so richtig auf Herz und Nieren untersuchen zu lassen.

Durch Krankheit will unser Körper uns nämlich nur in verschlüsselter Form sagen, daß wir unseren Lebensstil ändern und einen neuen Kurs ansteuern sollen, der unserer naturgemäßen Lebensordnung entspricht. Wenn wir jedoch nicht auf die Warnsignale unseres Körpers hören und uns nicht darauf entsprechend einstellen, dann können aus leichten Beschwerden schnell ernsthafte Krankheiten werden.

Der wundersame Placebo-Effekt

Wenn der Glaube Berge versetzt

Ein Placebo ist ein Scheinmedikament, das keine pharmakologischen Substanzen oder Wirkstoffe enthält. In der Medizinforschung werden Placebos bei der klinischen Erprobung neuer Medikamente eingesetzt.

Beim sogenannten Blindversuch weiß der Patient nicht, ob er ein wirksames Medikament oder ein Placebo erhält. Beim Doppelblindversuch werden weder Arzt noch Patient über die Präparate-Verabreichung informiert.

Eine echte Pille oder nur ein Scheinmedikament ohne Wirkstoff?

Die Wirkung eines Medikamentes hängt nicht nur von Wirkstoffen, sondern auch vom Glauben an die Wirkung ab.

Sinn und Zweck solcher Versuchsreihen ist eigentlich die möglichst neutrale Überprüfung der Wirksamkeit neuer Medikamente direkt am Patienten. Allerdings werden Forscher und Wissenschaftler immer wieder auf ein Neues verblüfft: Placebos sind oft wirksamer als die eigentlich getesteten Medikamente, obwohl sie keinerlei wirksame Substanzen enthalten.

An einem Beispiel läßt sich der wundersame Placebo-Effekt verdeutlichen. In einer Versuchsreihe erhielt eine Gruppe von Asthmapatienten eine wirkungslose Kochsalzlösung zum Inhalieren mit dem Hinweis, diese Substanz löse angeblich allergische Reaktionen aus.

Kaum hatte die Testgruppe die harmlose Lösung inhaliert, reagierte ein Großteil der Testpersonen mit einem Asthmaanfall. Im Gegenversuch wurde dieser Testgruppe dann die gleiche Lösung als ein krampflösendes Medikament verabreicht, und tatsächlich ließen die Anfälle wieder nach.

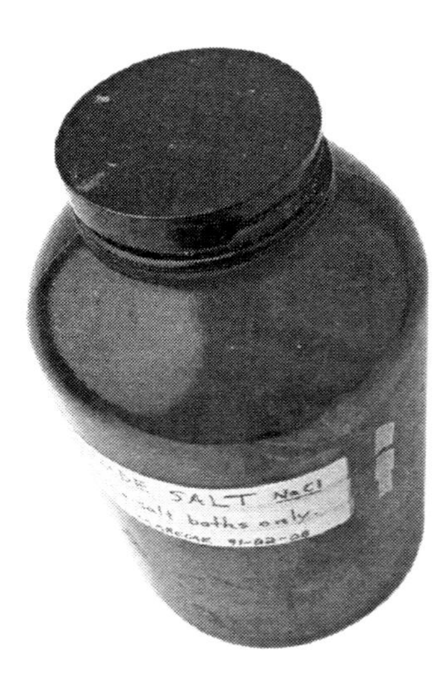

Eine harmlose Kochsalzlösung kann, je nach Erwartungshaltung der Patienten, eine positive oder eine negative Wirkung erzielen.

Dies belegt den typischen Placebo-Effekt: Obwohl die eingesetzte Lösung pharmakologisch unwirksam ist, kann sie einerseits positive, andererseits negative Auswirkungen provozieren - und zwar in Abhängigkeit davon, was der Patient von ihr erwartet.

Forscher und Wissenschaftler auf der ganzen Welt versuchen diesen sensationellen Placebo-Effekt näher zu ergründen. In zahlreichen Versuchsreihen zeigte sich immer wieder, daß Placebos tatsächlich einen therapeutischen Effekt haben.

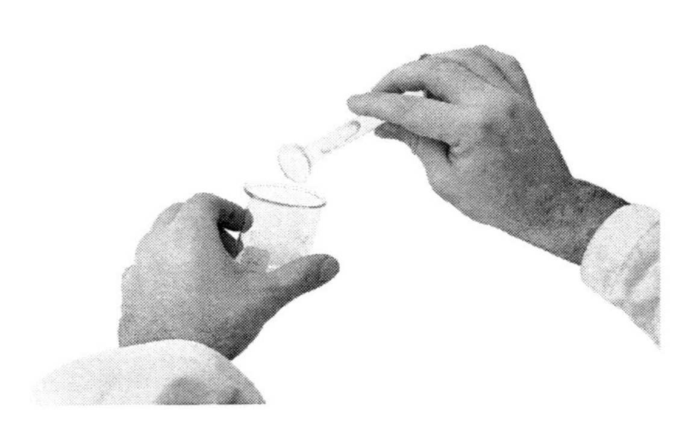

Auf der ganzen Welt sind Wissenschaftler und Forscher auf der Suche nach einer plausiblen Erklärung für den sensationellen therapeutischen Effekt von Placebos.

So können Placebos bei einer ganzen Reihe von Gesundheitsstörungen sogar die erstaunlichsten Effekte im Sinne von Linderung oder gar Heilung erzielen. Schon vielen Patienten ist durch die Gabe von Scheinmedikamenten deutlich geholfen worden.

Doch der Placebo-Effekt an sich ist bis heute noch zu wenig erforscht. So könnte man die Wirksamkeit von Placebos ja auch auf Spontanheilungen zurückführen, die auch ohne Verabreichung eines Präparates erfolgt wären.

Und so wird rege weitergeforscht. Bei klinischen Untersuchungen konnte schließlich festgestellt werden, daß auch die Verabreichungsform von Placebos einen wesentlichen Einfluß auf deren „Wirksamkeit" hat. Den stärksten Effekt zeigten Placebos in Form von Spritzen, gefolgt von Kapseln und Tabletten.

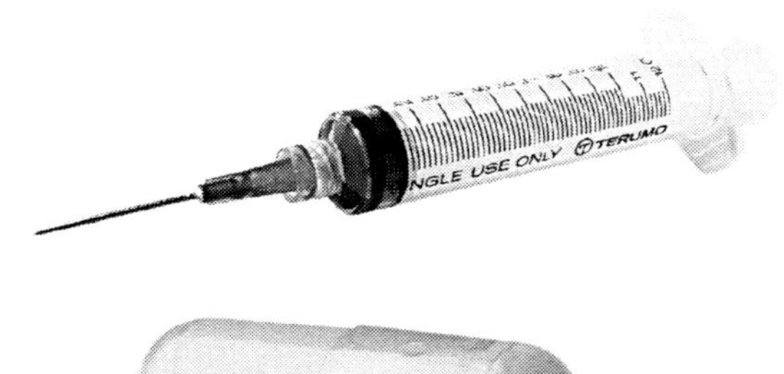

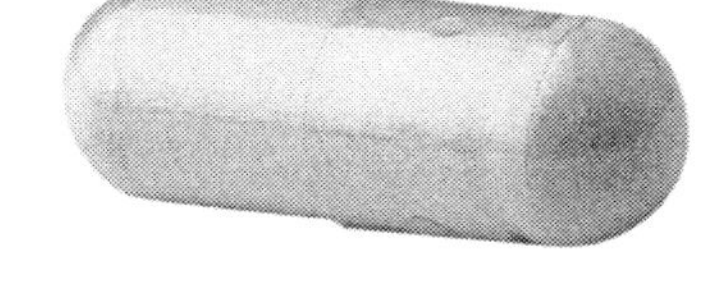

Bei Placebos spielt die Verabreichungsform für deren Wirksamkeit eine wichtige Rolle.

Allerdings dürfen Patienten nicht darüber informiert werden, wenn sie ein Placebo-Präparat erhalten, sondern müssen bei vollem Bewußtsein fest davon überzeugt sein, ein wirksames Medikament zu erhalten. Nur so kann auch ein positiver Placebo-Effekt erzielt werden.

Schon unsere Vorfahren machten sich den Placebo-Effekt zu Nutzen und behandelten allerlei Krankheiten mit kuriosen Mitteln wie Schlangendreck, Fliegenbeine, Totenmoos oder Tiergedärm - und das mit recht großem Erfolg. Je ekliger die Behandlung, desto beeindruckender und heilsamer war sie.

Unsere Vorfahren nutzten bereits mit kuriosen Mitteln, wie z.B. Eidechsengedärm, den wunderbaren Placebo-Effekt.

Die moderne Placebo-Forschung hingegen kommt ganz ohne Ekeleffekte aus und verwendet nur harmlos anmutende Mittelchen. Und nach vielen Versuchsreihen mit Scheinmedikamenten ist man einer Erklärung für den Placebo-Effekt endlich sehr nahe auf der Spur, bzw. man hat das Rätsel um die Scheinwirkung gelöst.

Was viele Forscher und Mediziner in zahlreichen Versuchsreihen auf typisch wissenschaftliche Art zu ergründen suchen, wissen Anhänger der ganzheitlichen Medizin schon längst: Um eine positive Wirkung beim Patienten zu erzielen ist nämlich nicht einmal die Verabreichung eines Scheinmedikamentes notwendig.

Hier reicht einzig und allein die intensive Zuwendung des Therapeuten, die durch eine Art Bewußtseinanstoß beim Patienten schon wahre Wunder bewirken kann. Für eine positive Wirkung ist das Vertrauen des Patienten in den behandelnden Arzt oder Therapeut von größter Bedeutung. Je mehr der Patient von dem Behandlungsritual überzeugt wird, desto größer sind die Erfolgsaussichten.

Durch die Erwartungen und Hoffnungen, die ein Patient in eine Behandlung setzt, werden ureigene Selbstheilungskräfte aktiviert. Der Placebo-Effekt beruht also auf einer Suggestion, die der Behandler natürlich bestmöglich provozieren muß, um eine positive Wirkung einzuleiten.

Daher ist es für den Behandler sehr wichtig, beim Patienten eine positive Erwartungshaltung zu induzieren und bestehende Ängste auszuräumen. Ist dies nicht der Fall, dann können sich durch eine negative Erwartungshaltung des Patienten die Beschwerden sogar noch verschlimmern.

Je besser sich ein Patient beeinflussen läßt, desto besser sind auch die Aussichten auf einen Behandlungserfolg, der durch die suggestive Kraft des Behandlungsrituals erreicht werden kann.

Schon ein positiver Bewußtseinsanstoß reicht aus, um über das Gehirn eine entsprechende Wirkung im Körper auszulösen.

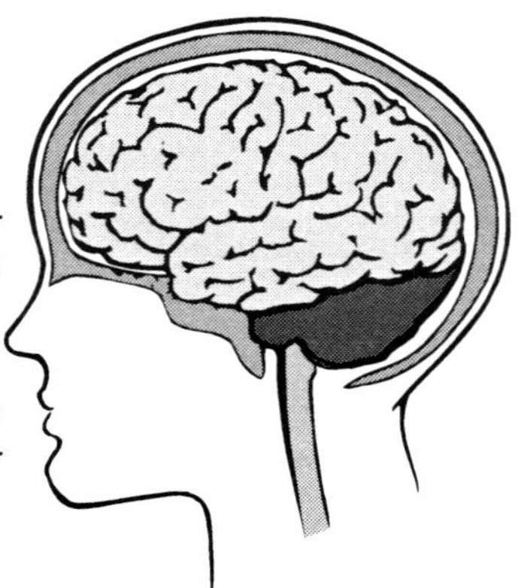

Placebos stehen also stellvertretend für ein suggestives Behandlungsritual, welches durch das Vertrauen in den Behandler und durch den Glauben an die Behandlung beim Patienten die natürlichen Selbstheilungskräfte weckt.

Inzwischen wurde sogar durch Studien belegt, daß Placebos auch bei schweren Erkrankungen wirksam sein können. Bei einer Reihe von Gesundheitsbeschwerden und Erkrankungen konnte eine therapeutische Wirksamkeit von Placebos nachgewiesen werden.

Die therapeutische Placebo-Wirkung bei	
Magen-Darm-Störungen	*58 %*
Rheumatischen Erkrankungen	*49 %*
Erkältungskrankheiten	*45 %*
Migräne	*32 %*
Schmerzen allgemein	*28 %*
Menstruationsbeschwerden	*24 %*
Angina pectoris	*18 %*
Bluthochdruck	*17 %*
Schlafstörungen	*7 %*

Diese Zahlen verdeutlichen, daß die Wirkung von Placebos keineswegs zu vernachlässigen sind. Bei der Schmerzforschung konnte die Placebo-Wirkung sogar objektiv gemessen und dargestellt werden. Immerhin bei fast einem Drittel der Schmerzpatienten sind Placebos wirksam.

So werden nach Placebogabe durch die bloße Suggestion, etwas gegen den Schmerz zu unternehmen, im Gehirn des Patienten verstärkt Endorphine freigesetzt, die wie körpereigene Schmerzmittel wirken. Die Ausschüttung dieser körpereigenen Botenstoffe wurde in mehreren Studien objektiv gemessen.

Auch bei anderen Gesundheitsbeschwerden können Scheinmedikamente einen beachtlichen Behandlungserfolg erzielen, wie die vorhergehende Tabelle zeigt. So profitieren sogar 58 % der Patienten mit Magen-Darm-Störungen von Placebos.

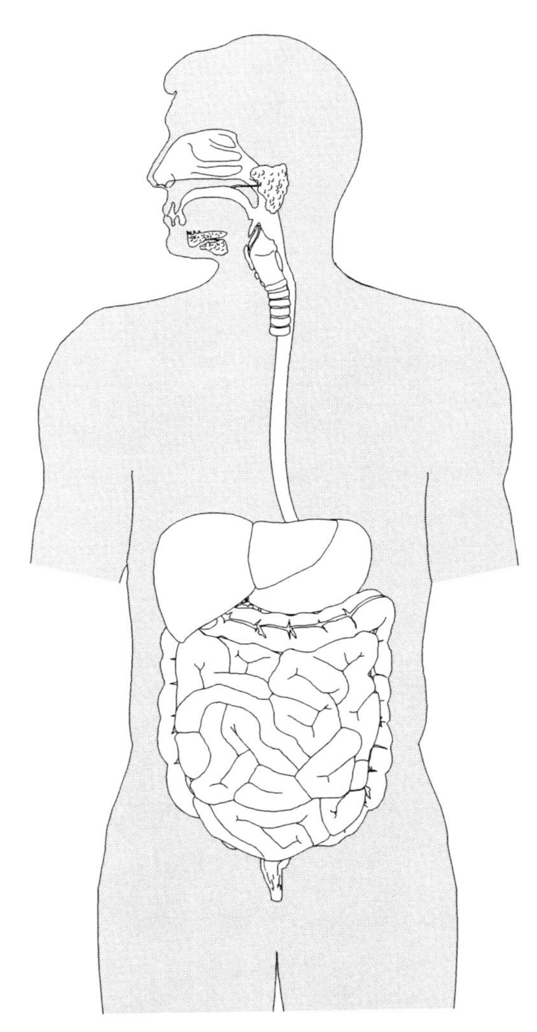

Auch Patienten mit Magen-Darm-Störungen profitieren von einer Placebo-Therapie.

Die Erklärung hierfür kann man jedoch nicht mit chemisch oder pharmakologisch definierbaren Zusammenhängen im menschlichen Körper erklären. Hier wird vielmehr alleine durch das Bewußtsein, aktiv etwas gegen die Krankheit zu unternehmen, das Abwehrsystem derart stimuliert, daß die körpereigene Selbstheilung in Gang gesetzt wird.

Auch Ängste spielen eine nicht unwesentliche Rolle bei Gesundheitsbeschwerden aller Art. Ängste können das Immunsystem deutlich schwächen und so bestehende Erkrankungen weiter verschlimmern. Aufgabe einer Behandlung ist daher auch die Befreiung von krankmachenden Ängsten durch den Behandler.

Wenn diese Ängste dem Patienten genommen werden, selbst durch eine Placebobehandlung, dann kann eine Linderung oder sogar Heilung eintreten. Dies zeigt, wie wichtig neben einer „chemischen" Therapie des Körpers die gleichzeitige Behandlung von Geist und Seele ist.

Eines ist längst klar: Neben den rein chemischen Auswirkungen von Arzneistoffen auf den menschlichen Körper spielen gerade übergeordnete psychische Auswirkungen von Behandlungen auf Geist und Seele eine sehr große Rolle.

Schein und Sein

Die Grenze zwischen Schein und Sein ist fließend. Erst der individuelle Betrachtungsstandpunkt des Menschen bestimmt darüber, ob eine Sache gut oder schlecht ist. In der Medizin spielt die Betrachtungsweise der Patienten eine wichtige Rolle für die Wirksamkeit oder den Erfolg einer Behandlung.

Psychoneuroimmunologen erforschen das komplexe Zusammenspiel zwischen Körper, Geist und Seele. Es ist bereits erwiesen, daß Psyche, Nerven- und Immunsystem in einem engen Wechselspiel zueinander stehen. Wenn durch innere oder äußere Einflüsse die Balance in diesem Wechselspiel gestört wird, macht sich dies durch körperliche Beschwerden bemerkbar.

Eine Placebo-Therapie ist wirksam bei

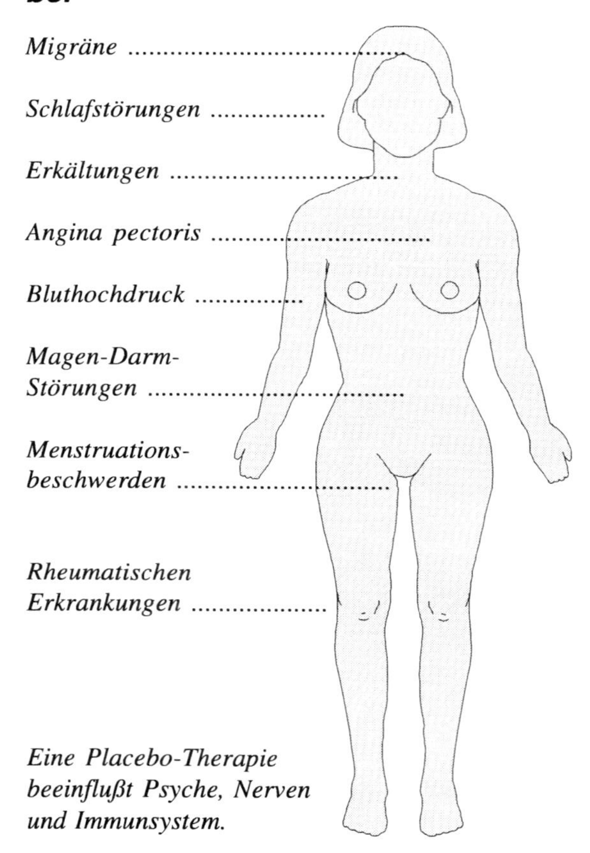

Eine Placebo-Therapie beeinflußt Psyche, Nerven und Immunsystem.

Und wenn die krankmachenden Einflüsse hauptsächlich die Psyche, und damit die geistig-seelische Ebene beeinträchtigen, ist es wohl einleuchtend, daß man diese negativen Einflüsse beseitigen und nicht die daraus resultierenden körperlichen Beschwerden mit chemischen Keulen behandeln muß.

Und bei Störungen im geistig-seelischen Bereich spricht nun einmal eine sanfte Behandlung der Psyche mit dem größten Behandlungserfolg an, auch wenn es nur eine suggestive Scheinbehandlung ist. Wichtig ist hier einzig und allein, daß dem Patienten die inneren Ängste genommen werden, die eine Besserung oder Heilung verhindern.

Da der Placebo-Effekt ja nicht auf medizinische Wirkstoffe oder Substanzen zurückgeführt werden kann, die in die körperlichen Vorgänge eingreifen, wird offensichtlich, daß Placebos nur über die geistig-seelische Ebene wirken können. Und daß Placebos bei so unterschiedlichen und teilweise sogar schwerwiegenden Erkrankungen Besserung oder gar Heilung verschaffen, macht ohne Zweifel deutlich, daß die Ursachen für derartige Beschwerden beim Menschen in der Geist-Seele-Ebene liegen und auf dieser Ebene auch entsprechend behandelt werden müssen.

Schon eine Tasse duftender Kaffee oder Tee hat eine positive Auswirkung auf unser Bewußtsein.

Placebos wirken deshalb, weil sie über das Bewußtsein das Unterbewußtsein auf sanfte Weise umprogrammieren und so von belastenden und krankmachenden geistig-seelischen Störungen befreien. Der Patient unternimmt bewußt etwas gegen seine Krankheit, auch wenn es nur eine Scheinbehandlung ist.

Er kann sich so mit dem Gefühl von Sicherheit durch das Vertrauen in diese Behandlung von unterbewußten Ängsten und Sorgen, die die Erkrankung verursachen, lösen. Wichtig für eine optimale Placebo-Wirkung ist die Überzeugungskraft des Behandlers und die positive Erwartungshaltung des Patienten. Und dazu bedarf es eben nicht immer der harten Chemie.

Auch Harmonie in der Partnerschaft stärkt die Gesundheit.

Das Fazit des Placebo-Effektes ist: Der Glaube an die Behandlung ist für einen therapeutischen Erfolg oft wichtiger, als deren eigentliche Wirkungsweise. Wie heißt es doch so treffend: Der Glaube versetzt Berge. Nur wer fest daran glaubt, der kann auch wahre Wunder erleben. Und die beste Voraussetzung für ein neues und besseres Leben ist der feste Glaube daran.

Außenwelt und Innenwelt

Wenn äußere oder innere Einflüsse krank machen

Wir leben in einer Zeit der ständigen Veränderungen durch rasch wachsende Fortschritte in Forschung und Technik. Unsere Welt hat sich zu einer extremen Erlebniswelt entwickelt. Die Menschen wollen immer neue und aufregendere Erlebnisse. Immer höher, immer weiter, immer schneller, immer exzessiver.

Je mehr negative Einflüsse vorhanden sind und je sensibler ein Mensch darauf reagiert, desto größer ist das krankmachende Potential solcher Einflüsse. Zunächst mögen Reizüberflutung und Überstimulation noch einen gewissen Kick auf den Menschen ausüben, aber irgendwann einmal ist der Punkt erreicht, dann kann der Mensch solchen sich stets steigernden Einflüssen nicht mehr standhalten.

Immer höher, immer schneller, immer weiter: Das ist das Motto des modernen Menschen in einer Zeit des rasant wachsenden Fortschritts.

Wer mit der Zeit leben will, der muß sich eben dieser rasanten Entwicklung stets anpassen. Dabei bemerken die meisten Menschen jedoch nicht, daß sie sich so immer weiter von ihrer eigenen Mitte, von ihrer eigenen Natur entfernen.

Spätestens wenn die stetige Reizüberflutung und Überstimulation ihre negativen Auswirkungen in körperlichen Symptomen äußert, dann sollte man einmal über die krankmachenden Einflüsse nachdenken.

Wenn sozusagen der letzte Tropfen das Faß zum Überlaufen bringt, dann äußern sich die negativen Wirkungen solcher Einflüsse in körperlichen Symptomen bzw. gesundheitlichen Beschwerden. Diese negativen, krankmachenden Einflüsse kann man schließlich in äußere und innere Einflüsse unterteilen.

Äußere Einflüsse werden dem Menschen von der Umwelt angetragen, während innere Einflüsse aus der Seele des Menschen kommen. Körper, Geist und Seele stehen im Idealfall in einem ausgewogenen Wechselspiel zueinander und zur Umwelt.

Äußere Einflüsse

- *z.B. Umweltverschmutzung*
- *Lärm*
- *UV-Bestrahlung*
- *allgemeine Lebensweise mit Bewegungsmangel und schlechten Ernährungsgewohnheiten*

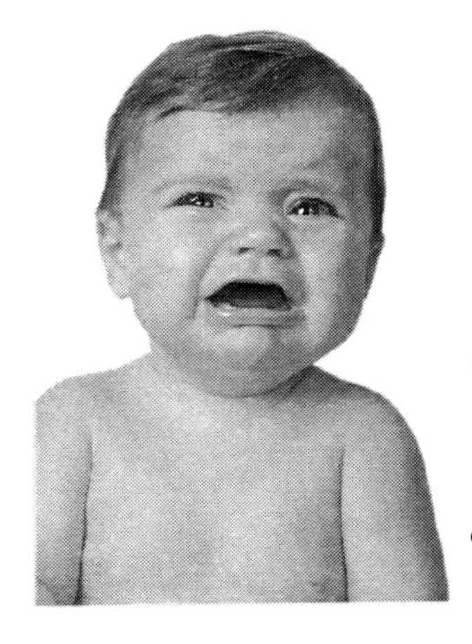

Ein kleines Kind kann seinen „inneren Streß", der durch „negative Einflüsse" entstanden ist, ganz einfach durch Weinen abbauen.

Innere Einflüsse

- *z.B. Familienkonflikte*
- *Kummer*
- *Partnerschaftsprobleme*
- *Trauer*
- *berufliche Sorgen*
- *Streß und Ärger*
- *pessimistische Lebenseinstellung*

Wenn nun äußere oder innere negative Einflüsse diese Balance stören, kommt es zu typischen Krankheitserscheinungen, die den schnellebigen Wandel der Zeit deutlich widerspiegeln.

Normalerweise ist der Mensch den negativen Einflüssen durch ein intaktes Immunsystem gewachsen. Wenn aber negative Einflüsse, innere wie äußere, permanent auf den Menschen einwirken und ihn so überlasten, dann wird das für ein intaktes Immunsystem unabdingbare Gleichgewicht zwischen Körper, Geist und Seele gestört.

Diese Störung führt automatisch zu einer Schwächung der Abwehrkräfte und somit zwangsläufig zu körperlichen Beschwerden. Ein gutes Beispiel für solche Beschwerden stellt unsere Haut dar. Wenn wir uns durch negative Einflüsse überfordert fühlen, dann fahren wir im wahrsten Sinne des Wortes aus der Haut.

Die Haut wird gerne als das Spiegelbild der Seele bezeichnet. Unsere Haut macht aber nicht nur unser seelisch-geistiges sondern auch unser körperliches Befinden sichtbar. Und das kann sich in unterschiedlichster Form an unserem Hautzustand zeigen.

Die Haut ist das direkte Kontaktorgan zwischen Außenwelt und Innenwelt. Wie eine Antenne empfängt und vermittelt sie Reize zwischen Umwelt und Seelenleben. Mit der Haut tasten, spüren und empfinden wir.

Streicheleinheiten sind eine Wohltat für die Seele.

Mit der Haut drücken wir unsere persönliche Balance zwischen Körper, Geist und Seele aus. Die Haut reagiert äußerst sensibel auf verschiedenste Einflüsse, die diese Balance stören. Und mit typischen Hautbeschwerden spiegelt die Haut unsere innere Verfassung als Reaktion auf negative äußere und/oder innere Einflüsse wider.

Die Haut ist das Spiegelbild unserer Seele. Über unseren Hautzustand drücken wir unsere innere Verfassung und Stimmung aus.

Die Ausdrucksformen der möglichen Hautreaktionen ist so vielfältig wie die krankmachenden Einflüsse selbst. Der eine Mensch zeigt hektische rote Hautflecken, wenn er in Streßsituationen gerät, ein anderer reagiert mit ernstzunehmenden Beschwerden oder Erkrankungen der Haut und deren Anhangsorgane wie Ausschlag, Neurodermitis, Haarausfall und vielen anderen Symptomen.

Wie unsere Haut stellt unser ganzer Körper mit all seinen Organen ein einzigartiges Warnsystem dar. Bei Störungen zwischen Innenwelt und Außenwelt, die ihrerseits das Gleichgewicht von Körper, Geist und Seele beeinträchtigen, drückt unser Körper dies mit entstsprechenden Alarmzeichen, den typischen Krankheitssymptomen, aus.

Dabei können solche Störungen regelrecht unter die Haut gehen, auf den Magen schlagen, zu Herzen gehen, die Galle zum Überlaufen bringen, auf die Nerven gehen ... und, und, und.

Jedes einzelne Körperorgan kann betroffen werden und Störungen in Form von typischen Krankheitssymptomen äußern. Wenn wir nicht rechtzeitig auf solche Symptome reagieren und durch eine angemessene (Be)Handlung das Gleichgewicht von Körper, Geist und Seele wiederherstellen, dann können sich aus anfangs nur akuten Symptomen schnell chronische Erkrankungen entwickeln.

Wenn das Gleichgewicht von Körper, Geist und Seele durcheinander geraten ist, dann ist eine angemessene Behandlung dringend notwendig, um die innere Balance wiederherzustellen.

Leider haben wir in unserer schnellebigen und hektischen Zeit verlernt, auf die Signale unseres Körpers zu hören. Geringfügige Symptome werden entweder erst gar nicht wahrgenommen, oder sie werden auf die leichte Schulter genommen, weil sie uns ja im allgemeinen Lebensfluß, in unseren Gewohnheiten nur stören.

Dabei ist schon jedes noch so geringe Beschwerdesymptom ein deutliches Warnzeichen dafür, daß wir unsere Lebensweise neu überdenken und entsprechend ändern müssen.

So können nervöse Magenbeschwerden uns beispielsweise darauf hinweisen, daß wir uns in einer Streßphase einfach mehr Zeit für uns selbst nehmen sollen. So sollen wir nicht in Zeitnot fettige Pommes auf die Schnelle herunterschlingen, sondern uns Zeit für das Genießen von schmackhafter Nahrung nehmen, um unsere Sinne zu beflügeln und so neue Kräfte für den weiteren Tagesverlauf zu sammeln.

Wir sollten uns mehr Zeit für uns selbst nehmen. Statt aus Zeitmangel schnell eine fette Bratwurst mit Pommes Frites herunterzuschlingen, sollten wir lieber etwas mehr Zeit für die Nahrungsaufnahme verwenden. Bei einer schönen Kanne Tee können wir in aller Ruhe vom Alltag abschalten und so wieder neue Energien tanken.

Stattdessen stopfen wir schnell das Essen in uns hinein, weil uns irgendwelche Termine drängen. Alles, was heute noch zählt, ist Leistung, Leistung, Leistung.

Doch wenn wir unserem Körper nicht die nötige Zeit zur Regeneration gönnen, dann wachsen uns die Probleme irgendwann über den Kopf, weil wir nicht mehr in der Lage sind, uns auf die Anforderungen des Lebens einzustellen und korrekt zu reagieren.

Das ganze Leben ist ein einziger Balance-Akt: Wir müssen Unregelmäßigkeiten im Leben, egal welcher Art diese auch sein mögen, immer geschickt ausbalancieren.

Das Leben gerät schließlich immer deutlicher aus dem Takt, wenn wir nicht mehr auf unsere „innere Stimme“ hören. Außenwelt und Innenwelt driften so immer weiter auseinander und hinterlassen so einen Schaden, der schlimmstenfalls unser (Über)Leben bedrohen kann. Damit es nicht wirklich so weit kommt, sollten wir wieder mehr auf diese innere Stimme hören und mehr nach Gefühl leben.

Die Para-Methode

Eine Therapie für die Sinne zur Erhaltung oder Wiederherstellung der Harmonie zwischen Körper, Geist und Seele

Das Wort „Para“ stammt aus dem Lateinischen und heißt neben oder daneben und wird im medizinischen Sprachgebrauch auch im Sinne von zusätzlich oder alternativ verwendet. So stellt die Para-Methode auch eine zusätzliche oder alternative Möglichkeit zu den weithin bekannten klassischen Therapieformen dar.

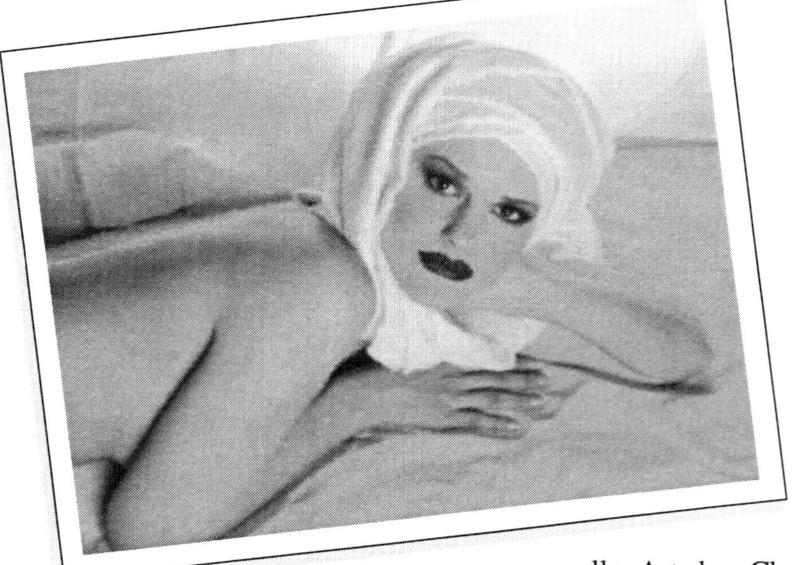

Die einzigartige Para-Methode kombiniert verschiedene Heilmethoden zu einem ganz individuellen Behandlungsprogramm. Als eine Therapie für die Sinne ist die Para-Methode Wellness pur.

Die Para-Methode vereinigt verschiedene alternative Therapieformen zu einem neuen ganzheitlichen Behandlungs-Programm, welches individuell für jedes Beschwerdebild zusammengestellt werden kann.

Die Para-Methode versteht sich als eine Therapie für die Sinne. Da die meisten Gesundheitsprobleme und Krankheiten ihre Ursachen in geistig-seelischen Störungen haben, sollte auch auf der Geist-Seele-Ebene eine sinnvolle Behandlung ansetzen.

So ist in unserer technikbesessenen Welt die Para-Methode wirklich ein außergewöhnlicher Weg, Sorgen und Probleme aller Art ohne Chemie oder Maschinen in den Griff zu bekommen. Besonders als Ergänzung zu klassischen Behandlungformen ist diese Methode äußerst empfehlenswert, weil sie die ganze Natur des Menschen und dessen Wechselbeziehungen zwischen Körper, Geist, Seele und der Umwelt in eine Behandlung miteinbezieht.

Mit dieser sensationellen Methode lassen sich Sorgen, Probleme und Beschwerden aller Art quasi „über die Sinne“ an der Wurzel packen und auf ganz sanfte

Art und Weise lindern oder sogar vollständig beseitigen.

Die Pflanzenmedizin unterstützt auf natürliche Weise die Vitalkraft des Menschen und hilft dabei, Leiden und Beschwerden leichter zu überwinden. Ziel der Pflanzenheilkunde ist es, mit pflanzlichen Mitteln die körpereigenen Selbstheilungskräfte zu unterstützen.

Wenn ein Mensch körperliche Symptome äußert, beispielsweise Schmerzen, dann geht die klassische Schulmedizin hin und blockiert oder betäubt diese mit entsprechenden Mitteln und Methoden, in diesem Falle Schmerzen mit Schmerzmitteln.

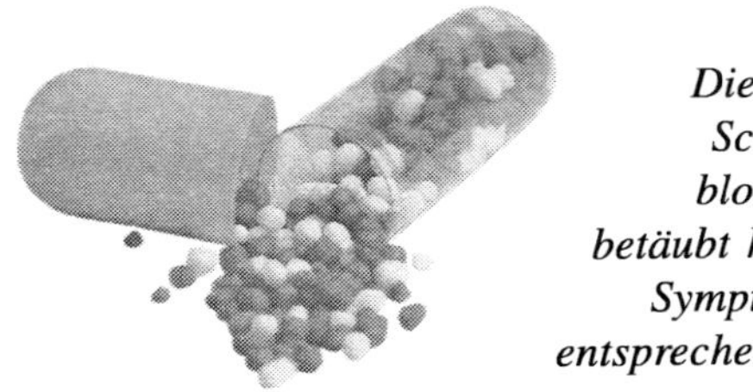

Die klassische Schulmedizin blockiert oder betäubt körperliche Symptome durch entsprechende Mittel.

Wir wissen aber längst, daß Schmerzen und alle anderen körperlichen Symptome Warnsignale des Körpers darstellen, die auf Fehlfunktionen und Störungen im Wechselspiel zwischen Körper, Geist, Seele und der Umwelt hinweisen.

Irgendwo ist die natürliche Balance in diesem Wechselspiel gestört und muß auf eine naturgerechte Weise wiederhergestellt werden. Und das kann man keineswegs damit erreichen, indem man die wichtigen Körpersignale einfach ignoriert und ausschaltet.

Stellen Sie sich einmal vor, Sie fahren mit Ihrem Auto in eine KFZ-Werkstatt, weil Ihre Öllampe ständig leuchtet. Der KFZ-Mechaniker geht hin und dreht Ihnen einfach das Glühbirnchen heraus mit den Worten: „So, jetzt ist alles in Ordnung. Das Lämpchen leuchtet nicht mehr!"

Wie beim Auto der Ölstand, so sollte beim Menschen regelmäßig der Gesundheitszustand kontrolliert werden, damit mögliche Probleme rechtzeitig erkannt und behoben werden können.

Sie als Laie wissen doch sogar, daß dieses Lämpchen eine ganz bestimmte Funktion hat. Wenn dieses Lämpchen leuchtet, dann sollte der Ölstand überprüft und gegebenenfalls das Öl aufgefüllt oder gewechselt werden.

Wenn Sie jetzt mit dem ausgedrehten Lämpchen einfach weiterfahren, dann ist das Dilemma schon vorprogrammiert. Irgendwann läßt Sie der Motor im Stich und Ihr Auto bewegt sich keinen Zentimeter mehr.

So ähnlich verhält sich auch die klassische Schulmedizin zu unseren Gesundheitsbeschwerden oder Krankheiten. Da werden wichtige Symptome durch chemische Medikamente einfach unterdrückt oder störende Organe chirurgisch entfernt im Vertrauen auf die Selbstheilungskräfte unseres Körpers.

In der Chirurgie werden störende und kranke Organe, z.B. der Blinddarm, durch eine Operation entfernt.

In den meisten Fällen schafft es auch unser Körper, solche iatrogenen Defekte, d.h. künstlich durch den Arzt herbeigeführte körperliche Zustände, mittels Selbstheilungskräften regelrecht zu überleben.

Sicher gibt es schwere Erkrankungen, bei denen schulmedizinische Behandlungen oder Eingriffe ihren Sinn haben, nämlich immer dann, wenn Krankheitssymptome so schwerwiegend und unerträglich sind, daß sie eine sanfte Therapie behindern würden.

Zum Beispiel bei extrem starken Schmerzen oder Beschwerden ist eine Schmerzunterdrückung oder sogar eine Operation sinnvoll, um so einen Ausgangszustand zu schaffen, der eine weitere Naturheiltherapie zur Behandlung und Beseitigung der Schmerzursachen erleichtert.

In diesen Fällen steht die Linderung starker Beschwerden oder die Lebensrettung natürlich im Vordergrund. Aber auch in solchen Fällen sollte nach der Stabilisierung des Allgemeinzustands eine naturheilkundliche Therapie anschließen, um die Selbstheilungskräfte des Körpers zu aktivieren und dadurch eine Heilung zu fördern.

Wenn nämlich durch eine klassisch-schulmedizinische Behandlung ausschließlich die Symptome behandelt werden, kann es passieren, daß gesundheitliche Beschwerden latent, d.h. verborgen, fortbestehen bleiben und sich irgendwann ein chronisches Leiden daraus entwickelt.

Deshalb ist es so wichtig, alle zur Verfügung stehenden Behandlungsmöglichkeiten auszuschöpfen und sinnvoll miteinander zu einem ganzheitlichen Therapiekonzept zu kombinieren, wie es die Para-Methode tut.

Die meisten Gesundheitsbeschwerden können wir durch die Aktivierung unserer Selbstheilungskräfte bessern oder heilen, ohne gleich mit schweren Kanonen auf kleine Spatzen schießen zu müssen. Und genau hier ist die geniale Para-Methode ein sanfter Weg zu Gesundheit, Schönheit und Wohlbefinden.

Eine Tasse Kräutertee steigert das Wohlbefinden und aktiviert dadurch die Selbstheilungskräfte.

Einfache Therapieformen, die insbesondere unsere Sinne und damit unsere geistig-seelische Verfassung ansprechen, werden bei der Para-Methode ganz individuell zu einem ganzheitlichen Behandlungskonzept vereint.

Die Psycho-Neuro-Immunologie ist eine noch recht junge Wissenschaft, die die Zusammenhänge zwischen Psyche und Immunsystem erforscht. Ein sehr bedeutsames Forschungsergebnis ist, daß Gesundheit, Schönheit und Wohlbefinden in sehr engem Zusammenhang mit einer harmonischen Lebensweise stehen.

Das schönste und effektivste Training für Gesundheit, Schönheit und Wohlbefinden heißt nämlich einfach: Glücklich sein und das Leben genießen. Es ist inzwischen wissenschaftlich erwiesen, daß Lebensfreude das Immunsystem stärkt und uns somit vor Krankheiten schützt.

Lebensfreude stärkt das Immunsystem und schützt uns somit vor Krankheiten.

Ein Indikator bei den Untersuchungen ist das Immunglobulin A, ein wichtiger Bestandteil unseres Immunsystems. Das Immunglobulin A befindet sich auf unseren Schleimhäuten und wirkt wie ein Schutzschild gegen Krankheitserreger. Untersuchungen belegen eindeutig, daß durch das Empfinden von Freude, Glück und Genuß die Produktion von Immunglobulin A ordentlich angekurbelt wird.

Will man nun diese sensationellen Forschungsergebnisse für eine entsprechende Immuntherapie nutzen, dann lautet die Formel ganz einfach: Genuß ohne Reue und Lebensfreude pur. Und hierbei spielen chemische Medikamente überhaupt keine Rolle. Bei kleinen Alltagszipperlein läßt sich das Immunsystem auf ganz einfache Weise wieder auf Vordermann bringen:

- ***Schlechte Laune „killt" man am besten dadurch, daß man aus vollem Herzen lacht. Durch Lachen und Humor wird die Aktivität der weißen Blutkörperchen angeregt und damit die Abwehrkräfte gesteigert. Lesen Sie ein humorvolles Buch oder schauen Sie sich einen lustigen Film an. Lächeln Sie Ihre Mitmenschen immer freundlich an, und Sie werden merken, daß man Ihnen mit Freundlichkeit begegnet. Das wiederum weckt Glücksgefühle und steigert so Ihre Abwehrkräfte.***

- ***Sorgen Sie für ausreichenden und erholsamen Schlaf. Im Schlaf kann sich Ihr Immunsystem am besten regenerieren und Sie für einen neuen Tag optimal vorbereiten, indem Abwehrzellen in Ruhe nach Erregern fahnden können, um diese schließlich unschädlich zu machen. So erlangen Sie volle Immun-Power für den neuen Tag.***

- ***Gönnen Sie sich regelmäßig „Streicheleinheiten für die Seele". Nehmen Sie ein entspannendes Bad mit feinen, pflegenden Essenzen. Oder lassen Sie sich von der Kosmetikerin verwöhnen. Oder verwöhnen Sie sich und Ihren Partner mit einer sensitiven Partnermassage.***

- ***Genießen ohne Reue für ein starkes Immunsystem: Das heißt nicht, daß Sie sich sinnlos vollfuttern sollen, sondern vielmehr das, was Sie essen, auch bewußt genießen sollen. Das kann dann auch Ihre Lieblingsspeise***

oder ein Stück Schokolade oder sonst eine „Kaloriensünde" sein. Wichtig ist nur, daß Sie sie bewußt mit voller Freude genießen und dabei ein Wohlgefühl entwickeln.

- ***Körperliche Bewegung hebt die Laune, löst Verspannungen und gibt Kraft. Tanzen, Laufen, Spazierengehen, Körpertrainung sind nur wenige von vielen Bewegungsmöglichkeiten, die dazu geeignet sind, Ihnen bei angemessener Dosis den richtigen „Kick" zu verleihen.***

Es gibt so viele Dinge, die man in seinen Alltag einbringen kann, die sich positiv auf unser Gemüt auswirken. Man muß sie nur tun, um von der tollen Powerwirkung profitieren zu können. Hauptziel dabei ist einfach nur gute Laune und ein harmonisches Lebensgefühl.

Lachen Sie ruhig auch einmal über sich selbst. Dadurch nehmen Sie Abstand von bedrückenden Problemen und machen Ihren Kopf frei für neue Gedanken. Und diese neuen Gedanken sind oft der Anstoß zu einer gezielten Problemlösung.

Lachen ist gesund. Diesen Ausspruch kennen wir alle. Also lachen Sie auch ruhig einmal über sich selbst. Oder lächeln Sie sich jeden Morgen im Spiegel freundlich an. Das macht den Kopf frei von Sorgen und hebt die Stimmung.

Wenn Sie einmal nichts zu lachen haben, dann können Sie trotzdem durch ein gezieltes Training ihre Laune steuern. Sie können sich ganz einfach auf ein freundliches Lächeln umprogrammieren. Schauen Sie doch einfach in den Spiegel und lächeln Sie sich selbst freundlich und locker an.

Auch wenn es schwerfällt, versuchen Sie einfach Ihren „inneren Schweinehund" zu überwinden. Lächeln Sie auch Ihre Mitmenschen an. Denn die sind nämlich Ihr persönlicher Seelenspiegel. So wie Sie sich ihnen geben, so werden Ihre Mitmenschen sich Ihnen geben.

Guter Rat

Kopf hoch, Brust raus und das Sonntagslächeln auflegen. So fliegen Ihnen die Sympathien Ihrer Mitmenschen nur so zu, und Sie selbst erfahren dadurch ein wohliges Glücksgefühl.

Sie werden schnell bemerken, daß Ihre Mitmenschen auf ein Lächeln positiv reagieren und Ihnen ein freundliches Lächeln zurückschenken. Dadurch polieren Sie Ihre eigene Selbsteinschätzung auf. Die gute Laune stellt sich schließlich von selbst ein und sorgt dafür, daß Sie Ihren Streß leichter abbauen und so Ihr Immunsystem stärken können.

Wenn es nur wirklich immer so einfach wäre, wie ich es hier gerade schreibe, dann könnte ich mein Buch hier beenden. Leider ist es im Leben oft so, daß wir in schwierige Situationen geraten, aus denen wir keinen Ausweg mehr finden. Ich selbst bin ja da durch einen groben ärztlichen

Kunstfehler schwer gebranntmarkt worden und wollte sogar mit meiner Behinderung nicht mehr weiterleben.

Glücklicherweise habe ich nicht den Fehler gemacht und bin nicht den Weg der Resignation gegangen. Für mich war dieser schwere Kunstfehler wie ein Wendepunkt in meinem Leben. Ich mußte erst lernen, mit meiner körperlichen Behinderung zu leben.

Und das war verdammt schwer, weil ich doch zuvor alles hatte, was einen glücklichen Menschen ausmacht: Gesundheit, Liebe, Glück, Wohlbefinden... Und plötzlich war ich ein Krüppel. Das war mehr als nur ein harter Schlag ins Gesicht, mehr als ein böser Schicksalsschlag: Es war das Ende meines Lebens.

Und genau da liegt der springende Punkt: Das Ende meines (bisherigen) Lebens war der Anfang zu einem neuen Leben. Ein neues Leben offenbahrte sich mir, das ich mir nach gezielten Gesichtspunkten ganz neu gestalten konnte.

Eine plötzliche Behinderung, z.B. durch einen Unfall, muß nicht gleich das Ende des Lebens bedeuten. Darin kann bei richtiger Sichtweise auch der Anfang für ein neues Leben liegen.

Ich lernte immer wieder neue Möglichkeiten kennen, die mir das Leben vereinfachten und verbesserten. Ich konnte meine Lebensqualität so entscheidend verbessern, daß ich wieder mit mir selbst in Einklang kam und die Freude am Leben zurückgewann.

Ich habe viele Behandlungsmöglichkeiten aus allen möglichen Richtungen kennengelernt und ausprobiert, bis ich schließlich zu der Erkenntnis gelang, daß die beste Therapie diejenige ist, welche die Sinne am intensivsten anspricht und so hilft, eine neue Einstellung zum Leben zu gewinnen.

Lesen und sich dabei informieren und weiterbilden, ist eine hilfreiche Maßnahme, um Sorgen und Probleme in den Griff zu bekommen.

Die einfachste Therapieform kam damals sozusagen als ein Wink aus meiner Seele heraus. Ich begann nette Texte zu schreiben und hübsche Bilder zu malen und verschenkte meine kleinen Kunstwerke an meine Freunde.

Die Freude, die ich ihnen damit bereitete, schenkte mir wiederum ein vollkommen neues Selbstvertrauen und ein gestärktes Selbstwertgefühl. Das war für mich der Anfang für ein neues Leben.

In diesem Buch möchte ich meine Erfahrungen in Form von Therapievorschlägen für die Sinne aufarbeiten und Ihnen damit die Möglichkeit geben, selbst ein neues Leben zu beginnen.

Die besten und sinnvollsten Wege zu einem neuen Selbstbewußtsein will ich Ihnen gerne ans Herz legen. Es gibt immer verschiedene Möglichkeiten, die man im Leben wählen kann, aber nur einen Weg, den man wirklich gehen kann.

Gemeinsam mit einer guten Freundin oder einem guten Freund lassen sich die eigenen Sorgen und Probleme noch viel besser bewältigen.

Die Para-Methode vereint verschiedene „Sinnestherapien" zu einem ganz neuen Weg, den man bewußt einschlagen sollte, wenn man sein Leben von Grund auf ändern und aufwerten möchte.

Lebenskrisen, egal welcher Art, sind meist der Anlaß dafür, über das eigene Leben nachzudenken und den Wunsch zu äußern, daß alles ganz anders werden sollte. Jeder Mensch hat die Möglichkeit, sein Leben neu zu ordnen und nach optimalen Gesichtspunkten selbst zu gestalten.

Die eigene Natur des Menschen gibt dabei den äußeren Gestaltungsrahmen für ein neues Leben schon vor. Man muß diesen Rahmen als Grundlage für eine Veränderung einfach nur erkennen und ihn schließlich wie einen roten Faden durch sein neues „Lebenswerk" ziehen.

Die Ziele der Para-Methode als Grundbedingungen für Gesundheit und Wohlbefinden

- ***eine abwechslungsreiche und gesunde Ernährungsweise***
- ***ein ausgewogenes Gleichgewicht zwischen Beruf, Privatleben und Freizeitvergnügen***
- ***ein Leben in einer möglichst schadstoffarmen Umwelt***
- ***Schutz vor negativen und krankmachenden Einflüssen***
- ***Steigerung des Selbstwertgefühls und damit Akzeptanz bei den Mitmenschen***
- ***eine klare Zielformulierung und deren konsequente Verfolgung***
- ***gezielter Abbau von Sorgen und Problemen jeglicher Art***

Der Rahmen oder die Grundlage für mögliche Veränderungen ist nichts anderes als die eigene Persönlichkeit mit all ihren Charaktermerkmalen mit den persönlichen Stärken und Schwächen. Nur an der eigenen Persönlichkeit können sich Maßnahmen zur Verbesserung der Lebensqualität orientieren, wenn man ein optimales Ergebnis, ein harmonisches Leben, erzielen möchte.

Die eigene Persönlichkeit mit allen typischen Merkmalen und Eigenschaften kann man nicht ändern. Aber die Lebensumstände, die unsere Persönlichkeit im positiven oder im negativen Sinne beeinflussen, die kann man sehr wohl in gewissem Maße selbst bestimmen.

Die Para-Methode vereint die besten sanften Therapieformen zu einem kompletten ganzheitlichen „Lebensprogramm", das jeder Mensch ganz einfach für sich seinen persönlichen Eigenschaften entsprechend sofort in die Tat umsetzen kann.

Hadern Sie nicht mit Ihrem Schicksal und nehmen Sie Ihr Leben nicht als eine unveränderbare Tatsache hin. Das Leben steckt voller Möglichkeiten zur Verbesserung der eigenen Lebensqualität.

Auch wenn Sie anfangs kein Licht am Ende des langen und dunklen Tunnels sehen, sollten Sie einfach durchhalten. Irgendwann wird auch Ihnen ein „Licht aufgehen", und Sie werden wieder neue Lebensziele anvisieren können.

Irgendwann geht uns allen einmal ein Licht auf. Mit etwas Geduld können wir diesen „Lichtblick" schließlich für die Ausarbeitung neuer Lebensziele nutzen.

Wenn Sie ein konkretes Ziel vor Ihren Augen haben, dann werden Sie auch automatisch den richtigen Weg finden. Mit einigen einfachen Hilfsmitteln der einzigartigen Para-Methode werden Sie wie von selbst auf die richtige Fährte geleitet.

Ihre innersten Bedürfnisse werden wieder erwachen und Ihnen ganz neue und fabelhafte Wege eröffnen, von denen Sie bisher vielleicht nicht einmal zu träumen gewagt haben.

Verbessern Sie ab heute Schritt für Schritt Ihre eigenen Lebensumstände und steigern Sie dadurch Ihre Lebensqualität auf enorme Weise. Einfach Kopf hoch und durch!

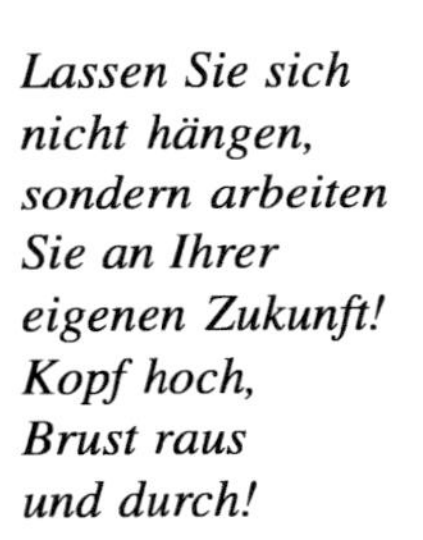

Lassen Sie sich nicht hängen, sondern arbeiten Sie an Ihrer eigenen Zukunft! Kopf hoch, Brust raus und durch!

Ich selbst bin das beste Beispiel für die sensationelle Wirkung dieser einmaligen Methode, die mir ja ein ganz neues Leben geschenkt hat. Die einzelnen Schritte bzw. Therapieformen der Para-Methode können Sie selbst Ihren persönlichen Merkmalen und Eigenschaften entsprechend zu Ihrem eigenen ganzheitlichen Therapiekonzept kombinieren.

Aus eigener Erfahrung weiß ich nur zu gut, wie phantastisch sich die „sinnliche" Para-Methode auf das ganze Leben auswirkt. Machen Sie es mir einfach nach und entdecken Sie ebenfalls neue Wege für Ihr Leben!

Die Bilanz des Lebens

Ein Ende kann der Anfang zu einem neuen Leben sein

Bevor Sie sich nun an irgendwelche Therapieformen und Behandlungsmöglichkeiten machen, sollten Sie sich zunächst einmal Ihrer aktuellen Lebenssituation und Ihrer Einstellung zum Leben bewußt werden.

Ziehen Sie die Bilanz Ihres Lebens und entdecken Sie dabei völlig neue Lebensperspektiven!

Sie sollten Ihr eigenes „Lebenspotential" erkennen, um es optimal für sich nutzen zu können: Ihr Lebenspotential wird bestimmt durch Ihre genetische Veranlagung, Ihre Persönlichkeit, Ihr direktes Umfeld, Ihr Ernährungsverhalten und Ihre allgemeine Lebensweise mit körperlichem und geistigem Training.

Eine sehr gute Möglichkeit, sich Ihre aktuelle Lebenssituation genau bewußt zu machen, ist die schriftliche Verarbeitung Ihrer persönlichen „Lebensdaten und -fakten". Nehmen Sie sich dazu einfach ein großes Blatt Papier und beantworten Sie für sich selbst folgende Fragen schriftlich:

Mein Ernährungsverhalten:

- ***Wie ernähre ich mich? Esse ich viel Obst und Gemüse? Trinke ich genug?***
- ***Nehme ich mir genügend Zeit für die Nahrungszubereitung und -aufnahme?***
- ***Wieviele Mahlzeiten nehme ich am Tag zu mir? Wann? Regelmäßig?***
- ***Welchen Stellenwert hat die Ernährung in meinem Leben?***

Mein Freizeitverhalten:

- ***Welches Verhältnis habe ich zu meiner Familie? Zu meinem Lebenspartner?***
- ***Wie ist mein Kontakt zu meinen Mitmenschen?***
- ***Was unternehme ich mit meinen Freunden? Mit meinen Verwandten?***

Mein Fitnessverhalten:

- ***Was tue ich für meine körperliche Fitness? Bewege ich mich bewußt? Und ausreichend?***
- ***Was tue ich für meine geistige Fitness? Rätseln? Lesen? Schreiben?***
- ***Was bin ich für ein Fitness-Typ? Eher aktiv? Oder eher träge?***

Meine Persönlichkeit:

- ***Welche besonderen Eigenschaften habe ich? Gute? Schlechte?***
- ***Welche Eigenschaften setze ich gezielt ein? Beruflich? Privat?***
- ***Wie schätzen mich meine Freunde, Verwandten, Mitmenschen ein?***
- ***Wie wichtig sind mir meine Freunde? Verwandten? Mitmenschen?***

Mein direktes Umfeld:

- ***Wo lebe ich? Haus? Wohnung? Großstadt? Kleinstadt? Auf dem Lande?***
- ***Wie lebe ich? Bin ich mit meiner Umgebung zufrieden?***
- ***Bin ich mit meiner (beruflichen) Lebensaufgabe glücklich?***
- ***Fühle ich mich wohl und geborgen? Oder einsam? Oder genervt?***

Meine Gesundheit:

- ***Welche Beschwerden habe ich? Seit wann habe ich diese?***
- ***Was tue ich ganz bewußt für meine Gesundheit? Wann? Wie oft?***
- ***Womit schade ich meiner Gesundheit? Rauchen? Alkohol? Streß?***
- ***Habe ich ererbte Gesundheitsstörungen oder Krankheiten?***
- ***Wie gut kenne ich meinen Körper? Meinen derzeitigen Gesundheitszustand?***

Je intensiver Sie sich mit diesen Fragen beschäftigen und je ausführlicher Sie diese schließlich beantworten, desto genauer werden Sie Ihr persönliches Lebenspotential erkennen. Schon bei der Beantwortung der Fragen werden Sie feststellen, daß es in Ihrem Leben Umstände gibt, die Sie kaum oder nur sehr schwierig ändern können.

Dazu gehören Ihre genetische Veranlagung, Ihre berufliche Tätigkeit oder Ihr direktes Umfeld. Dennoch können Sie diese Umstände möglichst positiv für sich gestalten, indem Sie Ihre Verhaltensweisen harmonisch darauf abstimmen oder gezielt umstellen, um weitere negative Einflüsse abzustellen.

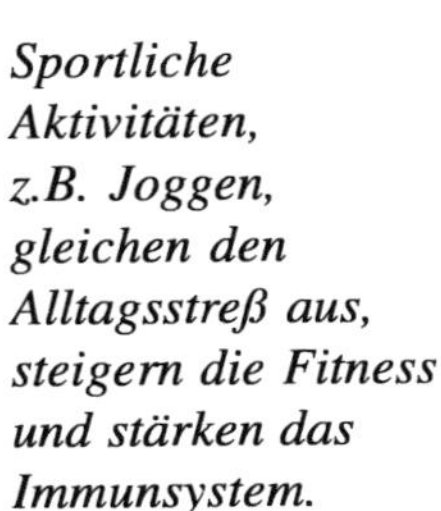

Sportliche Aktivitäten, z.B. Joggen, gleichen den Alltagsstreß aus, steigern die Fitness und stärken das Immunsystem.

Sicher werden Ihnen Ihre Verhaltensfehler bei der Ernährung, bei Ihrer Fitness oder in Ihrer Freizeitgestaltung bei der Beantwortung ebenso bewußt werden, wie die scheinbar unabänderlichen Lebensumstände.

Nachdem Sie nun die Fragen schriftlich beantwortet und damit Ihre aktuelle Lebenssituation dargestellt haben, sollten Sie nun auf einem zweiten Blatt Ihre Lebensziele formulieren.

Dazu schreiben Sie zunächst einfach alles auf, was Sie in Ihrem Leben stört oder was Sie in Ihrer Lebensfreude behindert. Das wird Ihnen nicht schwerfallen, wenn Sie die Fragen zu Ihrer persönlichen Lebenssituation gewissenhaft beantwortet haben.

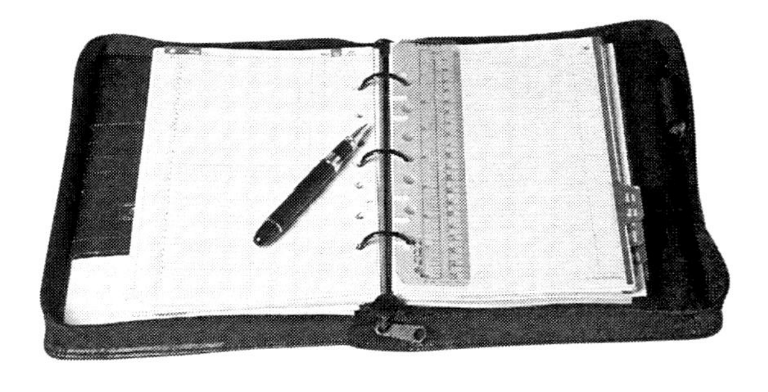

Durch das konsequente Aufschreiben, beispielsweise in einem Tagebuch, können Sorgen und Probleme besonders intensiv betrachtet, gedeutet und somit verarbeitet werden.

Ihnen werden wohl schon bei der Beantwortung dieser Fragen die Störfaktoren in Ihrem Leben auffallen und möglicherweise sogar „sauer aufstoßen". Notieren Sie nun also diese Störfaktoren und formulieren Sie parallel dazu positive Ziele, die Sie in Ihrem Leben erreichen möchten.

Bitte bedenken Sie jedoch dabei, daß Sie keine Ziele formulieren, die Sie niemals erreichen können. Und wünschen Sie sich niemals etwas, was gar nicht zu Ihnen paßt. Bleiben Sie bitte bei der Realität und halten Sie sich an das wirklich Machbare.

Guter Spruch

Viele Menschen sind nur deshalb unglücklich, weil sie sich ein Glück wünschen, das gar nicht zu ihnen paßt.

Ein Gelähmter wird ja auch kein Stabhochspringer werden können. Aber er kann sein eigenes Lebenspotential nutzen und seiner Behinderung entsprechende Sportarten betreiben. Möglichkeiten gibt es immer, und zwar reichlich. Auch für Sie!

Wer all seine Wünsche und Hoffnungen nur auf Geld und Reichtum konzentriert, der wird vom Leben mit an Sicherheit grenzender Wahrscheinlichkeit schwer enttäuscht werden.

Die Schreiberei mögen Sie vielleicht zunächst als überflüssige oder sogar sinnlose Arbeit ansehen. Aber je ordentlicher und genauer Sie diese Anweisungen befolgen, desto ertragreicher wird Ihre Lebensbilanz werden.

Schreiben ist nämlich eine Form von Therapie, die es uns ermöglicht, zu uns selbst zu finden und Wege aus allen möglichen Krisen in uns zu entdecken. Sie erinnern sich, daß ich selbst mit Schreiben begonnen habe, meine schwere Lebenskrise, die durch einen schrecklichen ärztlichen Kunstfehler verursacht wurde, zu bewältigen.

Den Anfang machte eigentlich mein Abschiedsbrief, den ich jedoch niemals abzuschicken brauchte. Beim Schreiben meiner letzten Worte habe ich dermaßen geheult, daß ich den ganzen Brief mit meinen Tränen verschmierte. Dadurch wurde mir schließlich klar, daß ich mich vom Leben eigentlich nicht verabschieden wollte. Ganz im Gegenteil: Ich wollte leben, leben, leben!

Schreiben ist eine sehr wichtige Therapieform zum Verarbeiten von Sorgen und Problemen.

Also begann ich, mein schlimmes Schicksal aufzuschreiben. Ich schrieb mir alles Leid von der Seele und kam zu dem Entschluß, mein Schicksal als Buch einer breiten Masse zugänglich zu machen.

Beim Verfassen meines Schicksals-Buches hatte ich ein festes Ziel: Alle Menschen sollten wissen, wie schnell man sein Leben verlieren kann, wenn man sich blind auf Menschen verläßt, deren Eigenschaften und Fähigkeiten man nicht kennt.

Man muß nicht gleich ein ganzes Buch verfassen, um sich seine Sorgen und Probleme von der Seele zu schreiben.

Ich hatte mich damals auf einen fremden Arzt verlassen, der mich durch einen sinnlosen Fehler zum Krüppel machte und damit mein ganzes Leben verpfuschte. Beim Schreiben kamen in mir einerseits Wutgefühle, andererseits sogar Rachegelüste auf. Diesem Kurpfuscher wollte ich es gerne heimzahlen.

Und so schrieb ich wie von einer Tarantel gestochen. Doch schon bei Seite zwölf war dann Schluß. Nachdem ich auf den ersten Seiten regelrecht Dampf abgelassen hatte, schrieb ich auf den folgenden Seiten meine Wunschvorstellungen nieder.

Ich stellte mir bildlich vor, was ich mit meiner Behinderung im Leben noch alles anstellen konnte und wollte. Und auf Seite zwölf leuchtete es mir endgültig ein, daß ich mich doch wegen einer körperlichen Behinderung nicht einfach unterkriegen lassen durfte.

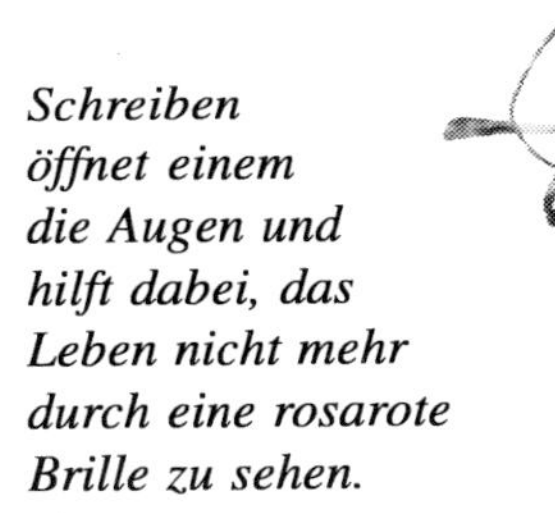

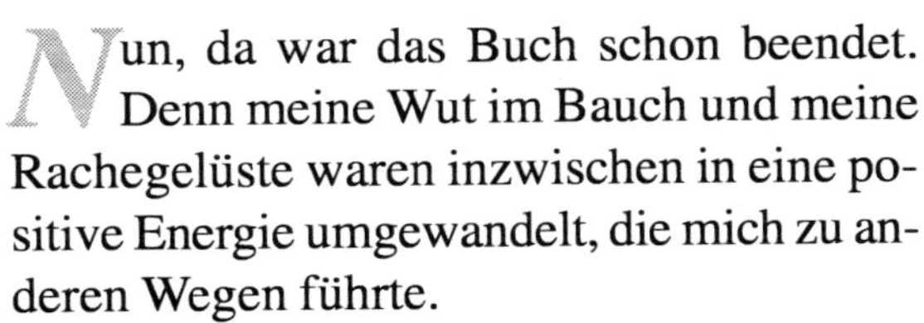

Schreiben öffnet einem die Augen und hilft dabei, das Leben nicht mehr durch eine rosarote Brille zu sehen.

Nun, da war das Buch schon beendet. Denn meine Wut im Bauch und meine Rachegelüste waren inzwischen in eine positive Energie umgewandelt, die mich zu anderen Wegen führte.

Als ich nämlich meine zwölf Seiten selbst las, erkannte ich, daß ich meine Sorgen und Probleme, meine Sehnsucht nach einem neuen Leben in Gedichtform verfaßt hatte, was mir so gut gefiel, daß ich ab sofort Gedichte über das Leben schrieb.

Ich schrieb über alle Facetten des Lebens: Kleine Gedichte und nette Geschichten. Irgendwann habe ich dann meine gesammelten Werke mit eigenen Zeichnungen hübsch aufgemacht und daraus kleine Heftchen produziert und diese an meine Freunde verschenkt.

So verarbeitete ich all meine Sorgen und Probleme und machte meinen Freunden sogar noch eine richtige Freude damit. Meine Freunde sahen in meinen Heftchen sogar eine echte Lebenshilfe, die ich ihnen mit meinen verarbeiteten Erfahrungen schenkte.

Sorgen

Jeder Mensch hat seine Sorgen.
Sie gehören einfach zum Leben.
Ob gestern, heute oder morgen,
Sorgen wird es immer geben.

Teile die Sorgen mit Deinem Freund.
Denn hälst Du sie für Dich verschwiegen,
so nimmst Du ihm die Möglichkeit
Dich wirklich ganz zu lieben.

Und das gab mir erst recht den nötigen Auftrieb und die Kraft zum Weitermachen. So fand ich schließlich einen ganz neuen Lebensweg für mich. Ich lernte nämlich meine ureigenste Eigenschaft kennen: Meine Erfahrungen zu verarbeiten, um anderen Menschen zu helfen.

Genau das tue ich gerade jetzt in diesem Moment wieder, indem ich diese Zeilen schreibe, um Ihnen einen hilfreichen Wegweiser für Ihr Leben präsentieren zu können.

So wie ich können auch Sie zu ganz neuen Erkenntnissen kommen, wenn Sie sich nur die Mühe machen, Ihre persönliche Lebenssituation schriftlich zu verarbeiten. Fangen Sie am besten sofort damit an. Es muß ja nicht gleich ein Buch werden.

Die Mühe, sich alle Sorgen und Probleme von der Seele zu schreiben, lohnt sich wirklich für jeden und in jeder Lebenssituation. Nur nicht zögern, sondern beginnen!

Es reicht völlig, wenn Sie nur die Fragen zu Ihrer persönlichen Lebenssituation schriftlich beantworten.Wenn Sie die Fragen beantwortet, die Störfaktoren notiert und Ihre persönlichen Lebensziele schriftlich formuliert haben, dann haben Sie schon den ersten Schritt zu einem neuen Leben getan.

Wer ständig hadert und zögert, der gewinnt im Leben keinen Blumentopf. Nur wer wagt, der gewinnt auch.

Sie haben sich schriftlich bewußt gemacht, wo Sie gerade im Leben stehen, was Sie im Leben alles stört und wohin Sie gerne gehen möchten. Sie haben nun konkrete Ziele vor Ihren Augen, und zwar „schwarz auf weiß".

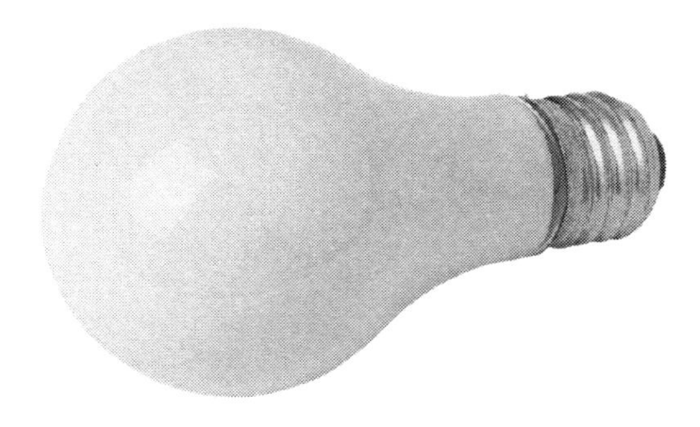

Schon beim Schreiben wird Ihnen ein Licht aufgehen, das Ihnen den Weg zu einem besseren Leben weisen wird.

Betrachten Sie die Auflistung Ihrer Lebensziele als Ihren persönlichen Wegweiser und lesen Sie sich Ihre Ziele täglich, möglichst mehrmals, durch. Dadurch wird Ihr Gehirn diese Ziele besonders intensiv verarbeiten, indem es Ihr Leben automatisch auf die Zielverwirklichung umprogrammiert.

Wir können unsere Gehirnfunktionen ganz gezielt trainieren. Durch eine intensive Visualisierung unserer Ziele können wir unser Gehirn auf Zielverwirklichung umprogrammieren.

In unserem Gehirn ist nämlich von Geburt an die Fähigkeit, unsere ganz persönliche Lebensharmonie zu finden, fest abgespeichert. Jeder Mensch hat seine eigene Lebensharmonie, die es ihm ermöglicht, sein Lebenspotential optimal zu nutzen, wenn er im Einklang mit ihr lebt.

Doch durch negative innere und äußere Einflüsse weichen wir im Laufe unseres Lebens immer mehr von unserer eigenen Lebensharmonie ab und fühlen uns dadurch zunehmend unwohl und unglücklich oder werden sogar krank.

Die Lösung unserer Probleme finden wir jedoch in unserer persönlichen Lebensharmonie, die ganz tief in unserem Unterbewußtsein verankert ist. Wenn Sie nun täglich Ihre Ziele vor Augen haben - je öfter desto besser - dann öffnen Sie das Tor zu Ihrem Unterbewußtsein und gelangen so an die wertvollen Informationen heran, die Sie tief in den „untersten Schubladen" Ihres Gehirns abgespeichert haben.

Die eigene Lebensharmonie ist verantwortlich für das persönliche Lebensglück.

Sie können Ihr Gehirn so ganz gezielt trainieren und Ihr Leben bewußt auf Ihre neuen Ziele programmieren. Je mehr Sie sich mit Ihren Zielen beschäftigen, desto schneller und intensiver können Sie Ihre Lebensqualität verbessern.

Therapien für die Sinne

Wenn Körper, Geist und Seele aus der Balance geraten sind

Die Einheit von Körper, Geist und Seele gehört zur Natur des Menschen. Bei einem gesunden Menschen stehen diese drei Ebenen in einem ausgewogenen Wechselspiel zueinander.

Wenn dieses Wechselspiel durch irgendwelche Einflüsse gestört wird, dann fühlt sich der Mensch unwohl oder er wird sogar krank, wenn er die Zeichen für die gestörte Balance nicht erkennt und für einen notwendigen Ausgleich sorgt.

Selbst wenn nur auf einer der drei Ebenen deutliche Beschwerden auftreten, sind immer alle drei Ebenen betroffen, weil nämlich die Harmonie des Ganzen, des gesamten Wechselspiels, gestört ist.

Beschwerden werden aber häufig erst dann wahr- und ernstgenommen, wenn sich auffallende körperliche Symptome äußern, die das Leben stark beeinträchtigen. Leichtere Beschwerden werden oft als kleine Wehwehchen oder Zipperlein abgetan und als ernstzunehmende Warnsignale einfach ignoriert.

Zurück zur Natur des Menschen: So heißt das Motto, wenn Körper, Geist und Seele wieder im harmonischen Einklang zueinander stehen sollen.

So können aus leichten Beschwerden schnell ernsthafte Krankheiten oder chronische Leiden erwachsen. Das ist ganz typisch für den modernen Menschen von heute.

Denn im Laufe der Evolution hat der Mensch vor lauter Wissenschaft und Fortschritt verlernt, auf seine eigene Natur zu achten.

Es ist also in der heutigen Zeit besonders wichtig, daß wir Menschen wieder lernen, zu unserer eigenen Natur zurückzukehren. Denn in unserer eigenen Natur finden wir die Lösung unserer Probleme.

Wenn wir irgendwelche Symptome äußern, dann ist immer die Harmonie des Ganzen, das Wechselspiel zwischen Körper, Geist und Seele gestört. Da macht es ganz bestimmt keinen Sinn, mit sogenannten „Hammerverfahren", wie sie in der klassischen Schulmedizin immer noch üblich sind, lediglich die Symptome zu behandeln.

Aufgabe einer ganzheitlichen Medizin ist vielmehr das Erkennen und Deuten der Störungen in der Harmonie des Ganzen, die für unsere Gesundheitsbeschwerden ursächlich verantwortlich sind, und eine anschließende Reharmonisierung durch Heilmethoden, die der Natur des Menschen entsprechen.

Alte Naturvölker beherrschen noch die ganzheitlichen Methoden, die den Einklang zwischen Körper, Geist und Seele wiederherstellen. Von den alten Medizinmännern dieser Urvölker können wir modernen Menschen heute noch sehr viel lernen, nämlich all das, was wir längst vergessen und verdrängt haben: unsere eigene Natur.

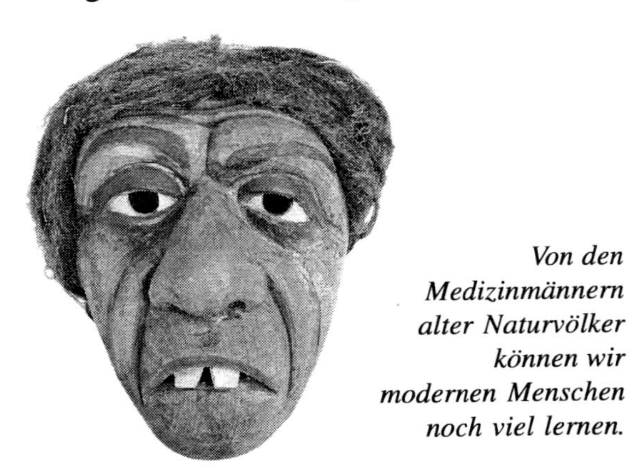

Von den Medizinmännern alter Naturvölker können wir modernen Menschen noch viel lernen.

Therapien für die Sinne sind natürliche Heilverfahren, die den geistigen und seelischen Bereich positiv beeinflussen und somit für körperliches Wohlbefinden sorgen.

Es gibt eine Vielzahl solcher Naturheilverfahren, die insbesondere unsere Sinne ansprechen. Für die Anwendung vieler dieser Methoden ist jedoch meist noch ein Therapeut oder eine „dritte Hand" nötig.

In diesem Buch möchte ich daher nur solche Verfahren aufführen, die jeder Mensch für sich alleine ausüben kann. Außerdem beschränke ich mich auf solche Methoden, die sich ohne großen Aufwand in den Alltag einflechten lassen.

Dieses Buch soll Ihnen dabei helfen, den Schlüssel des Glücks zu finden.

Es ist nämlich sehr wichtig, daß man eine ganzheitliche Therapie konsequent durchführt, damit sie zum Erfolg führen kann. Und da sollte die gewählte Methode nicht selbst zur Last werden, weil man ein anstrengendes und zeitaufwendiges Programm durchziehen muß.

Ich weiß, daß wir Menschen es doch so gerne bequem haben und uns nicht noch übermäßig anstrengen wollen, um zum Ziel zu gelangen. In einer Zeit von Streß und Hektik ist das verständlich. Und da ist die Para-Methode wirklich genau der richtige Weg, um den notwendigen Ausgleich zu schaffen.

Die Para-Methode ist eine wahre Wohltat für die Sinne, die sich ganz einfach und bequem den persönlichen Bedürfnissen entsprechend in den Alltag einbinden läßt.

1. Die Kraft der Worte

Wie man sich Sorgen und Probleme von der Seele schreibt

Wie Sie ja bereits wissen, war der Anfang zur Lösung meiner eigenen Probleme das Schreiben. Als ich damals auf dem Höhepunkt meiner Lebenskrise meinen Abschiedsbrief schrieb, war dies der Anfang zu meinem neuen Leben.

Mit einfachen Worten kann man sich selbst den dicksten Frust von der Seele schreiben.

Der tränenverschmierte Brief öffnete mir im wahrsten Sinne des Wortes die Augen: Auf dem Briefbogen erkannte ich nur sinnloses Geschmiere, genauso sinnlos wie die Absicht, mich vom Leben zu verabschieden.

Damals stellte ich fest, daß das Aufschreiben meiner schrecklichen Situation mit all meinen Sorgen und Problemen eine richtige Therapie für mich war. Je mehr ich schrieb, desto klarer konnte ich sehen.

Ich konnte regelrecht fühlen, wie ich mir meine Sorgen und Probleme von der Seele schrieb. Mit jedem Wort mehr, das ich schrieb, wurden meine Sorgen und Probleme kleiner.

Irgendwann wurde mir schließlich klar, daß sich meine Sorgen und Probleme einzig und allein um meinen Körper drehten, der ja durch einen ärztlichen Kunstfehler schwer zu Schaden gekommen war.

Dieser Körperschaden hatte derart große Ängste vor der Zukunft in mir hervorgerufen, daß die Balance zwischen meinem Körper, meinem Geist und meiner Seele total aus den Fugen geraten war.

Alle drei Ebenen waren extrem gestört. Es herrschte ein einziges Chaos statt Harmonie. Ich war völlig blind für meine eigene Situation und erkannte keinen Ausweg mehr.

Das Schreiben hat mir die Augen wieder geöffnet und mir sozusagen das Leben gerettet. Im Schreiben fand ich eine neue Aufgabe für mein Leben. Zumindest war es jedoch der Anfang zu einem neuen Leben mit ganz neuen Sichtweisen, die ich bis dahin nicht kannte.

Nehmen Sie die rosarote Brille ab und schreiben Sie die Realität genau so auf, wie sie auch wirklich ist. Nur so ist das Schreiben eine wirksame Therapie für die Sinne.

Mit der Schreiberei öffnete sich mein Blickfeld und schärfte sich mein Verstand. Ich lernte dadurch, meine Sorgen und Probleme richtig einzuordnen. Ich erkannte neue Wege für mein Leben, die auch mit meiner Behinderung wieder gangbar waren.

Und ich sah wieder neue Ziele, die ich im Leben erreichen wollte. Mein aktuelles Ziel ist zum Beispiel, dieses Buch zu einem Erfolg zu bringen.

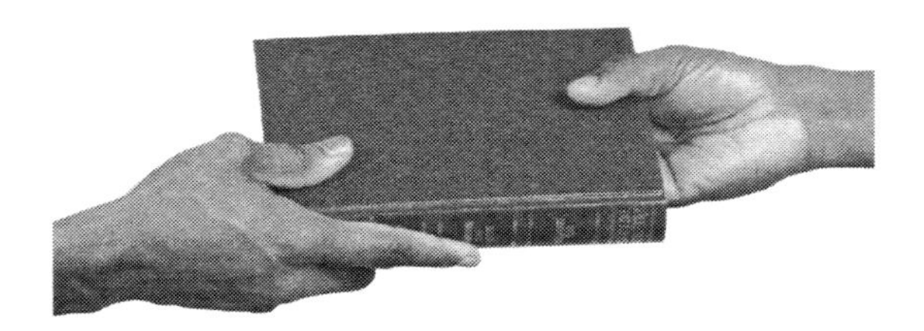

Dieses Buch möchte ich Ihnen gerne an die Hand geben, um Ihnen damit bei Ihren Sorgen und Problemen weiterzuhelfen.

Einerseits ein Erfolg für mich, indem es in einem guten Verlag veröffentlicht wird, andererseits ein Erfolg für Sie, indem dieses Buch Ihnen wirklich Hilfe bei Ihren Sorgen und Problemen leistet. Dafür engagiere ich mich gerade mit Leib und Seele, um diesen Erfolgsansprüchen auch gerecht zu werden.

Wenn Sie nun ebenfalls im Schreiben eine Möglichkeit zur Lösung Ihrer Probleme sehen, dann müssen Sie nicht gleich ein Buch oder sonst irgendwelche literarischen Kunstwerke verfassen.

Es reicht völlig aus, wenn Sie z.B. ein persönliches Tagebuch führen, indem Sie regelmäßig Ihre Sorgen und Probleme niederschreiben. Lassen Sie dabei auch ruhig Dampf ab, befreien Sie Ihre Wut im Bauch und seien Sie dabei ganz ehrlich sich selbst gegenüber.

Verschweigen Sie sich nichts, sondern offenbahren Sie Ihre geheimsten Wünsche. Versuchen Sie an einen Punkt zu gelangen, an dem Sie Ihr (Auf-)Begehren in eine neue Richtung bringen, auf einen neuen Weg, indem Sie aus Ihren Wünschen neue Ziele für sich formulieren, die Sie auch wirklich erreichen können.

Viele Teenies nutzen die Tagebuch-Methode als einen sinnvollen Weg zum Erwachsenwerden. Warum sollten wir Erwachsenen diese Methode nicht nutzen, um uns mit ihrer Hilfe einen Weg in ein neues Leben zu eröffnen?

Nutzen Sie diese Methode, wenn Sie gerne mit Worten umgehen. Es muß ja noch nicht einmal ein Tagebuch werden. Ein einfacher Brief kann oft schon innere Blokkaden lösen, die die Sicht nach vorne versperren.

Kinder sehen ihre Probleme viel lockerer, als Erwachsene. Dadurch können sie diese auch viel einfacher bewältigen.

Wenn Sie gerne schreiben, dann fangen Sie noch heute damit an, um Ihren Blick für Ihre eigene Zukunft zu öffnen.

2. Die Macht der Farben

Wie Farben unser Leben beeinflussen

Das Schreiben eröffnete für mich damals eine ganz neue Welt und gab mir auch den nötigen Auftrieb, diese neue Welt zu entdecken. Mein Studium mußte ich zwar nach dem ärztlichen Fehleingriff aus gesundheitlichen Gründen aufgeben, aber durch das Schreiben erhielt ich ganz neue Lebensimpulse.

Ich war sehr glücklich darüber, anderen Menschen mit meinen Texten irgendwie helfen zu können. Aus Freude am Helfen bildete ich mich schließlich in den Bereichen Medizin, Naturheilkunde und Kosmetologie fort.

Dabei entdeckte ich immer wieder ganz interessante Behandlungsmethoden, die ich selbst neugierig ausprobierte. So lernte ich am eigenen Leibe die unglaubliche Wirkungsweise der Farbtherapie kennen.

Weil ich ja mein Studium abbrechen mußte, zog ich folglich auch aus meiner Studentenbude aus. Die neue Ein-Raum-Wohnung, die ich dann bezog, gestaltete ich ganz nach der Lehre der Farbtherapie entsprechend meiner eigenen Natur.

Mit den richtigen Farben in der Wohnung kann man die herrliche Stimmung einer wunderschönen Landschaft einfangen.

So malte ich eine Wand in dieser Wohnung bewußt sonnengelb an. Der Fußboden wurde mit einem meerblauen Teppichboden ausgelegt. Und meine Möbel waren weiß und klar wie das reine Tageslicht.

Die Wände dekorierte ich mit bunten Bildern, die ich selbst gemalt hatte. Die Komposition der Farben Gelb, Blau und Weiß wählte ich ganz bewußt. So sollte für mich meine kleine Wohnung eine wahre Oase des Wohlgefühls sein, in der immer die strahlend gelbe Sonne schien und das tiefblaue Meerwasser meine manchmal hitzigen Gedanken kühlen sollte.

Ich kann Ihnen versichern, diese Form der Therapie hat mir persönlich wesentlich mehr eingebracht, als alle Pillen dieser Welt. Litt ich doch phasenweise wegen meiner Behinderung immer wieder an Depressionen, die mit harten Tranquilizern behandelt werden mußten, so fand ich in meiner neuen kleinen Wohnung mit den bewußt gewählten Farben endlich meinen inneren Frieden zurück.

Die Depressionen verflogen wie von selbst, ganz ohne Medikamente. Die leuchtendgelbe Wand wirkte wie die Sonne, die ja bekanntlich mit ihren wohligen Strahlen bei allen Menschen die Laune anhebt und die Stimmung aufhellt.

Die Farbe Gelb bringt die wohltuende Kraft und die aufhellende Wirkung der Sonne ins Haus.

Der meerblaue Teppich besänftigte meine oft schlimmen Gedanken wie es das tiefblaue Meer mit seinem rhythmischen Rauschen ja auch in der Natur bewirkt. Und meine weißen Möbel wirkten so klar und rein wie die saubere und gesunde Luft hoch oben in den Bergen.

Jeder neue Tag in dieser hübschen Umgebung spendete mir zusehends mehr Kraft und Energie und inspirierte mich zu weiteren Aktionen. In einem regelrechten Farbenrausch malte ich viele bunte Bilder, die direkt aus meiner Seele kamen.

Malte ich anfangs noch verkrüppelte Menschen und einsame Landschaften, so wurden meine Bilder fortan immer farbenfroher und lebendiger wie ich selbst.

Auch mit entsprechenden Wohnaccessoires, z.B. mit einem hübschen Blumenstrauß, kann man eine freundliche Stimmung in seine Wohnung bringen.

Auch heute achte ich noch stets darauf, daß ich mich mit den richtigen Farben umgebe. Meine heutige Wohnung ist ebenfalls farblich sehr freundlich und warmherzig gestaltet. Und mein Arbeitszimmer hat auch wieder meine berühmte gelbe Wand und einen blauen Teppichboden.

Selbst an trüben Tagen spendet mir diese zauberhafte Umgebung soviel Wärme und Energie, wie es ein strahlendschöner Sonnentag vermag. Je nach Lust und Laune wähle ich die Farben meiner Kleidung gemäß der Farbtherapie, um mich entsprechend zu stimulieren oder zu beruhigen, eben gerade so, wie es am besten zu meiner jeweiligen Stimmung paßt.

Ohne großen Aufwand therapiere ich mich so jeden Tag. Und daß die Farbtherapie schon fast an Zauberei grenzt, das zeigt mir mein neues Ich: Farben haben mein Leben im wahrsten Sinne des Wortes so wunderbar verzaubert, daß ich heute wieder richtig glücklich und fröhlich bin.

Farben machen unser Leben nicht nur bunt und schön, sondern sie sind sogar lebensnotwendig. Ohne das Sonnenlicht, das ja alle Farben des Spektrums beinhaltet, ist ein Leben nicht möglich.

Das komplette Farbspektrum des Lichts ist notwendig, damit Menschen, Tiere, Pflanzen und Mikroorganismen überhaupt erst wachsen und gedeihen können.

Auch Tiere und Pflanzen profitieren von der wunderbaren Kraft der Farben.

Dabei hat jede einzelne Farbe eine bestimmte Aufgabe bzw. eine gezielte Wirkung, was wissenschaftlich eindeutig belegt ist.

Die Ganzheitsmedizin macht sich daher die Farben zunutze und wendet diese gezielt bei Gesundheitsbeschwerden aller Art in Form der Farbtherapie an.

Aber auch in anderen Lebensbereichen werden Farben ganz gezielt eingesetzt: Die Werbung setzt zum Beispiel Farben ganz bewußt ein, um eine gezielte Wirkung beim Verbraucher zu provozieren.

Farben beeinflussen unser Leben ganz enorm, indem sie unsere Wahrnehmung deutlich bestimmen. Kräftige Farben nehmen wir regelrecht als energiereiche Kraftquellen wahr, während wir tristen Farben kaum Beachtung schenken.

Farben wirken in erster Linie auf der geistig-seelischen Ebene und beeinflussen unsere Empfindungen. Farben wirken jedoch nicht nur über unsere Augen, sondern auf physikalischem Wege auch direkt auf unseren Körper. Diese Wirkung wird vornehmlich in der Bestrahlungstherapie eingesetzt.

So wirkt Rotlicht anregend und durchblutungsfördernd, während hingegen Blaulichtbestrahlungen entzündungshemmend wirken - ganz unabhängig davon, ob man die Farben sieht oder nicht. So ist die Farbtherapie sogar bei blinden Menschen wirksam.

Farben vermitteln Empfindungen wie Wärme oder Kälte. So werden Farben wie Rot, Orange oder Gelb als warme Farben eingestuft, während Blau, Grün und Violett als kalte Farben gelten.

Entsprechend ihrer Einstufung werden Farben auch therapeutisch gezielt eingesetzt. Jede Farbe hat eine spezifische Wellenlänge und erzeugt damit bestimmte körperliche und geistig-seelische Wirkungen.

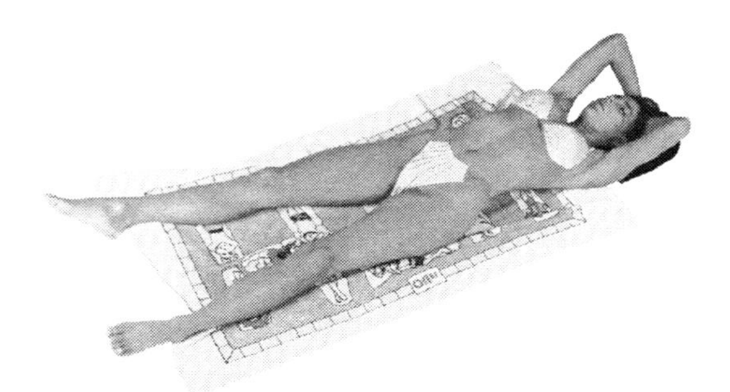

Bei richtiger Dosierung wirkt das Sonnenlicht anregend und kräftigend.

Wissenschaftlich ist erwiesen, daß unser vegetatives Nervensystem und unsere Hormondrüsen besonders auf Farben reagieren.

So wird der Organismus und das Seelenleben durch gezielt eingesetzte Farben im Sinne einer Therapie positiv beeinflußt. Farben wirken sowohl über das Auge durch das einfache Betrachten, alsauch durch Farblichtbestrahlungen direkt auf den Körper.

Wir Menschen sind tagtäglich von Farben umgeben. Daher sollten wir die Farben ganz bewußt für unser persönliches Wohlbefinden nutzen. Die Wirkung der Farben läßt sich ganz einfach im Alltag nutzen.

Wir können uns farblich gezielt kleiden, wir können Farben essen und trinken, indem wir bewußt entsprechend farbige Nahrungsmittel wählen.

Die Farbwahl unserer Kleidung hat einen spürbaren Einfluß auf unser Empfinden.

Wir können unser Heim farblich gestalten in der Farbwahl der Einrichtung, der Wandgestaltung oder des Lichtes - ja, wir können unser ganzes Leben bewußt farbig gestalten, um eine gewünschte Wirkung auf uns zu erzielen. Wir können uns mit farbigen Dingen aller Art umgeben und deren Wirkungskräfte gezielt für uns nutzen.

Die klassische Farbtherapie mit ihrer Farblichtbestrahlung läßt sich ohne Probleme auch auf andere farbige Materie ausdehnen.

So ist die Edelsteintherapie, bei der man ja den Steinen u.a. den Farben entsprechende Wirkungen zuspricht, in jüngster Zeit wieder in Mode gekommen.

Farbige Edelsteine werden bevorzugt in edlen Schuckstücken verarbeitet.

Auch Ernährungswissenschaftler untersuchen unsere Nahrungsmittel anhand ihrer Farbgebung auf gezielte Wirkungen im menschlichen Körper. Und tatsächlich kann man Nahrungsmitteln aufgrund ihrer Farbgebung spezifische Wirkungen zuweisen.

Farben beeinflussen unser Leben wirklich enorm - ganz egal, ob wir von ihnen umgeben sind, sie betrachten oder essen und trinken. Deshalb sollten wir künftig die bunte Welt der Farben entschieden bewußter wahrnehmen und auf uns ganz gezielt einwirken lassen.

FARBEN UND IHRE WUNDERBARE WIRKUNG

Mit Farben kann man ganz gezielte Einflüsse ausüben. Angenehme Farben sorgen für Wohlgefühl, während tristes Farbeinerlei uns deprimiert. Farben sind wirksame Therapie. Sie können dunkle Stimmungen aufheitern, schwache Gefühle kräftigen und starke besänftigen.

Die richtigen Farben zum richtigen Zeitpunkt in richtiger Dosierung spenden soviel positive Energie, daß sie sogar Krankheiten heilen können. Farben können Mißgunst, Trauer, Depression und sämtliche negativen Emotionen in uns zu positiven Energien umkehren.

Farben sind tatsächlich mächtig. Sie schenken uns ungeahnte Kräfte, die unser ganzes Leben zum Positiven verändern können. Die richtigen Farben können uns auf neue Lebensbahnen lenken und die Türen zu unserem ganz persönlichen Glück öffnen.

Die Macht der Farben in den richtigen Händen wirkt so gut wie die beste Medizin, wenn wir sie ganz bewußt und gezielt für uns nutzen.

Jede Farbe hat ihr eigenes Wirkungsspektrum. Die Wirkung der Farben kann man gezielt über die Farbwahl der persönlichen Umgebung, der Kleidung, der Nahrungsmittel oder auch über die wieder in Mode gekommene Edelsteintherapie positiv für sich nutzen.

Daher möchte ich nachfolgend die Wirkungen der einzelnen Farben erläutern und farblich passende Nahrungsmittel und Edelsteine benennen, die man für eine gezielte Farbtherapie hervorragend nutzen kann.

Bei der Ernährung wissen wir ja bereits, daß das Auge mitißt, was nichts anderes heißt, daß wir unsere Nahrung aufgrund der Farben nicht nur mit dem Geschmack, sondern auch mit allen anderen Sinnen genießen. Folgende therapeutische Wirkungen werden den Farben zugeschrieben:

ROT

Körperliche Wirkung: *Aktivierung des Körpers, anregend und beschleunigend auf Herz- und Pulsfrequenz, durchblutungsfördernd, gefäßerweiternd, regt Atmung und Ausscheidung an, fördert die Blutbildung, erhöht die Schmerzbereitschaft, kräftigt die Geschlechtsorgane (deshalb soviel Rot im Rotlichtmilieu!).*
Geistig-seelische Wirkung: *Anregung der Gedanken, schärft die Aufmerksamkeit, gegen Depressionen und Lethargie, Stärkung bei Melancholie.*
Passende Lebensmittel: *Tomaten, rote Kirschen, rote Äpfel, rote Paprika, rotes Fleisch*
Passende Edelsteine: *Rubin, Granat, Koralle, Jaspis*

BLAU

Körperliche Wirkung: *Abbauend, wachstumshemmend, fördert das Abstoßen verbrauchter Zellen, bringt Erholung, Entspannung, Schlaf, verlangsamt Herz-Puls-Frequenz, hemmt die Durchblutung, Nervenberuhigung, kräftigt Sehvermögen, setzt Schmerzempfinden herab.*
Geistig-Seelische Wirkung: *Hilfe bei Schlaflosigkeit, gegen Depressionen, stärkt die Intuition, verbessert die Konzentrationsfähigkeit sowie Rede- und Ausdrucksvermögen.*
Passende Lebensmittel: *Blaue Trauben, Blaubeeren, blaue Pflaumen, Blaukraut*
Passende Edelsteine: *Aquamarin, Lapislazuli, Saphir, Mondstein, Sodalith, Azurit*

GELB

Körperliche Wirkung: *Stärkt Körper, Gehirn, Nerven, Atmung, regt die Drüsenfunktion an, fördert die Ausscheidung, regt die Leber- und Darmfunktion deutlich an, hat eine enorme Tiefenwirkung auf das vegetative Nervensystem.*
Geistig-Seelische Wirkung: *Steigerung der Kreativität, Stärkung der Willenskraft, Hilfe bei Zielverwirklichung, Verbesserung der Lust und Laune, Aufhellung der Stimmung.*
Passende Lebensmittel: *Bananen, Zitronen, gelbe Erbsen, Honigmelone*
Passende Edelsteine: *Citrin, Pyrit, Calcit, Bernstein*

GRÜN

Körperliche Wirkung: *Wirkt ausgleichend auf Körper, Geist und Seele, bei hohem Blauanteil eher beruhigend, bei hohem Gelbanteil eher anregend, baut körperliche Stärken weiter auf und Schwächen ab, trägt zur allgemeinen Regeneration und Erholung bei.*
Geistig-Seelische Wirkung: *Stabilisierung der Gemütsverfassung, wirkt vermittelnd bei Ausweglosigkeit und Depressionen, besänftigt negative Gefühle und Aggressionen.*
Passende Lebensmittel: *alle grünen Gemüse- und Obstsorten wie zum Beispiel Kohl, Äpfel, Erbsen usw.*
Passende Edelsteine: *Türkis, grüner Mondstein und Chalcedon*

ORANGE

Körperliche Wirkung: *Förderung der Nahrungsaufnahme, Verdauung, Ausscheidung, Anregung des Stoffwechsels und der Herzfunktion, erhöht den Lymphfluß, regt Nieren- und Gallentätigkeit an, stärt die Sexualorgane.*
Geistig-Seelische Wirkung: *Steigerung der Kreativität und Lebenskraft, wirkt psychisch aufhellend und anregend.*
Passende Lebensmittel: *Orangen, Mandarinen, Pfirsiche, Aprikosen, Karotten*
Passende Edelsteine: *Feueropal, Karneol*

VIOLETT und LILA

Körperliche Wirkung: *Beeinflußt das zentrale Nervensystem, wirkt nervenberuhigend, fördert die Schlafbereitschaft, wirkt dämpfend auf Körperfunktionen, krampflösend, schmerzstillend, entspannend, hat eine deutliche hypnotische Wirkung (wird daher auch als das „Morphium der Farben“ bezeichnet).*
Geistig-Seelische Wirkung: *Erhöhung der Intuition, harmonisiert die Gedankenwelt, hilft bei Meditationen und bei der spirituellen Entwicklung, lindert Depressionen und geistige Verwirrtheit.*
Passende Lebensmittel: *Auberginen, lilafarbene Trauben und Pflaumen*
Passende Edelsteine: *Amethyst, Fluorit, Chaorit, Purpurit*

WEISS

Körperliche Wirkung: *Sorgt für Ausgleich und Harmonie im ganzen Organsystem, löst Stauungen und Blockaden, steigert die körperliche Energie.*
Geistig-Seelische Wirkung: *Aktiviert und klärt die Gedankenwelt, fördert die Erleuchtung und Selbsterkenntnis, schützt vor negativen Einflüssen.*
Passende Lebensmittel: *Weißer Kohl, Rettich, naturbelassene Milchprodukte*
Passende Edelsteine: *Bergkristall, Diamant, Quarz, Dolomit*

SCHWARZ

Körperliche Wirkung: *Stabilisierung der Körperfunktionen, wirkt schlafffördernd, erhöht die allgemeine Widerstandskraft.*
Geistig-Seelische Wirkung: *Beruhigung des Geistes, Konzentration auf das Wesentliche, Bewußtmachung unserer Schattenseiten.*
Passende Lebensmittel: *Schwarze Johannisbeere, schwarze Bohnen, Brombeere, schwarze Schokolade, schwarzer Kaffee und Tee*
Passende Edelsteine: *Magnetit, Turmalinquarz, Obsidian, Onyx*

SO NUTZEN SIE DIE WUNDERBARE KRAFT DER FARBEN

Wenn Sie die Wirkung der Farben für sich richtig nutzen möchten, dann sollten Sie einige therapeutischen Regeln beachten. Farbtherapie hat nämlich nichts mit Lieblingsfarben oder ungeliebten Farben zu tun.

Mit warmem Licht können Sie eine richtig stimmungsvolle Atmosphäre in Ihre vier Wände zaubern.

Farben übersenden meßbare Energien, die unter Umständen auch völlig falsch eingesetzt werden können. Wenn Sie beispielsweise Ihre Lieblingsfarbe Rot zur Therapie von Schlafproblemen einsetzen, dann schadet Ihnen diese Farbe mehr, als Sie Ihnen nützt.

Rot wirkt nämlich stark anregend und kann daher Schlafprobleme noch weiter verstärken. Die Farben Blau und Grün eignen sich aufgrund ihrer beruhigenden und besänftigenden Wirkung als optimale Wegbereiter und Problemhilfen bei Schlafstörungen.

Dabei ist es völlig gleichgültig, ob Sie die Farben mögen oder nicht. Farben wirken nämlich über ihre ausgestrahlten Energiewellen, und das auf jeden Menschen in gleicher Weise.

Wenn Sie körperliche und/oder geistig-seelische Probleme mit Farben richtig behandeln möchten, dann sollten Sie Ihre Probleme zunächst richtig einstufen und schließlich die entsprechenden Farben gemäß der von Ihnen gewünschten Wirkung wählen.

Sicher können Sie auch Farben sinnvoll miteinander kombinieren, wie im oben genannten Beispiel zur Therapie von Schlafproblemen Blau mit Grün gut miteinander kombinierbar sind.

Wenn Sie nun die richtigen Farben für Ihre Probleme gefunden haben, dann können Sie die Farbtherapie auch sofort ganz bewußt einsetzen. Die Möglichkeiten, Farben bewußt zur Therapie einzusetzen, sind fast unbegrenzt.

Ein hübsch bemalter Blumentopf ist mehr als nur ein Schmuckstück: Farblich ansprechende Wohnaccessoires aller Art machen aus jeder Wohnung eine gemütliche Behausung, in der man sich jederzeit wohl fühlt.

Am einfachsten beginnen Sie bei der Farbwahl Ihrer Kleidung. Wenn Ihr Kleiderschrank die nötige Auswahl an Farben bietet, dann kleiden Sie sich von nun an ganz bewußt mit den entsprechenden Therapiefarben. Bei der Vielfalt der Farbnuancen finden Sie auch sicher zu Ihnen passende Farbtöne aus allen Farbgruppen.

Stimmen Sie Ihre Kleidung farblich einfach mit Ihrem inneren Gefühl ab.

Sie können auch Ihre direkte Umgebung, Ihr Haus, Ihre Wohnung oder Ihr Büro mit den richtigen Farben durch Bilder und Accessoires wirksam ausstatten. Bei der Ernährung können Sie bevorzugt auf diejenigen Lebensmittel zurückgreifen, die die therapeutisch richtige Farbe aufweisen.

Bei der Edelsteintherapie kommt es u.a. auch auf die richtige Wahl der Steinfarben an. Wenn Sie Edelsteine mögen, dann besorgen Sie sich doch die Steine mit der passenden Wirkung.

Heutzutage ist die Edelsteintherapie wieder absolut in Mode gekommen, so daß Sie in fast allen Kaufhäusern oder zumindest in einem von vielen Spezialgeschäften die passenden Edelsteine kaufen können. Es reicht schon völlig aus, wenn Sie die Steine in die Hand nehmen, Sie intensiv betrachten und deren Energie in sich aufnehmen.

Wenn Sie von der Edelsteintherapie fasziniert sind, dann können Sie sich auch über deren Wirkung ausführlich in Edelsteinläden oder in einem der mittlerweile zahlreichen Sachbücher über diese Form der Therapie genauer informieren.

Farben werden besonders intensiv über das Licht vermittelt. Eine ganz einfache, aber hochwirksame Form der Farbtherapie ist das Bestrahlen mit den jeweiligen Lichtfarben. Diese Art der Therapie wird auch bei Ärzten und Therapeuten angewandt.

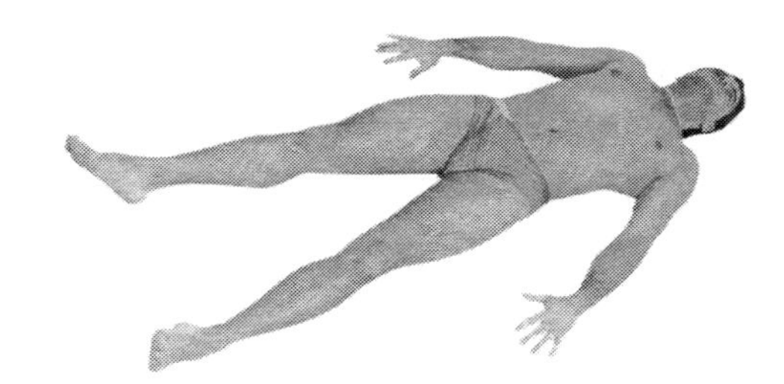

Farblichtbestrahlungen wirken auf den ganzen Körper.

Zu Hause können Sie selbst die Farblichtbestrahlung ganz einfach ergänzen. Dazu benötigen Sie einfach farbige Glühbirnen oder entsprechende Farbfilter für normale Glühbirnen in 75-Watt-Lichtstärke.

Mit den richtigen Farben können Sie nun ganz einfach Ihren Körper oder die betroffenen Körperstellen bestrahlen. Sie können sogar Trinkwasser in einem klaren Trinkglas 20 Minuten im Abstand von 20 cm von der Farblichtquelle bestrahlen und so mit der entsprecheden Farbwirkung aufladen und anschließend in kleinen Schlucken trinken.

ANWENDUNDSMÖGLICHKEITEN DER FARBLICHTTHERAPIE

Die verschiedenen Wellenlängen des Farblichts lassen sich therapeutisch sinnvoll nutzen. Diese Farbwellen wirken direkt über die Haut, jedoch werden auch durch Farblicht über die Augen gewisse Empfindungen erzeugt.

So wirkt die Farblichttherapie einerseits direkt auf den Körper, andererseits aber genauso auf das geistig-seelische Wohlbefinden. Uns allen ist wohl die weit verbreitete Winterdepression, eine Folge von Lichtmangel in der dunklen Jahreszeit, bekannt. Werden Betroffene nun mit Lichtstrahlen bestrahlt, die dem natürlichen Sonnenlicht entsprechen, dann werden diese von ihren Depressionen wieder geheilt. Die einzelnen Lichtfarben werden gezielt bei Gesundheitsbeschwerden eingesetzt.

Durch Kombination der Farben ergeben sich Mischfarben: Rot und Gelb ergibt Orange und Rot und Blau ergibt Violett. Der Abstand des Körpers oder der zu bestrahlenden Körperfläche zur Lichtquelle beträgt etwa 20 cm. Zwischen zwei Bestrahlungen sollte mindestens eine Pause von 1 Stunde liegen.

Die nachfolgende Tabelle zeigt einige ausgewählte Anwendungsbeispiele für die Farblichttherapie. Bei ernsten Krankheiten ist es jedoch immer sehr wichtig, eine Farblichtbestrahlung als Heimtherapie vorher mit dem Arzt oder Therapeuten abzusprechen. So unglaublich wirksam diese Farblichttherapie ist, so gefährlich können auch die Nebenwirkungen bei falscher Anwendung sein. Im Falle der Unsicherheit sollte man grundsätzlich nicht an sich selbst herumdoktern, auch nicht mit harmlos anmutenden Therapien.

ERKRANKUNG	BESTAHLUNGSGEBIET	LICHTFARBE	DOSIERUNG / TAG
Appetitmangel	Magenbereich	gelb/rot	2-3 mal 30-60 Minuten
Augenleiden	geschlossene Augen	blau	1-2 mal 30-60 Minuten
Bronchialkatarrh	Brust und Rücken	grün	2-3 mal 30-60 Minuten
Darmbeschwerden	Bauchgegend	gelb	2-3 mal 30-60 Minuten
Depressionen	ganzer Körper	gelb/rot	2-3 mal 30-60 Minuten
Erkältung	ganzer Körper	rot	2-3 mal 30-60 Minuten
Entzündungen	betroffene Stellen	blau	2-4 mal 30-60 Minuten
Fettsucht	ganzer Körper	blau	1-2 mal 60 Minuten
Gelenkschmerzen	betroffene Gelenke	grün	2-3 mal 30 Minuten
Haarausfall	Kopf und Haarboden	rot	2-3 mal 20-30 Minuten
Hämorrhoiden	Gesäßgegend	gelb	2-3 mal 30-60 Minuten
Hautprobleme	betroffene Hautstellen	rot	3-4 mal 30-60 Minuten
Kopfschmerzen	Kopf	blau	3-4 mal 30-60 Minuten
Leberleiden	Bauch	gelb	2-3 mal 30-60 Minuten
Magenprobleme	Bauch	gelb/blau	2-3 mal 30 Minuten
Neurodermitis	ganzer Körper	grün/blau	3-4 mal 30-60 Minuten
Nierenleiden	Nierengegend	blau	3-4 mal 30-60 Minuten
Ohrenbeschwerden	betroffenes Ohr	grün/blau	2-3 mal 30 Minuten
Rückenschmerzen	Rücken	grün/blau	3-4 mal 30-60 Minuten
Schlafprobleme	ganzer Körper	blau/grün	abends 30-60 Minuten
Wundheilung	Wundbereich	rot	2-3 mal 60 Minuten
Zahnschmerzen	betroffene Kieferseite	blau	3-4 mal 20-30 Minuten

12 wunderbare Farbkarten

Spezielle Kombinationen von Farben, die individuell zusammengestellt werden, lösen durch intensives Betrachten unterbewußte Spannungen oder Blockaden, die alle möglichen Probleme verursachen können.

Die 12 wunderbaren Farbkarten nutzen in ganz spezieller Weise die Farbtherapie: Sie sind aus den vier Farben Rot, Blau, Gelb und Grün wie eine Art Zielscheibe mit drei äußeren Farbringen und einem großen Zielpunkt aufgebaut.

Jede einzelne Farbkarte hat je nach Farbanordnung beim Betrachten eine eigene sogenannte Zielwirkung. Beim intensiven Betrachten der Karten wird der Blick automatisch von den äußeren Farbringen zum großen farbigen Zielpunkt in der Mitte gerichtet.

Die beiden äußeren Ringe geben dabei farblich die aktuelle Situation wider. Der dritte Farbring, der sogenannte Weg, soll die gewünschte Veränderung herbeiführen. Und der große Mittelpunkt, das Ziel, aktiviert über die entsprechende Farbe im Unterbewußtsein die persönlichen Energien zur Verfolgung und Erlangung der gewünschten Zielwirkung.

Wenn Sie nun eine ausgewählte Karte intensiv betrachten, dann erhält Ihr Unterbewußtsein über deren spezielle Farbkombination eine gezielte Information, die Ihnen die Zielverwirklichung ermöglicht.

Mit den Farbkarten können Sie je nach Wunsch Ihr Unterbewußtsein ganz gezielt beeinflussen. Wählen Sie einfach je nach Ihrer Grundstimmung oder nach Ihrer gewünschten Wirkung die entsprechende Farbkarte aus.

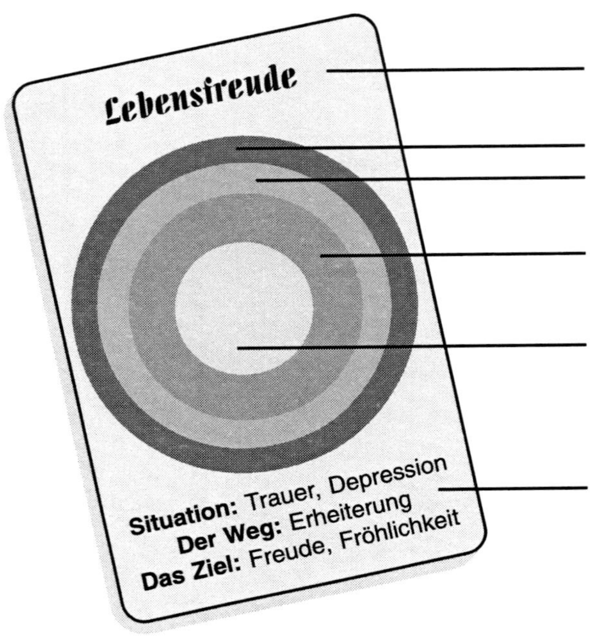

Der Name der Karte gibt die gewünschte Wirkung an

Die beiden äußeren Farbringe stehen für die aktuelle Lebenssituation (Situation)

Der dritte Ring induziert mit seiner Farbwirkung die notwendige Veränderung (Der Weg)

Der Mittelpunkt unterstützt mit seiner Farbkraft die gewünschte Zielverwirklichung (Das Ziel)

Im unteren Kartenabschnitt wird die Wirkung der jeweiligen Farbtherapiekarte mit kurzen Stichworten genauer erläutert

Anhand der Kartennamen jeweils oben auf den Karten und der weiteren Beschreibungen auf der Karte können Sie ganz einfach die richtige Karte für sich herausfinden.

Analysieren Sie dazu einfach Ihre momentane Lebenssituation und suchen Sie unter dem Stichwort „Situation" auf den Farbkarten die passende Karte aus. Auch der übergeordnete Name der Karte hilft Ihnen bei der Auffindung der richtigen Farbkarte. Sie müssen ganz einfach nur die zu Ihrem Ziel am besten passende Karte wählen.

Bei Trauer oder Depressionen wählen Sie zum Beispiel die Karte „Lebensfreude". Halten oder legen Sie die Karte in Ihrem gewohnten „Leseabstand" vor sich. Betrachten Sie nun diese mehrmals täglich immer so lange, bis die Kreise vor Ihren Augen zu tanzen beginnen oder die Farben vor Ihren Augen verschwimmen.

Dann nämlich hat Ihr Gehirn die Farb-Information der Karte aufgenommen und leitet diese an Ihr Unterbewußtsein weiter. Und hier passiert nun das Wunderbare: Ihr Unterbewußtsein entschlüsselt diese Information und programmiert Sie automatisch auf die gewünschte Zielwirkung um.

Mit der Kraft der Farben fällt es Ihnen entschieden leichter, genau das Richtige in Ihrer Lebenssituation zu tun. Bei Hektik und Streß im Alltag wird Ihnen zum Beispiel die Karte „Entspannung" helfen, wieder zu Ihrer inneren Ruhe zurückzufinden.

Die richtigen Farben, individuell abgestimmt auf Ihre persönlichen Bedürfnisse, sind nämlich der Schlüssel zu Ihrem Unterbewußtsein, wo die meisten Ihrer Sorgen und Probleme herrühren. Mit den richtigen Farben können Sie innere Blockaden lösen und Sorgen und Probleme leichter bewältigen.

Die einzelnen Farbkarten und ihre richtige Anwendung

1. Lebenskraft

Diese Karte hilft bei körperlicher und geistiger Erschöpfung und gibt Ihnen wieder Kraft, Vitalität und Mut.

2. Erneuerung

Diese Karte schärft bei Gleichgültigkeit die Sinne und schafft so wieder neuen Durchblick.

3. Leidenschaft

Bei Lustlosigkeit wirkt diese Karte anregend und aktiviert Ihre tief im Inneren verborgenen Gefühle.

4. Lebensfreude

Diese Karte wird bei Trauer und Depression eingesetzt und erheitert das Gemüt, um wieder Freude und Fröhlichkeit in Ihr Leben zu bringen.

5. Kreativität

Wenn Sie sich geistig leer fühlen, dann wird diese Karte Sie inspirieren und Ihnen helfen, wieder neue Ideen zu entwikkeln.

6. Erleuchtung

Diese Karte baut innere Hemmungen ab, indem sie Ihren Geist stimuliert und Sie wieder optimistisch stimmt.

7. Ordnung

Wenn Sie verwirrt und durcheinander sind, dann unterstützt Sie diese Karte bei der Trennung von unnötigem Ballast und sorgt dadurch für eine innere Reinigung.

8. Harmonie

Diese Karte hilft dabei, geistige Erregungen sanft auszugleichen und führt dadurch zu mehr Ausgewogenheit.

9. Selbstvertrauen

Bei Mißmut und Angst können Sie sich mit Hilfe dieser Karte besser entfalten und erleben so eine geistige Befreiung.

10. Entspannung

Diese Karte hilft bei Hektik und Streß, indem sie beruhigend wirkt und somit für Erholung sorgt.

11. Konzentration

Wenn Ihre Gedanken unkontrolliert umherschwirren, können Sie mit dieser Karte Ihre Gedanken wieder leichter sortieren. Diese Karte stärkt Ihre Intuition.

12. Gelassenheit

Bei Aggressionen stabilisiert diese Karte Ihre Gefühlswelt und sorgt so für mehr Selbstbeherrschung.

Alles, was Ihnen das Unterbewußtsein zur Problemlösung bislang versperrte, kann durch die richtigen Farben an die Oberfläche dringen und in Ihnen ungeahnte Wirkungen hervorrufen. Je nach Farbkombination wirken die Karten anregend, kräftigend, besänftigend oder beruhigend.

Mit der richtigen Farbkarte wird die Lösung Ihrer Probleme aus Ihrem Unterbewußtsein regelrecht befreit. Betrachten Sie aber immer nur eine einzige Karte - um Ihr Unterbewußtsein nicht unnötig zu verwirren - und zwar möglichst oft und so lange, bis Sie die gewünschte Wirkung spüren.

Sie werden sehen wie verblüffend die Farbkarten auf Ihren Geist und Ihre Seele wirken. Der Alltag wird wieder bunter, besser, schöner. Genau so farbenfoh, wie Sie es sich wünschen.

Die wunderbaren Farbkarten befinden sich am Ende dieses Buches. Sie müssen die Karten lediglich laut Anweisung farbig ausmalen und anschließend ausschneiden. Sie erhalten dann 12 Farbtherapiekarten, mit denen Sie sofort arbeiten können.

Guter Rat

Kleben Sie die Farbkarten zunächst auf einen festen Karton, bevor Sie sie einzeln ausschneiden. So werden die Karten stabiler und strapazierfähiger. Zudem können Sie die Karten dadurch auch besser handhaben.

Auch wenn Ihnen die Arbeit mit diesen tollen Karten zunächst etwas ungewohnt vorkommen sollte, nutzen Sie konsequent die Kraft dieser Farbkarten. Diese Karten sind kein billiger Hokuspokus, sondern sie wirken nach wissenschaftlich gesicherten Erkenntnissen der allgemein anerkannten Farbtherapie.

3. Malen für die Seele

Wie selbstgemalte Bilder uns neue Wege eröffnen

Mit Farben kann man noch viel mehr tun, als sie einfach nur passiv auf sich einwirken zu lassen. Man kann mit Farben ganz schön aktiv werden, nämlich indem man einfach selbst Bilder malt.

Schöne Landschaften eignen sich besonders als Motiv für die Malerei.

In meiner schlimmsten Zeit mit all meinen schweren Depressionen und Endzeitgedanken habe ich die Malerei selbst als ein wunderbares Heilmittel kennengelernt. Irgendwie wollte ich mich mit meinen Problemen kreativ auseinandersetzen, weil die klassische Schulmedizin mir bei meiner schweren Körperbehinderung ja keine Hilfe bot.

Also begann ich neben der Schreiberei auch mit der Malerei. Gewiß bin ich keine begnadete Künstlerin, aber ich war schon sehr erstaunt, was ich so alles malte. Ich malte alles direkt aus meiner Seele heraus. Meine Seele diktierte mir ganz automatisch die Bildmotive und die Farben, die ich verwenden sollte.

Anfangs malte ich noch recht düstere Bilder mit grauen und dunklen Farben. Ich malte zum Beispiel anonyme graue Betonburgen, verkrüppelte Figuren mit verletzten Körperorganen und ertrinkende Menschen, die ihren letzten Todesschrei ausstießen.

Die Bilder waren mir selbst allesamt sehr unheimlich, aber dennoch waren sie ein Teil von mir. In den Betonburgen spiegelte sich mein Gefühl der Einsamkeit wider, welches sich in mir immer breiter machte, weil ich einerseits keine Hilfe fand und andererseits auch keine Hilfe mehr annehmen wollte.

Ich fühlte mich nur noch wie eine von vielen leblosen grauen Betonklötzen, die diese Welt so trist erscheinen lassen. Meine Seele war tatsächlich so verkrüppelt wie die der häßlichen Figur mit den verletzten Körperorganen. Und ich war dem Untergang so nahe, stieß klägliche Hilfeschreie aus, die jedoch in einer anonymen Welt nur verstummten.

Meine Gedanken, meine Gefühle, sogar alle meine verborgenen inneren Ängste traten durch die Malerei ganz offensichtlich ans Licht. Je mehr ich malte, umso besser konnte ich mich mit meinen eigenen Problemen auseinandersetzen und umso besser konnte ich mich selbst verstehen.

Ich malte, wann immer ich eine Lust dazu verspürte. Ich malte meine gesundheitlichen Probleme, meinen seelischen Kummer und meine zermürbenden Lebensängste. In meinen Bildern brachte ich meine Misere so deutlich zum Ausdruck, daß ich selbst darin meinen Hilfeschrei nach Leben erkannte. Ich wollte mich nicht wirklich von dieser Welt verabschieden, ich wollte leben, einfach nur leben!

Durch die Malerei habe ich mich mehr und mehr von meinen inneren Ängsten, die schon tief in mir „eingepanzert" waren, befreit und schließlich neue Möglichkeiten zur Lösung meiner gesundheitlichen und körperlichen Probleme gefunden.

Parallel zu meiner Schreiberei wurden meine kleinen Kunstwerke im Laufe der Zeit immer freundlicher, immer farbenfroher, immer lebendiger.

Mit jedem Bild, das ich malte, fiel mir ein weiteres Problem wie ein Stein vom Herzen, und ich konnte wieder etwas zuversichtlicher in meine Zukunft sehen.

Mit den richtigen Utensilien, Pinseln und Farben, macht die Malerei besonders viel Spaß.

Irgendwann malte ich dann hübsche Blumenaquarelle, traumhaft schöne Landschaften und sogar erotische Aktbilder. Ich erlebte eine regelrecht euphorische Malphase, in der ich wohl die ganze Welt in bunten Farben malen wollte.

Die Bilder besitze ich heute alle noch. Die meisten von ihnen habe ich gerahmt und meine Wohnung damit geschmückt. Sie sind zwar keine Picasso´s oder Dali´s, aber sie geben mir einen unglaublichen Halt in meinem Leben.

Immer wenn ich diese Bilder intensiver betrachte, dann werden meine alten Gefühle aus jener Zeit in mir wieder wach. Und das sind keineswegs vernichtende Gefühle, selbst wenn ich mir meinen „Betonozean", „Die verkrüppelte Seele" oder das Bild mit dem Titel „Menschenuntergang" ansehe.

Diese Bilder habe ich zwar in der schlimmsten Zeit meines Lebens gemalt, aber sie verkörpern die unbändige Kraft in mir, mit der ich schließlich mein Schicksal gemeistert habe. Wenn ich diese Bilder anschaue, dann verleihen Sie mir auch heute noch die Kraft, meine Sorgen und Probleme in schwierigen Situationen wieder selbst in die Hand zu nehmen und notfalls auch um mein Leben zu kämpfen.

Diese Bilder warnen mich vor falschen Entschlüssen und helfen mir, neue kreative Wege für mein Leben zu finden. Ich bin einmal in meinem Leben durch die Hölle gegangen, weil ich mich mit meinen Sorgen und Ängsten vor meiner Umwelt verschlossen und eingemauert habe, aber ein zweites Mal, das lassen diese Bilder einfach nicht mehr zu.

Heute kann ich ganz offen und ehrlich über meine Probleme reden. Ich muß mich nicht mehr vor meinen Mitmenschen vergraben, nur weil ich etwas anders als die anderen bin. Ganz im Gegenteil: Ich bin wieder gerne Ich und nehme mich selbst so, wie ich bin. Und seit ich mich selbst wieder richtig akzeptiere, fühle ich mich nicht mehr einsam und alleine auf dieser Welt.

Ich habe meine Mauern um mich herum gesprengt und lasse die Menschen wieder an mich heran und gehe selbst wieder auf die Menschen zu. Es ist doch so schön wieder unter den „Lebenden" zu sein und das menschliche Miteinander selbst mitgestalten und genießen zu können.

Die Maltherapie gibt auch Ihnen die Möglichkeit, sich mit Ihren Problemen und Konflikten intensiv auseinanderzusetzen. Sie können durch einfache Malerei - und dazu müssen Sie ganz sicher keine Künstlernatur sein - Ihre Sorgen ganz einfach bildlich darstellen.

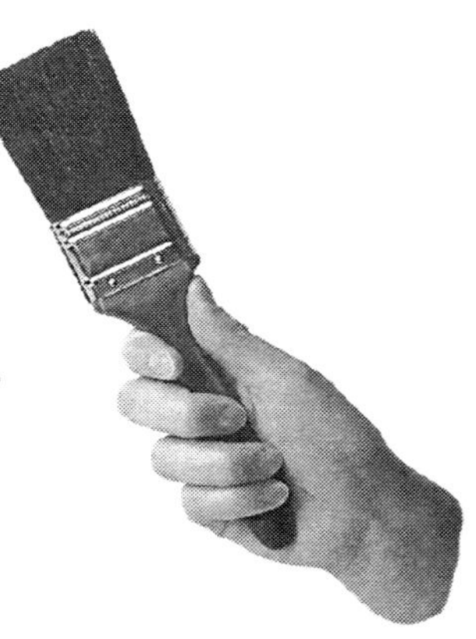

Nur keine falsche Scheu: Nehmen Sie den Pinsel in die Hand und malen Sie einfach drauflos. Vergessen Sie Ihre Hemmungen und befreien Sie sich von inneren Zwängen. Auf den Pinsel, fertig, los!

Dadurch können Sie sich selbst besser kennenlernen und sich auf geistig-seelischem Niveau weiterentwickeln. So können Sie „künstlerisch aktiv" körperliche und geistig-seelische Beschwerden wesentlich leichter überwinden, als wenn Sie einfach alles auf sich zukommen lassen.

Bei der Maltherapie kommt es nicht darauf an, daß Sie künstlerisch anspruchsvolle Bilder malen, sondern darauf, daß Sie Ihren Gedanken und Gefühlen einfach freien Lauf lassen und in Farben und Formen genau das zu Papier bringen, was Ihnen gerade so einfällt.

Ein hübscher Bilderrahmen wertet ein selbstgemaltes Bild zu einem richtigen Kunstwerk auf.

Sie sollen sich auch nicht erst lange ein tolles Motiv ausdenken oder sich um eine möglichst perfekte Malweise kümmern. Befreien Sie sich von künstlerischen Ansprüchen und malen Sie einfach drauflos wie es ein Kind auch tut.

Die Maltherapie ist ein hervorragender Weg zur vertieften Selbsterfahrung, welcher sich gleichermaßen für Gesunde wie Kranke eignet. Kummer und innere Ängste können in Bildern symbolisch einfach zum Ausdruck gebracht werden.

Vielen Patienten wird erst durch die bildliche Darstellung der eigentliche Kernpunkt ihrer Sorgen und Probleme richtig bewußt. So treten durch die Malerei auch oft die Ursachen für Beschwerden ans Licht, die dann gezielt behandelt werden können.

In Bildern können Patienten bewußt ihre Ängste oder Probleme symbolisch darstellen und schließlich vernichten. Die Maltherapie ist eine wirklich kreative und hilfreiche Methode der „inneren Befreiung".

Wenn Sie sich freies Malen nicht zutrauen, dann gibt es noch eine andere Möglichkeit, sich mit Ihrem Innenleben künstlerisch auseinanderzusetzen. Gerade in jüngster Zeit sind sogenannte Mandalas der absolute Renner.

Mandalas sind kreisförmige Bilder, die die Ursymbole des Lebens darstellen. Ein Mandala ist im tantrischen Buddhismus das wichtigste Sinnbild für die Zusammenhänge zwischen Mensch und Kosmos.

Ein Mandala ist ein kreisförmiges Bild, das die Ursymbole des Lebens darstellt. Das Ausmalen von Mandalas bereitet große Freude und stärkt somit die Sinne.

Überall in der Natur kann man Mandalas entdecken: Blüten, Schneeflocken, Ornamente oder Jahresringe der Bäume. Beobachten Sie einfach einmal bewußer Ihre Umwelt, und Sie werden viele typische Mandalas entdecken. Schon zu Urzeiten dienten Mandalas als Spiegelbild unseres Selbst.

Beim Malen von Mandalas oder beim Ausmalen von Mandala-Vorlagen kann man seinen Gedanken, Gefühlen und Empfindungen in Formen, Farben und alten Symbolen zum Ausdruck bringen. Mandalas wirken entspannend und sorgen für innere Ruhe, um wieder neue Kräfte schöpfen zu können. Im Buchhandel sind Mandala-Malbücher in großer Auswahl erhältlich.

Egal, ob Sie nun lieber die freie Malerei oder Mandalas bevorzugen, Malen überhaupt ist ein kreativer Weg, der Sie aus einer dunklen Lebensphase ans Licht bringen und so tief verborgene oder schon „eingepanzerte" Probleme lösen kann.

Beim Malen kommen Sie sprichwörtlich aus sich selbst heraus und Sie können Ihre eigenen Sorgen und Probleme einmal aus einer ganz anderen Perspektive betrachten. So können Sie selbst wiederum viel leichter Zugang zu den möglichen Ursachen für Ihre Beschwerden finden und schließlich entsprechend handeln.

Durch die Malerei, den aktiven Umgang mit Farben und Formen, werden Ihnen ganz neue Wege für ein besseres Leben bewußt. Sie müssen letztlich nur noch den Mut finden, alte und eingefahrene Wege zu verlassen, um diese neuen Wege in Ihr persönliches Glück gehen zu können.

4. Musik in den Ohren

Wie Musik unser Denken und Empfinden beeinflußt

Musik ist mehr, als schöne Klänge und melodische Rhythmen. Musik hat die Kraft, einen Menschen regelrecht zu verzaubern.

Musik macht es möglich, daß man im Leben wieder die erste Geige spielt - auch wenn man selbst kein Musikinstrument spielt.

Als ich damals meine kleine Wohnung ganz bewußt mit freundlichen Möbeln, mit angenehmen Farben und mit hübschen Accessoires gestaltete, fühlte ich mich wie in meinem persönlichen Paradies.

Meine hellen Möbel, die vielen hübschen Wohnaccessoires und die farbenfrohen Bilder steigerten meine allgemeine Lebensfreude.

Die gelbe Wand spendete mir die aufheiternde Energie der wärmenden Sonne. Und der blaue Teppichboden erinnerte mich an das kristallklare Wasser eines blauen Meeres.

Das einzige, was mir jetzt noch fehlte, waren die passenden Naturklänge wie das Zwitschern der Vögel, das Rauschen des Meeres oder das Zirpen von Grillen wie in einer warmen Sommernacht.

Aber das war schließlich auch kein Problem. Im Musikfachhandel besorgte ich mir Kassetten mit entsprechenden Naturklängen, die mit passender Musik untermalt waren. Ich kaufte mir Kassetten mit den berauschenden Titeln wie „Wundervoller Wasserfall“, „Das Rauschen der Karibik“, „Bezaubernde Klänge des Urwaldes“ oder „Sonnenuntergang auf dem Lande“.

Sobald ich diese Kassetten abspielte, war ich tatsächlich wie verzaubert. Ich konnte das Rauschen des Meeres jetzt nicht nur ahnen, sondern wirklich hören.

Das Zwitschern von exotischen Vögeln im Urwald entführte mich in ein unglaubliches Paradies. Und das monotone Zirpen der Grillen, das alles war so natürlich, so entspannend, so friedlich, einfach wunderbar.

Ich hatte mir so mein eigenes kleines Paradies geschaffen und ich konnte mich immer, wenn ich es wollte, aus der harten Wirklichkeit des Lebens ausklinken, um mit den wundervollen Klängen der Natur neue Energien und Kräfte zu tanken.

Mit neuen Energien und Kräften wurde der harte Alltag für mich zusehends erträglicher. Mit neuem Elan konnte ich meine Alltagssorgen und Probleme viel besser angehen und diese leichter in den Griff bekommen. Alles schien so einfach, mein Leben war nun die reinste Inspiration.

Wenn ich den wundervollen Klängen der Natur lauschte, wurde meine Kreativität regelrecht beflügelt. Ich schrieb nette Gedichte und Kurzgeschichten, ich malte farbenfrohe Bilder und meine Seele lebte richtig auf.

So kam es dazu, daß ich meinen Wissensdurst in Sachen Naturtherapien auch auf dem Gebiet der Musiktherpie stillen wollte. Ich machte mich schlau über die verschiedenen Möglichkeiten und Wirkungsweisen der Musiktherapie.

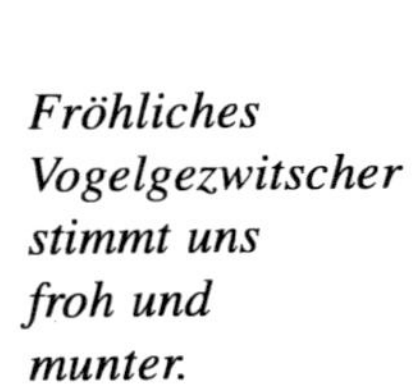

Fröhliches Vogelgezwitscher stimmt uns froh und munter.

Auch die Musiktherapie findet ihren Ursprung in der Natur des Menschen. Schon als heranwachsendes Embryo hören wir unsere erste Musik im Leibe unserer Mutter. Der Herzschlag unserer Mutter ist wie ein regelmäßiger Baßtrommelschlag, der uns deutlich beeinflußt. Schlägt das Herz der Mutter rhythmisch-gleichmäßig, so wirkt der Herzschlag beruhigend. Aufgeregte Herztöne hingegen wirken stark erregend auf das Embryo.

Bereits im Mutterleib wird das heranwachsende Baby vom Herzschlag der Mutter deutlich beeinflußt. Je nach Herzschlag der Mutter wirken die Herztöne beruhigend oder erregend auf das Baby.

Die Musiktherapie gehört zu den ältesten Heilmitteln der Welt. Schon die Urvölker nutzten die Musik als eine Form der Kommunikation und Therapie. Der Medizinmann tanzte zu rhythmischen Trommelschlägen, um in Kontakt zu den krankmachenenden Geistern zu treten und diese schließlich zu vertreiben.

Was so primitiv klingt, ist wissenschaftlich gesehen eine ganz natürliche Sache, die sich recht einfach erklären läßt. Musik wirkt nämlich über das Zusammenwirken von Tönen, Klängen und Rhythmen direkt auf den Gehörsinn.

Vibrationen können selbst von Gehörlosen wahrgenommen werden. Über den Gehörsinn werden bestimmte Regionen im

Gehirn beeinflußt, die wiederum verschiedene Körperfunktionen regeln und steuern.

So wirkt die Musik auf unseren Herzschlag und auf unsere Atmung. Je nach Musikrichtung können wir uns entspannen oder wir werden aufgeputscht. Musik und musikalische Töne und Geräusche wirken direkt auf unser vegetatives Nervensystem ein.

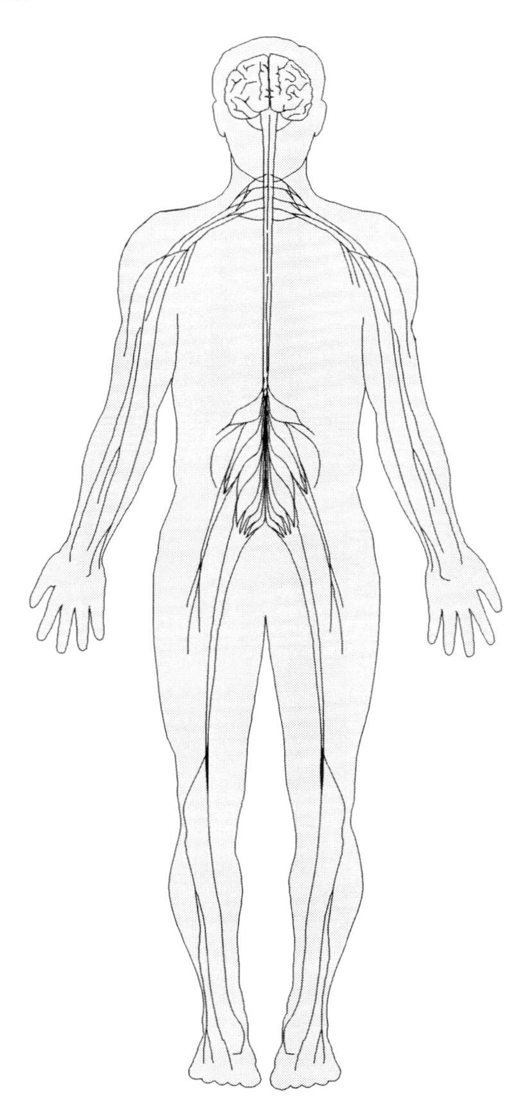

Unser vegetatives Nervensystem wird von Musik und von Tönen und Geräuschen direkt beeinflußt.

Das vegetative Nervensystem sorgt über einen wichtigen Regelmechanismus dafür, daß unsere Körpervorgänge in geregelten Rhythmen ablaufen. Über ein bestimmtes Nervengeflecht, dem Sympathicus-Nerv und dem Parasympathicus-Nerv, werden unsere Körperfunktionen geregelt und gesteuert.

So wirkt beispielsweise anregende Musik wie Märsche oder Rockmusik direkt auf den Nervus sympathicus, der wiederum unsere Energie-Entladung und abbauende Stoffwechselvorgänge steuert.

Beruhigende und entspannende Musik hingegen wirkt direkt auf den Nervus parasympathicus. Und dieser Nerv dient der Energiespeicherung, dem Aufbau von Kraftreserven und der Erholung.

Es ist inzwischen wissenschaftlich erwiesen, daß bestimmte musikalische Töne und Klänge verschiedene Körperfunktionen anregen oder beruhigen können. So werden Musikstücke mit bestimmten Taktformen in der medizinischen Therapie auch bevorzugt als ein Hilfsmittel eingesetzt, um kranke Menschen wieder in den „richtigen Takt“ zu bringen.

Über das Taktempfinden des Menschen werden rhythmische Körper-Bewegungsabläufe stimuliert. Durch Musik werden wir regelrecht zu bestimmten Körperbewegungen angeregt.

Ob wir nun im Takt mit unseren Füßen zu der Musik wippen oder oder unseren ganzen Körper im Tanz zu der Musik bewegen. Auch werden wir zum Singen, Summen, Pfeifen oder anderen melodischen

„Stimmbandbewegungen" animiert, wenn wir Musik hören.

Diese Auswirkungen der Musik kennen wir wohl alle. Nur richtig bewußt haben wir uns vielleicht diese Wirkungsweise der Musik bisher noch nicht gemacht.

Um von der wunderbaren Wirkung der Musiktherapie zu profitieren, muß man selbst kein ein Musikinstrument beherrschen.

Wenn wir etwas tiefer über diese wundervollen Wirkungen sinnieren, dann wird uns deutlich klar, daß Musik ein hervorragendes therapeutisches Heilmittel darstellt.

So haben Mediziner sogar bei sehr schwierigen Krankheitsfällen mit der Musiktherapie einzigartige Erfolge erzielen können. Beispielsweise bei Menschen mit einem schweren Schock oder nach einem nervenverletzenden Unfall.

Hier wird der natürliche Körperrhythmus in eine unnatürliche Starre versetzt. Mit speziellen musikalischen Takten kann der ursprüngliche Körperrhythmus wieder in Gang gesetzt werden und eine Heilung dadurch erfolgen.

Musik hat einen sogenannten deutlichen Wiedererkennungseffekt, der sich therapeutisch sinnvoll nutzen läßt. Längst vergessene Erinnerungen oder sogar verlernte Körperfunktionen können mit der entsprechenden Musik wieder geweckt und belebt werden.

Denken wir doch einfach einmal an die sogenannten Evergreens, diese unvergessenen Hits, die uns mit ihrer Musik an die „guten alten Zeiten" erinnern. Da werden angenehme Gefühle und Empfindungen in uns wach, die uns ins Schwärmen bringen. Sind das nicht wirklich wundervolle Wirkungen, die die Musik uns zu schenken vermag? Ja, so ist es!

Schöne Evergreens erinnern uns an die guten alten Zeiten.

Mit Musik läßt sich aber noch mehr erreichen. Musik kann unser Konzentrationsvermögen deutlich steigern, so daß wir erheblich aufnahmefähiger für Informationen jeglicher Art sind. Mit Musik läßt sich leichter lernen, vorausgesetzt, sie dröhnt uns nicht im wahrsten Sinne des Wortes den Schädel zu.

Sogenannte untermalende Musik wird in vielen Bereichen gezielt genutzt. Wenn im Supermarkt leise musikalische Töne erklingen, dann soll uns dies die perfekte Einkaufsatmosphäre vermitteln und uns zum zwanglosen Einkaufen animieren.

Es ist wissenschaftlich erwiesen, daß wir in angenehmer Atmosphäre wesentlich relaxter agieren und reagieren und deshalb im Supermarkt deutlich mehr Produkte einkaufen, als wir eigentlich wollen.

Die durch die wohlklingende Musik erzielte Einkaufsatmosphäre verleitet uns regelrecht dazu, mal etwas Neues zu probieren und mehr zu kaufen, als wir es eigentlich wollen. Die ständige Musikberieselung schaltet einfach unser strenges Bewußtsein ab und läßt uns mehr nach unseren Gefühlen handeln.

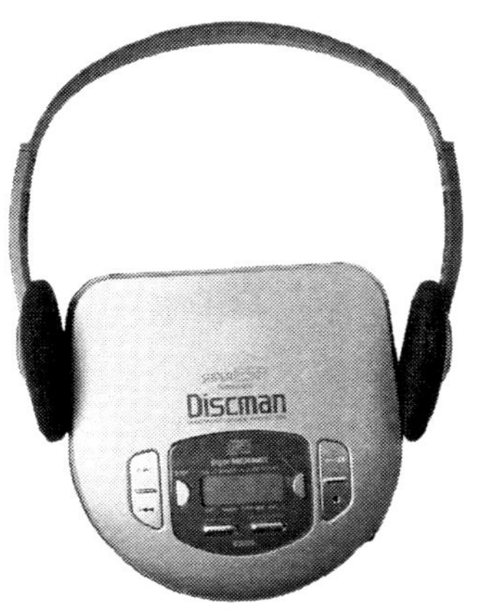

Mit einem tragbaren CD-Player kann man seine Lieblingsmusik immer und überall genießen.

Diese Bewußtseins-Ausschaltung läßt sich therapeutisch ganz gezielt nutzen. Wenn unser Bewußtsein durch schwere Sorgen und Probleme derart getrübt ist, daß wir keine Lösung mehr dafür sehen können, ist eine gezielte Bewußtseins-Ausschaltung mittels Musiktherapie äußerst sinnvoll.

Wenn wir vor lauter Sorgen und Problemen nur noch „Schwarzsehen“, dann kann die richtige Musik unseren Blick wieder öffnen und uns ein Licht am Ende eines langen Tunnels schenken.

Im Fachhandel und in Apotheken gibt es mittlerweile gezielte Musikprogramme auf Kassetten und CD, die man ganz gezielt bei den unterschiedlichsten Problemen einsetzen kann.

Guter Rat

Mittlerweile gibt es im Fachhandel eine fast unüberschaubare Auswahl an speziellen Musikprogrammen zu gezielten therapeutischen Zwecken. Wenn Sie sich dazu entschließen, sich eine spezielle Kassette oder CD zur Musiktherapie zu kaufen, dann sollten Sie sich diese vor dem Kauf auf jeden Fall einmal anhören. Bei der Vielzahl solcher Musikprogramme sollten Sie nur eines wählen, welches Ihnen wirklich gut gefällt und somit auch nützt.

Es lohnt sich wirklich, den Klängen dieser Therapie-Musik zu lauschen und seine Sinne daran zu berauschen, um so neue Kräfte und Energien für eine gezielte Problemlösung zu sammeln.

Man kann Musik aber nicht nur passiv hören, sondern auch mit entsprechenden Instrumenten Musik aktiv gestalten. Viele Selbsthilfegruppen nutzen die Kraft des Musizierens, um so neue Wege zum Leben zu entdecken.

Dazu muß man nicht wirklich ein Musikinstrument beherrschen; es reicht völlig aus, wenn man im Takt bestimmte Tonrhythmen erzeugt. So kann man Zum Beispiel durch heftiges Trommeln seinen inneren Aggressionen freien Lauf lassen und sich regelrecht abreagieren, bevor der Körper mit irgendwelchen Beschwerden auf angestaute Aggressionen reagiert.

Man kann seine angestauten Aggressionen regelrecht wegtrommeln.

Auch bereits bestehende Beschwerden lassen sich natürlich damit regelrecht befreien. Man kann und soll seinen Gefühlen freien Lauf lassen, um sich von sogenannten inneren Fesseln zu befreien.

Man kann aber auch sanft erzeugte Klänge mit allen möglichen Instrumenten, beispielweise durch monotones leises Handtrommeln, zu meditativen Zwecken einsetzen, um so innere Einkehr zu halten, Ruhe zu finden und Ausgleich zu schaffen.

Diese Form der Musiktherapie eignet sich besonders zur Anti-Streß-Therapie. Die durch Hektik und Streß überreizten Nerven werden durch selbsterzeugte monotone und sanfte musikalische Klänge und Töne wieder beruhigt und besänftigt.

In der Medizin wird die Musiktherapie bei vielen Beschwerden zur Unterstützung des Heilungsprozesses eingesetzt. Die Wirkung von Musik auf Herz, Kreislauf, Nerven, Muskulatur, Atmung und auf das vegetative Nervensystem ist wissenschaftlich unumstritten.

Viele Mediziner nutzen inzwischen die Musik mit großem Erfolg als begleitende Therapie zu anderen Behandlungsmethoden. Nutzen Sie selbst die wunderbare Kraft der Musik und erleben Sie deren einmalige Wirkung.

Setzen Sie je nach Lust und Laune oder Stimmungslage die entsprechende Musik als therapeutisches Hilfsmittel bei Ihren Sorgen und Problemen ein. Schaffen Sie sich ein eigenes Paradies der Ruhe und Entspannung, wie ich es einst getan habe.

Teenager von heute nehmen ihre geliebte Musik als sogenannte Stimmungskanone überall hin mit.

Oder schließen Sie sich einer Selbsthilfegruppe an, um Ihren inneren Schweinehund aus sich herauszutrommeln. Oder singen, summen und pfeifen Sie. Ob in der Badewanne, unter der Dusche oder bei der Arbeit. Sie werden sehen, mit Musik geht eben einfach alles besser.

5. Tanzen hält Leib und Seele zusammen

Wie Tanzen von innerem Ballast befreit

Wie Sie ja bereits aus dem vorangegangenen Kapitel „Musik-Therapie" wissen, hat jeder Mensch seinen eigenen Rhythmus im Blut. Unser Herz schlägt im gesunden Zustand regelmäßig im Takt. Während körperlicher Ruhephasen schlägt es langsam, bei körperlicher Anstrengung entsprechend schneller.

Auf der ganzen Welt wird getanzt. Tanzen gehört einfach zur Natur des Menschen. Schon die Urvölker auf dieser Erde tanzten und entwickelten zu bestimmten Zwecken, so auch für Heilzwecke, eigene Tanzrituale.

Tanzen ist in jeder Form, ob Ballett, Disco oder Fox, eine befreiende Therapieform, die sich für jedermann eignet.

Diese „innere Musik" in unserem Körper bestimmt unseren gesamten Lebensrhythmus. Da gibt es die typischen Hektiker, die wie aufgedrehte Hühner wirken und die wohl niemals zur Ruhe zu kommen scheinen. Und da gibt es im Gegensatz dazu die lebenden Schlafpillen, die selten mal „in die Gänge" kommen.

Wie auch immer unser eigener Lebensrhythmus bestimmt ist, mit Musik und den entsprechenden Bewegungen dazu kann man in jedem Falle für einen harmonisierenden Ausgleich sorgen. Denn Tanzen hält Leib und Seele zusammen und bringt den eigenen Lebensrhythmus wieder ins Gleichgewicht.

Tanzen befreit von innerem Ballast und von geistig-seelischen Beschwerden, indem man durch das Tanzen in eine ganz andere Bewußtseinsebene versetzt wird.

Tanzen kann sogar in Trance versetzen und dadurch das Bewußtsein für Erfahrungen öffnen, von denen wir im „Normalzustand" nicht einmal zu träumen wagen.

Die Medizinmänner der Naturvölker nutzen diesen „hypnotischen" Effekt des Tanzens als ein Mittel zur direkten Kommunikation mit dem Geist und mit der Seele ihrer Stammesangehörigen. Mit dem „Zaubertanz" werden schließlich Krankheiten und Beschwerden ausgetrieben.

Bestimmte Tanzrituale werden gezielt für Heilprozesse eingesetzt, sie können aber auch einfach nur der eigenen Lebensfreude Ausdruck verleihen oder nur dabei helfen, sich abzureagieren und Aggressionen sinnvoll abzubauen.

Auf der ganzen Welt wird getanzt, weil Tanzen einfach zur Natur des Menschen gehört.

Tanzen beschwingt den Geist und die Seele und trainiert obendrein den Körper auf äußerst effektive Weise. Die sanften Bewegungabläufe des Tanzens sind durchaus auch für eher gebrechliche Menschen als harmonisches Körpertraining geeignet.

Gerade bei Senioren hat sich das Tanzen als eine der allerbesten Körperertüchtigungen in Therapieform bewährt. Tanzen macht Spaß und bringt Freude in jedem Alter.

Jung und Alt können sich beim Tanzen der körperlichen Verfassung entsprechend richtig auslassen oder gar austoben. Tanzen wird regelrecht als Massentherapie betrieben.

Waren es einst für die ältere Generation die Jazz- und Musikkneipen, die die Menschen in Scharen zum Tanzen anlockten, so sind es heute für die Jungen und Junggebliebenen die Diskotheken und Tanzbunker, die das Volk zum „Abzappeln“ animieren.

In der Tanztherapie geht man davon aus, daß jeder Mensch, selbst der körperlich behinderte, sein individuelles Bewegungsmuster hat, womit er seine eigenen tänzerischen Bewegungen ausführen kann.

Neben dem rein körperlichen Zusammenspiel unserer Gliedmaßen drückt sich beim Tanzen besonders auch unsere geistig-seelische Verfassung aus. Durch Tanzen kann man sehr deutlich seiner inneren Verfassung und seinen eigenen Gefühlen Ausdruck verleihen.

So werden im Tanz geistig-seelische Stimmungen oder Mißstimmungen und körperliche Verspannungen oder Verkrampfungen offenbahrt. Das Tanzen gehört in all seinen Ausdrucksmöglichkeiten genauso zum Leben eines Menschen, wie dessen Mimik oder Gestik.

Der Pantomime nutzt bei seiner Darstellung ganz bewußt seine Gestik und Mimik.

Tanzen ist wie die Mimik oder Gestik eine deutliche Sprache des Körpers, die unser wahres Innenleben ohne Umschweife direkt ausdrückt. Therapeuten haben diese Körpersprache längst entschlüsselt und wissen jede Bewegung des Menschen entsprechend zu deuten.

So können Tanztherapeuten zum Beispiel einen tieferen Zugang zu ihren Patienten finden, als sie es mit einem einfachen Gespräch erreichen würden. Denn unsere Körpersprache ist absolut offen und ehrlich, ganz und gar unverblümt.

Unsere Körpersprache läßt sich nicht so ohne weiteres verstellen, wie wir dies vielleicht mit unseren Worten tun können. Unsere Körpersprache lügt nie.

Schon unsere „Windel-Liga“ wackelt nach flotter Musik fröhlich mit dem Popo.

Einerseits können entsprechend geschulte Therapeuten die Körpersprache deuten, um so mögliche Beschwerden ihrer Patienten zu erkennen und diese schließlich richtig zu behandeln.

So wie durch unser Bewegungsverhalten, durch unsere Körpersprache, unsere innersten Beschwerden zum Ausdruck gebracht werden, so kann ein entsprechendes therapeutisches Bewegungsmuster diesen Beschwerden entgegenwirken.

Tanztherapeuten nutzen spezielle Bewegungsabläufe beim Tanzen zur Behandlung des Menschen in seiner Ganzheit. Beim Tanzen werden nämlich Körper, Geist und Seele gleichermaßen aktiviert, trainiert und entsprechend therapiert.

Gute Musik in die Stereoanlage packen, und ab geht die Post!

Nun muß man Tanzen nicht immer gleich als eine strenge Therapieform ansehen, denn Tanzen ist ja eigentlich ein reines Vergnügen, das sich aus dem inneren Verlangen des Menschen, sich zu Geräuschen, Klängen und Tönen harmonisch zu bewegen, entwickelt hat.

Und so ist auch die Tanztherapie eigentlich ein reines Vergnügen, wenn man einmal bedenkt, auf welch schöne Art und Weise wir damit bestimmte Beschwerden gezielt behandeln können.

Es liegt doch in der Natur des Menschen, zu schöner Musik die Beine zu schwingen, die Arme zu bewegen und mit dem Bauch oder Popo zu wackeln.

Warum sollte man sich also den inneren Bewegungsdrang verkneifen, wenn er uns allen doch so gut tut. Es gibt so viele herrliche Möglichkeiten, seinem Tanz- und Bewegungsdrang freien Lauf zu lassen.

Schöne Musik hören und abtanzen ist das Motto. Ob man nun zu Hause die Stereoanlage etwas aufdreht und dazu beschwingt durch das Wohnzimmer tanzt, ob man in eine sogenannte Tanzburg oder Disko geht oder ob man sich einem Tanzkurs anschließt, wichtig ist einzig unds alleine, daß das Tanzen Spaß und Freude bereitet und den Körper nicht überlastet.

Ich glaube, wir Menschen träumen alle davon, uns wie ein Vögelchen frei und unbeschwert durch die Lüfte zu schwingen. Und das Tanzen kommt doch diesem Gefühl wirklich sehr nahe. Frei und beschwingt bewegen wir uns im Rhythmus der Musik und können so von unseren Alltagssorgen mit einer gewissen Leichtigkeit etwas abheben.

Tanzen macht frei und beschwingt und läßt uns schweben wie ein Vogel in der Luft.

Dieses befreiende Gefühl schenkt uns neue Kraft, die wir für unser Leben so dringend brauchen. Also ruhig einmal etwas beim Tanzen von der Realität abheben, um schließlich mit neuer Energie wieder auf dem Boden der Tatsachen zu landen.

Dabei ist es überhaupt nicht wichtig, was oder welchen Tanz man gerade tanzt, sondern wie man tanzt und wie man sich dabei fühlt. Legen Sie doch einfach mal wieder Ihre Lieblingsmusik auf und lassen Sie Ihren Körper frei tanzen. Alleine oder auch in der Gruppe.

Guter Rat

Tanzen macht zwar auch alleine schon viel Spaß, aber erst in der Gruppe wird Tanzen zum echten Vergnügen. Spezielle Tanzgruppen finden Sie heute überall. Informieren Sie sich doch einmal im Sportverein, in Tanzschulen oder im Fitneß- und Sportstudio in Ihrer Nähe, welche Tanzveranstaltungen dort angeboten werden. Einfach einmal ausprobieren. Es lohnt sich!

Wenn Sie sich einer Tanzgruppe anschließen möchten, dann schauen Sie doch einfach mal in die gelben Seiten oder fragen Sie bei der Volkshochschule nach.

Tanztherapeutische Kurse für jedes Alter werden heute auch zunehmend in großen Sport- und Fitneßstudios angeboten. Es lohnt sich wirklich, wenn Sie Ihren Körper Ihren Möglichkeiten entsprechend mal wider etwas auf die Sprünge helfen.

Tanzen Sie nach Lust und Laune, tanzen Sie wann und wo immer es geht. Erleben Sie die Freude an der Bewegung ganz bewußt und genießen Sie die Befreiung von innerem Ballast, den Sie wohl schon immer, zumindest für eine gewisse Zeit, über Bord werfen wollten.

6. Aromen verwöhnen Leib und Seele

Wohlbefinden, das durch die Nase geht

Kennen Sie auch das wohlige Gefühl, wenn ein angenehmer Duft Sie in schönen Erinnerungen schwelgen läßt? Immer dann, wenn der zarte Duft von wilden Heckenrosen meine Nase strauchelt, erinnere ich mich an schöne, warme Sonnentage in meiner Kindheit.

Die Aromatherapie macht sich diese wundervollen Auswirkungen von Düften und Aromen gezielt zunutze. Der Geruchssinn ist ein wichtiger Teil des Menschen, der im Laufe der Evolution leider immer mehr vernachlässigt wurde.

Feine Düfte verwöhnen nicht nur unsere Nase, sondern sie rufen auch ganz bestimmte Gefühlsregungen in uns hervor.

Damals standen mehrere Büsche von wilden Heckenrosen vor unserem Haus, die im Frühsommer so herrlich blühten und ihren zarten Rosenduft verströmten. Immer, wenn ich heute den Duft von wilden Rosen wahrnehme, werde ich in meine unbeschwerte Kindheit zurückversetzt und verbinde diesen zarten Duft automatisch mit lieben Gedanken und warmen Gefühlen.

Hmm, wie tut doch dieser feine Duft meiner Seele gut. Und da gibt es noch so viele andere Düfte, die mich an wunderschöne Erlebnisse erinnern. Ich genieße es regelrecht, mit meinen Lieblingsdüften in schönen Erinnerungen zu schwelgen und in den schönen Gedanken und Gefühlen neue Kräfte für mich zu schöpfen. Ich bin mir sicher, auch Sie haben Ihre Lieblingsdüfte, die Sie in andere Sphären verführen, nicht wahr!?

Einst mußte sich der Urmensch auf seine Nase genau verlassen können. Er mußte zum Überleben aufkommende Gefahren regelrecht riechen können. Heute werden wir an allen Ecken und Enden dieser Welt mit Düften und Gerüchen derart überlagert, daß es manchmal schon ein Segen zu sein scheint, wenn wir längst nicht mehr alles riechen können.

Aber dennoch können wir eine „feine Nase" bewußt trainieren, indem wir wahrgenommene Düfte und Gerüche mit bestimmten Bildern in unserem Gehirn kombinieren. Sicher kommen dabei wohl nicht immer die schönsten Bilder zustande, vor allem dann nicht, wenn etwas regelrecht zum Himmel stinkt. Wie gut ist es doch in diesem Falle, daß wir uns dann ganz einfach die Nase zuhalten können.

Die Aromatherapie nutzt daher nur solche Duftstoffe und Aromen, die angenehme Gefühle und Gedanken in uns auslösen sollen. Natürlich gibt es auch hier Düfte, die der eine liebt und ein anderer im wahrsten Sinne des Wortes nicht riechen kann bzw. mag.

Den feinen Duft von zarten Blüten mögen wohl die meisten Menschen gerne riechen.

Das liegt ganz einfach daran, daß jeder einzelne Mensch sich anders entwickelt und ganz individuelle Vorlieben und Abneigungen, so auch im Bereich der Düfte, ausbildet.

Das bewußte Riechen und Wahrnehmen von angenehmen Düften und Aromen ist wie ein Fest für die Sinne. Wir alle haben neben unseren Lieblingsfarben auch Lieblingsdüfte, die unser Leben unbewußt ganz gewaltig beeinflussen.

Düfte und Aromen können ganz gezielt bestimmte Reaktionen in uns auslösen. Denken Sie doch einfach einmal daran, was Sie fühlen, denken und schließlich tun, wenn Ihnen am Morgen der aromatisch-würzige Duft von frisch aufgebrühtem Kaffee in die Nase steigt. Na, das weckt doch die Lebensgeister und erleichtert das Aufstehen, nicht wahr?!

Und was passiert, wenn Ihnen beispielsweise nach einem langen Tag plötzlich der intensive Duft einer leckeren Pizza oder von anderen schmackhaften Leckereien durch die Nase weht? Knurrt Ihnen dann vielleicht der Magen und meldet sich ein gewisses Sättigungsbedürfnis an? Ach ja, diese verführerischen Düfte, wozu sie uns doch verleiten können - und wie sie unserer inneren Befriedigung nachhelfen!

Sollte ich nun mit diesen Zeilen einen kleinen Appetit auf Leckereien bei Ihnen geweckt haben, dann geben Sie Ihrem inneren Bedürfnis lieber nach und gönnen Sie sich erstmal eine kleine Zwischenmahlzeit, bevor Sie dieses Buch weiterlesen. Sonst könnte sich dieses kleine Bedürfnis wohl noch derart ausweiten, daß Sie möglicherweise nicht mehr in der Lage sind, sich weiter auf dieses Buch zu konzentrieren.

Der leckere Duft einer frischen Pizza, die gerade aus dem heißen Ofen kommt, weckt in uns die Vorfreude auf den schmackhaften Genuß. Guten Appetit!

Wenn Sie allerdings Ärger mit Ihrer Figur haben und eine Zwischenmahlzeit Ihnen jetzt nicht bekommen würde, dann lesen Sie ganz schnell weiter. Denn dann kommt die Aromatherapie jetzt goldrichtig für Sie. Sie kann nämlich gewisse Verlangen nicht nur auslösen, sondern auch helfen, diese zu kontrollieren.

Unter Aromatherapie versteht man den Einsatz von ätherischen Ölen und duftenden Essenzen, die aus Blüten, Kräutern und Hölzern hergestellt werden. Diese aromatischen Öle und Essenzen wirken hauptsächlich über den Geruchssinn und können so ihre heilsamen Wirkungen entfalten.

Duftsäckchen, gefüllt mit aromatischen Kräutern und feinen Blüten, haben sich in der Aromatherapie längst bewährt.

Das vegetative Nervensystem, das an das Riechzentrum im Gehirn gekoppelt ist, kann mittels Duft- und Aromastoffen gezielt beeinflußt werden. So können sogar Wirkungen erzielt werden, die bei bestimmten Beschwerden weitaus intensiver als die von chemischen Medikamenten sind - und das ohne Nebenwirkungen.

Und es gibt kaum ein Leiden, das sich nicht erfolgreich mit der Aromatherapie in den Griff bekommen läßt. Wie heißt es doch so schön: Gegen jedes Leiden ist ein Kraut gewachsen.

Die Aromatherapie arbeitet mit pflanzlichen ätherischen Ölen und natürlichen Aromawirkstoffen. Diese aromatischen Substanzen können entweder inhaliert, in verdünnter Form auf die Haut gerieben oder ins Badewasser gegeben werden.

In seltenen Fällen werden diese Aromastoffe auch tropfenweise innerlich angewendet. Allerdings sollte man ätherische Öle nur auf Verordnung durch einen Fachmann einnehmen, da die innerliche Anwendung bei Mißbrauch Nebenwirkungen hervorrufen kann.

Die Aromastoffe aktivieren zunächst die Sinne, nämlich den Geruchs- und gegebenenfalls den Geschmackssinn. Über diese Sinnesbeeinflussung können sich schließlich Folgewirkungen auf die Organfunktionen entfalten.

Wie anregend, belebend oder stimulierend Düfte wirken können, das haben wir wohl alle schon einmal erlebt. Aromastoffe wirken direkt auf unseren Geist und auf unsere Seele und über verschiedene Rückkopplungsmechanismen indirekt auf unseren Körper ein.

Innerlich angewendet haben verschiedene ätherische Öle sogar eine antibakterielle bzw. eine antivirale Wirkung, die die Wirkung von chemischen Antibiotika sogar noch übertrifft.

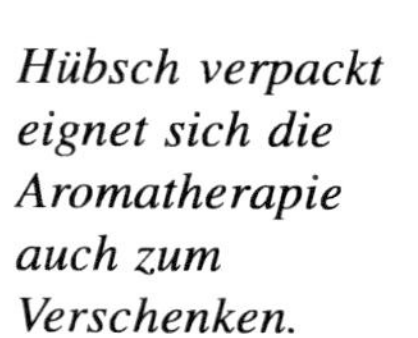

Hübsch verpackt eignet sich die Aromatherapie auch zum Verschenken.

Viele dieser duftenden „Wunderstoffe“ kennen wir aus dem Alltag und wissen sie als altbewährte Hilfsstoffe zu schätzen. Dazu gehören die Kamille, die Pfefferminze, der Lavendel, der Knoblauch und Kräuter wie Estragon, Rosmarin oder Salbei.

In der Küche eignen sich aromatische Kräuteröle zum Abschmecken von feinen Speisen besonders gut.

Als Tee getrunken oder zum Würzen von Speisen verwendet sind die aromatischen Stoffe dieser Kräuter hilfreich bei Funktionsschwächen innerer Organe wie Magen, Darm, Leber, Herz, Kreislauf und Nerven. Aber auch nur über die Nase können viele Aromastoffe ihre volle Wirkung entfalten.

Für diesen Zweck werden heute überall in fast allen Geschäften sogenannte Aromalampen angeboten. Durch die Aromalampen werden die Düfte durch Verdunstung fein im Raum verströmt, wodurch über unser Geruchssystem eine intensive Wirkung auf unser vegetatives Nervensystem hervorgerufen wird.

Die Duftöle können anregend oder beruhigend oder gar inspirierend und bewußtseinserweiternd wirken. Sie wirken direkt auf das limbische System im Gehirn und übermitteln dort ihre Duftbotschaft, wodurch gezielte Wirkungen auf Körper, Geist und Seele erreicht werden können.

Für die Aromatherapie sollten grundsätzlich nur natürliche ätherische Öle zum Einsatz kommen, die auf ihre Reinheit geprüft sind. Billige und gepanschte Duftmittelchen aus dem Schnäppchenmarkt sind daher mit Vorsicht zu genießen. Wer auf Nummer Sicher gehen möchte, nur erstklassige Qualität zu kaufen, der sollte seine Duftöle sowieso nur im Fachhandel erwerben. Dort erhalten Sie stets geprüfte und durchaus erstklassige Qualitäten unterschiedlichster Duftöle.

Wenn Sie bisher noch nicht mit ätherischen Ölen gearbeitet haben, dann lohnt sich eine sogenannte Grundausstattung, bestehend aus einer Aromalampe und verschiedenen Duftölen, die genau auf Ihre Bedürfnisse zugeschnitten sind.

Spezielle Badeperlen mit duftigen Aromaölen machen ein Bad zum wohltuenden Erlebnis.

Im Fachhandel wird man Sie gerne ausführlich beraten. Für Selbststudien steht Ihnen eine große Auswahl an Fachbüchern zum Thema Aromatherapie zur Verfügung. In jedem Falle ist die Aromatherapie eine angenehme Bereicherung für unseren Alltag, die uns ohne großen Aufwand zu betreiben wahres Wohlbefinden schenkt.

Nachfolgend möchte ich Ihnen die bekanntesten und beliebtesten Aromaöle von A-Z in einem Kurzportrait vorstellen. Den botanischen Namen des jeweiligen Öls finden Sie hinter der volksüblichen Bezeichnung in Klammern.

Wenn Sie jedoch tiefergehende Fachinformationen zur Aromatherapie wünschen, dann empfehle ich Ihnen, eines der vielen Fachbücher zu diesem Thema zu studieren.

Ausgewählte Aromaöle von A-Z

Anis (Pimpinella anisum):
Wirksam bei Verdauungsbeschwerden, Blähungen, trockenem Husten, Bronchialbeschwerden, nervösen Magen und Darmkrämpfen, Menstruationsproblemen, Impotenz und Frigidität.

Baldrian (Valeriana offincialis):
Wirksam bei Schlafstörungen, nervösen Herz-, Kreislauf- und Magenbeschwerden, Streß und Überreizung. Psychische Wirkung bei Depressionen, Nervosität, Aggressionen.

Cajeput (Melaleuca Leucadendron):
Wirksam bei Atemwegsinfektionen, Kehlkopfentzündung, Asthma, Harnwegsinfektionen, Rheuma, Neuralgien, Akne, Psoriasis. Psychische Wirkung bei Verwirrung und belastenden Situationen.

Eukalyptus (Eucalyptus globulus):
Wirksam bei Atemwegsinfektionen, Erkältung, Grippe, Asthma, Rheuma, Akne, Harnwegsinfektionen, Blasen und Nierenentzündung. Psychische Wirkung bei Antriebslosigkeit.

Geranium (Pelargonium odorantissimum):
Wirksam bei Magen- und Darmentzündung, Darmparasiten, Entzündung der Mundschleimhaut, Angina, Verbrennungen, Wunden, Akne, Ekzemen, Flechten und Gesichtsneuralgien. Psychische Wirkung bei allgemeinen Angst- oder Schwächezuständen, Depressionen, innerer Unruhe, nervösen Verspannungen und bei emotionaler Belastung.

Ingwer (Zingiber officinale):
Wirksam bei anhaltenden Verdauungsstörungen, Infektionsgefahr, bei schlechter Durchblutung, Muskelverspannungen, Erkältung, grippalen Infekten, Kopfschmerzen, Schwindel und bei Reisekrankheit. Psychische Wirkung bei Willenlosigeit und Entscheidungsschwäche.

Kamille (Matricaria chamomilla):
Wirksam bei Magen- und Darmbeschwerden, Blähungen, Gallenkolik, Husten, Heiserkeit, Fieber, Sonnenbrand, Ekzemen und bei diversen Hautbeschwerden. Psychische Wirkung bei Schlaflosigkeit, Reizbarkeit, Alpträumen, Ärger und Unzufriedenheit.

Lavendel (Lavandula officinalis):
Wirksam bei Hautentzündungen, Wunden, Brandverletzungen, Insektenstichen, Nervenentzündung, Rheuma, Ohrenschmerzen, Kopfschmerzen, Erkältung, Bluthochdruck, bei nervösen Herz-, Magen- und Darmbeschwerden, Krämpfen, Blasenentzündung und zur Pflege der trockenen und beanspruchten Haut. Psychische Wirkung bei nervösen Schlafstörungen, Depressionen, Hektik, Streß, Angst und Überreizung.

Melisse (Melissa officinalis):
Wirksam bei Magen- und Darmbeschwerden, Kopfschmerzen, Migräneanfällen, Hautentzündungen, Insektenstichen, Blutergüssen, bei Kreislaufschwäche, Menstruationsleiden und Wechseljahrsbeschwerden. Psychische Wirkung bei Einschlafstörungen, Nervosität, Angst, Trauer, Melancholie, Wut, Ärger, Alpträumen und seelischer Belastung.

Orange (Citrus aurantium):
Wirksam bei Verdauungsproblemen, Blasen- und Nierenerkrankungen, Kopfschmerzen, Fieber, Herzrasen, Bluthochdruck, Schlafstörungen, Narben, Akne, Cellulite, trockener und spröder Haut mit Verhornungsstörungen. Psychische Wirkung bei Angstzuständen und Mutlosigkeit.

Pfefferminze (Mentha piperita):
Wirksam bei Magen- und Darmbeschwerden, Übelkeit, Schwindelgefühl, Erkältungskrankheiten, Infektionen, Hitzewallungen, geschwollenen Beinen, Rheuma, Kopfschmerzen, Migräne, Muskelverspannungen, Hexenschuß, Insektenstichen und Akne. Psychische Wirkung bei Abgespanntheit, Müdigkeit, Heißhungerattacken, mangelnder Konzentration und Gedächtnisschwäche.

Rosmarin (Rosmarinus officinalis):
Wirksam bei Erschöpfungszuständen, niedrigem Blutdruck, Erkältung, Asthma, Bronchitis, Leberbeschwerden, Verdauungsstörungen, Kopfschmerzen, Migräne, Haarausfall, Durchblutungsstörungen und Krampfaderbeschwerden. Psychische Wirkung bei Antriebslosigkeit, Erschöpfung und Energiemangel.

Salbei (Salvia officinalis):
Wirksam bei übermäßiger Schweißbildung, Infektionskrankheiten, schmerzhaften Menstruationsbeschwerden, Halskratzen, Heiserkeit und Halsentzündungen. Psychische Wirkung bei Schwächezuständen und Ängsten.

Teebaum (Melaleuca alternifolia):
Wirksam bei verschiedenen Infektionen, Pilzerkrankungen, Herpes, Insektenstichen, Warzen, Abwehrschwäche, Akne und zur allgemeinen Haut- und Haarpflege. Teebaumöl ist in letzter Zeit als Hausmittel bei allen möglichen Beschwerden geradezu in Mode gekommen. Daher kann man dieses Öl inzwischen fast überall kaufen. Bitte greifen Sie jedoch beim Kauf von Teebaumöl nur auf hochwertige und geprüfte Qualitäten zurück.

Wacholder (Juniperus communis):
Wirksam bei Erkältungskrankheiten, Blasen- und Harnwegsbeschwerden, Menstruationsschwäche, rheumatischen Erkrankungen, Gicht, Muskelverspannungen, Entwässerung, Cellulite und Hautbeschwerden. Psychische Wirkung bei Erschöpfung, Energie- und Kraftlosigkeit, Angst und Krisensituationen.

Zitrone (Citrus limonum):
Wirksam bei Appetitmangel, Infektionen, Halsschmerzen, Blutarmut, Rheuma, Gicht, Besenreisern, Krampfadern, Hautausschlag, Insektenstichen, niedrigem Blutdruck, Zahnfleischerkrankungen, fettiger Haut und bei Pigmentflecken. Psychische Wirkung bei Gedächtnisschwäche, Konzentrationsmangel und bei depressiven Zuständen.

Diese Liste erhebt ganz sicher keinen Anspruch auf Vollständigkeit. Fundiertes Fachwissen zur Aromatherapie möchte ich hier auch nicht vermitteln, sondern ich will Ihnen lediglich einen Anstoß geben, sich mit dieser wunderbaren Therapieform einmal näher zu beschäftigen.

Aromaöle sollten stets in fest verschlossenen Glasflaschen aufbewahrt werden, weil sie sich sonst verflüchtigen.

Um Sie für die Aromatherapie zu erwärmen, möchte ich schließlich noch auf die verschiedenen Verwendungsmöglichkeiten von Aromaölen eingehen. Sicher werden Sie davon begeistert sein.

Wie ich allerdings bereits sagte, sollte die innere Anwendung von ätherischen Ölen nicht ohne den Rat eines Fachmannes oder Aromatherapeuten erfolgen.

Ätherische Öle sind nämlich hochwirksame Substanzen - einige davon sogar wirksamer als chemische Medikamente - weshalb man eine innerliche Anwendung als Selbstbehandlung aus Sicherheitsgründen unterlassen sollte. Allerdings gibt es verschiedene „lebensmitteltaugliche" Öle, die sich ganz hervorragend beim Kochen verwenden lassen. Diese folgenden Vorschlägen sollten Sie einmal ausprobieren!

Verwendung in der Küche

Viele Kräuter und Gewürze sind für ihre verdauungsfördernden Eigenschaften bekannt. Auch die Aromatherapie nutzt diese wunderbaren Eigenschaften der ätherischen Öle, die aus Kräutern und Gewürzen hergestellt werden.

Zu diesen Kräutern und Gewürzen gehören u.a. Basilikum, Kümmel, Majoran, Thymian, Rosmarin oder Salbei. Tatsächlich eignen sich diese Öle auch zum Kochen und Verfeinern von schmackhaften Gerichten.

Wegen der enormen Würzkraft der ätherischen Öle gibt man maximal 1-2 Tropfen des jeweiligen Aromaöls auf eine Portionsgröße für eine Person.

Süßspeisen lassen sich hervorragend abschmecken mit den ätherischen Ölen von Mandarine, Orange, Zitrone oder Ingwer. Auch hier gilt: etwa 1-2 Tropfen auf eine Portion reichen völlig aus.

Aus feinen Aromaölen lassen sich ganz hervorragende Würzöle für die gute Küche herstellen. Dazu verwendet man naturreine ätherische Öle von Kräutern und gibt einige Tropfen davon in normales Speiseöl.

Da sich ätherische Öle sehr schnell verflüchtigen, empfiehlt es sich, die Öle erst zum Schluß der Zubereitung hinzuzufügen.

Hervorragend geeignet sind ätherische Öle zur Herstellung von exzellenten Würzölen. Dazu geben Sie einfach 5-10 Tropfen ätherisches Öl auf 100 ml neutrales Salatöl. Füllen Sie diese Mischung in eine dunkle Glaskarraffe und lassen Sie sie 4 Wochen dunkel und kühl ruhen.

Aromaöle eignen sich ebenso gut zum Würzen feiner Speisen wie frische oder getrocknete Küchenkräuter.

Geeignete Öle für ein Spitzen-Würzöl sind Basilikum, Bohnenkraut, Dill, Estragon, Koriander, Rosmarin und Thymian. Selbstverständlich können Sie sich daraus auch Ihr eigenes Würzöl zusammenstellen, solange Sie die Gesamtkonzentration von 10 Tropfen Aromaöl auf 100 ml Speiseöl nicht überschreiten.

Ich bin mir sogar sicher, daß Sie Ihre Gäste mit Ihrem persönlichen Würzöl begeistern werden. Bitte achten Sie jedoch darauf, daß Sie zum Kochen und Würzen nur absolut reine Öle aus kontrolliertem biologischen Anbau verwenden.

Chemisch gepanschte und synthetische Öle haben in der Küche nichts zu suchen. Und schließlich noch ein wichtiger Tip: Ein einziger Tropfen zuviel des Guten kann schon das ganze Essen versauen. Tropfen Sie daher die Aromaöle nie direkt ins Essen, sondern immer erst auf einen kleinen Löffel.

Verwendung in der Aromalampe

Dies ist die in Mode geratene Form der Aromatherapie. Der Handel bietet eine Vielzahl von dekorativen Aromalampen, die mit der Wärme eines Teelichts die feinen Düfte im Raum verströmen.

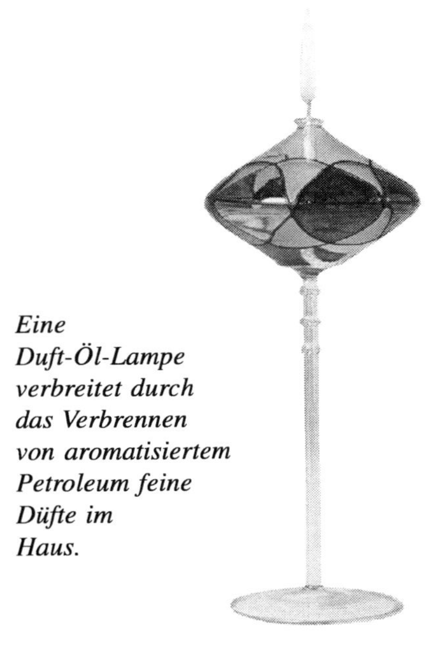

Eine Duft-Öl-Lampe verbreitet durch das Verbrennen von aromatisiertem Petroleum feine Düfte im Haus.

Manche Lampen arbeiten auch elektrisch. Füllen Sie einfach die Verdunstungsschale der Aromalampe mit Wasser und geben Sie 2-4 Tropfen ätherisches Öl dazu. Zünden Sie nun das Teelicht und genießen Sie die wunderbare Wirkung des feinen Duftes, der sich im ganzen Raum ausbreitet.

Sie können reine Monodüfte oder auch fertige Duftmischungen dazu verwenden. Selbstverständlich können Sie auch verschiedene Öle miteinander mischen. Probieren Sie ruhig aus, was Ihnen am besten gefällt.

Verwendung im Luftbefeuchter

Während der winterlichen Heizperiode wird unsere Raumluft schnell extrem trocken und belastet so unsere Schleimhäute durch starke Austrocknung enorm. Hier hat es sich bewährt, spezielle Luftbefeuchter aus Keramik an die Heizung zu hängen oder einfach Wasserschalen auf die Heizung zu stellen, um die Raumluftfeuchtigkeit zu erhöhen.

Eine hübsche Schale mit Wasser und ein paar Tropfen Aromaöl auf die Heizung gestellt sorgt in der Heizperiode für eine angenehme und frische Raumluft.

Wenn Sie nun noch einige Tropfen ätherisches Öl in das Wasser der Luftbefeuchter geben, verbessern Sie zusätzlich die Qualität Ihrer Raumluft. Gerade im Winter, der klassischen Grippe- und Erkältungszeit, haben sich keimtötende Öle besonders bewährt: Kampfer, Eukalyptus, Pfefferminze, Teebaumöl oder Thymian.

Die Kopfkissenmethode

Beträufeln Sie einfach ein Taschentuch mit 3-5 Tropfen Aromaöl und legen Sie dieses Dufttuch anschließend direkt vor dem Schlafengehen unter Ihr Kopfkissen. Diese Kopfkissenmethode hat sich bewährt als Einschlafhilfe mit beruhigenden und entspannenden Ölen wie z.B. Lavendel, Orange, Mandarine oder Neroli.

Ein paar Tropfen Aromaöl auf einem Taschentuch unter dem Kopfkissen wirkt wahre Wunder.

Mit Teebaumöl lassen sich auf diese Weise „nachtaktive" Stechmücken fernhalten. Und Öle wie Jasmin oder Ylang Ylang verleihen Ihrem Schlafzimmer eine sinnlich-erotische Atmosphäre.

Die Brustbeutelmethode

Dazu benötigen Sie einen Brustbeutel aus Baumwollstoff, den Sie sich auch selbst ganz leicht nähen können. Der Brustbeutel wird mit einem Papiertaschentuch gefüllt, das zuvor mit 3-5 Tropfen Aromaöl beträufelt wurde.

Der duftende Brustbeutel kann nun einfach umgehängt werden - auch unbemerkt unter der Oberkleidung - und kann so seine intensive Duftwirkung ausüben. Besonders bei Erkältung und grippalen Infekten sorgt ein duftender Brustbeutel, der mit Pfefferminze, Eukalyptus oder Teebaumöl beträufelt wurde, wieder rasch für freies Durchatmen.

Aber Sie können natürlich auch Ihr persönliches „Therapieöl" auf diese Weise unbemerkt besonders tief und dauerhaft inhalieren.

Selbstverständlich können Sie auch eigene Methoden entwickeln, um die Kraft der Aromatherapie für sich zu nutzen. Sie können sich zum Beispiel auch eine eigene Gesichts- und Körperpflegelinie mit Ihrem Lieblings-Aromaöl kreieren.

Guter Rat

Bitte verwenden Sie ätherische Öle niemals unverdünnt. Nutzen Sie die konzentrierte Kraft der Natur nur mit Vorsicht und nach fachmännischer Anweisung. Wenn Sie die Aromatherapie mit Bedacht und Vernunft anwenden, dann können Sie von deren wunderbaren Energie nur profitieren und vielerlei Beschwerden behandeln und lindern. Nutzen Sie daher die Kräfte von Aromaölen stets nach bestem Wissen, um dadurch eine positive Wirkung auf Ihre gesamte Lebenssituation zu erzielen.

Rezepte zum Herstellen eigener Kosmetik gibt es in speziellen Drogerieläden, die auch die geeigneten Zutaten dazu verkaufen. Mit Aromaölen wird Ihre eigene Kosmetik-Serie nicht nur ganz dufte, sondern auch noch in ihrer Wirkung verstärkt.

Für kosmetische Zwecke eignen sich zum Beispiel feines Lavendelöl, Orangenöl, Teebaumöl oder Zitronenöl. Selbstverständlich können Sie auch parfümneutrale Fertigkosmetik mit diesen Ölen aufwerten, falls sie Ihre Cremes nicht selbst herstellen möchten.

Zitrusöle wirken angenehm erfrischend und steigern das Konzentrationsvermögen.

Oder probieren Sie doch mal Ihr ganz eigenes Massageöl aus. Als Basisöle eignen sich besonders gut Sonnenblumenöl, Mandelöl, Distelöl, Weizenkeimöl oder Avocadoöl. Geben Sie auf 100 ml Basisöl etwa 20-25 Tropfen ätherisches Öl nach Ihrer Wahl, vermengen alles gut miteinander und bewahren Sie das fertige Öl in einer dunklen Glasflasche auf.

Die Aromatherapie läßt sich äußerst vielseitig einsetzen. Viele tolle Rezepte finden Sie in speziellen Büchern und Ratgebern zur Aromatherapie. Ein Ausflug in die Welt der heilsamen Düfte lohnt sich wirklich.

Ohne großen Aufwand zu betreiben kann man die Aromtherapie ganz einfach in den Alltag integrieren. Probieren Sie es doch einfach aus und erleben Sie, daß unsere Welt wirklich „ganz dufte" sein kann.

7. Genießen mit allen Sinnen

Genießen macht das Leben schöner und glücklicher

Im Leben heißt es immer wieder: Sparen, Reduzieren oder sogar Verzichten. Schon die Begriffe können uns in bestimmter Hinsicht die gute Laune verderben. Denken wir doch nur an unsere Ernährungsweise.

Bei ein paar Pfunden zuviel auf den Rippen wird uns an allen Ecken und Enden dieser Welt eingetrichtert, wir sollen zugunsten unserer Gesundheit oder für eine gute Figur Kalorien sparen, Fette und Öle in der Nahrung reduzieren oder auf Kalorienbomben ganz und gar verzichten.

Und so unterwerfen sich viele Menschen dem regelrechten Diätenwahn, der letztendlich jedoch nur in den seltensten Fällen eine Problemlösung darstellt. Meistens ist es doch so, daß durch geschmacklose Crash-Diäten nicht nur die Pfunde purzeln, sondern auch die Lebensfreude.

Und mit der sinkenden Lebensfreude kommt automatisch der Frust, besonders dann, wenn man feststellen muß, daß sich nach einer solchen sinnlosen Diät sogar noch mehr Pfunde zu den eh schon überzähligen hinzugesellt haben. Wenn das einem nicht den guten Appetit endgültig verdirbt, nicht wahr?!

Ein paar leckere Appetithäppchen vom Allerfeinsten sind wahres Futter für unser Wohlbefinden. In Maßen genossen schadet ein solcher Hochgenuß unserer Gesundheit auf keinen Fall.

Also muß die nächste Diät herhalten, um die überflüssigen Kilos endlich zu killen. Doch nach möglicherweise unzähligen Versuchen stellt man dann fest: Diäten machen überhaupt nicht schlanker, sondern eher dikker, und rauben einem auch noch die Freude am Genießen.

Der Teufelskreis der schrecklichen Diätfolter hat nun zugeschlagen. Darunter leidet eindeutig die Lebensqualität, und damit auch das Wohlbefinden und die Gesundheit.

Aber auch in anderen Lebensbereichen heißt es immer wieder: Sparen, Reduzieren, Verzichten. So muß in der Politik immer „der kleine Mann" für irgendwelche Sparmaßnahmen herhalten, nicht wahr?!

Überall wird uns Askese als die Rettung aller Probleme angepriesen, egal für welche Lebensbereiche. Das Leben auf Sparflamme macht irgendwann keinen Spaß mehr, erst recht nicht, wenn man sich selbst immer mehr einschränken soll.

Sparen ist das Motto in vielen Lebensbereichen, auch bei den Finanzen.

Doch damit ist jetzt endlich Schluß, wenn Sie sich hier und heute für ein neues Leben entscheiden. Ich möchte Ihnen zeigen, wie Sie Ihr Leben wieder in vollen Zügen genießen und gleichzeitig sogar erstrebenswerte Lebensziele erreichen können, die Ihnen neue Lebensfreude schenken werden.

Die einfache Formel für mehr Lebensfreude heißt einfach: Genießen Sie Ihr Leben! Sicher werden Sie jetzt über Ihre momentane Lebenssituation nachdenken, die vielleicht alles andere als glücklich ist, und Sie werden mich für verrückt erklären.

Aber denken Sie doch einmal nur an den Teufelskreis der Diäten, den ich Ihnen eingangs als ein Paradebeispiel für eine selbstauferlegte Folter beschrieben habe. Anstatt Positives zu erreichen, verlieren Sie nur zusehends Ihre eigene Lebensfreude.

Und warum? Ganz einfach: Negatives zieht Negatives nach sich, und das führt automatisch zu einer Niederlage nach der anderen. Das gilt nicht nur für die Ernährungsweise, sondern für alle Bereiche des Lebens.

Sie müssen Ihren persönlichen Teufelskreis durchbrechen, der für Ihre eigene Unzufriedenheit im Leben verantwortlich ist. Die beste Möglichkeit dazu ist die Veränderung der eigenen Lebensweise in kleinen und vernünftigen Schritten. Fangen Sie ab sofort damit an, Ihr Leben zu genießen!

Es gibt so viele einfache Möglichkeiten, wie Sie den Genuß Ihres Lebens steigern können. In den Kapiteln zuvor haben Sie schon viele Möglichkeiten kennengelernt, wie Sie Ihr Leben besser gestalten können.

Auch die Genuß-Therapie ist eine einfache Möglichkeit, Ihre Lebensqualität ohne großen Aufwand deutlich zu verbessern. Genießen steigert die Lebensfreude und stärkt die persönliche Abwehr.

Genießen Sie Ihr Leben aus vollen Zügen und erleben Sie ganz bewußt Ihre Lebensfreude - egal, ob Sie jung oder alt sind.

Es ist wissenschaftlich eindeutig erwiesen, daß der Genuß des Lebens die angenehmste und effektivste Art des Gesundheitstrainings darstellt. Das Empfinden von Genuß und Freude erhöht meßbar im Körper wichtige Aktivstoffe, die für die Abwehr und damit für die Gesundheit unerläßlich sind.

Mit einem Partner oder Freund läßt sich die eigene Freude am Leben doppelt so gut genießen.

Genießen heißt also die Devise, wenn Sie Ihren bisherigen Teufelskreis des Lebens durchbrechen wollen. Genießen bringt Freude, und Freude bringt gute Laune. Gute Laune erzeugt eine positive Reaktion bei Ihren Mitmenschen und ermöglicht Ihnen so eine positive Selbsteinschätzung, die Ihnen wiederum hilft, Ihren persönlichen Lebensstreß und Kummer abzubauen und damit den Blick für ein besseres Leben zu öffnen.

Eine einfache Möglichkeit und einen guten Anfang für puren Lebensgenuß finden Sie in der Umstellung Ihrer Ernährungsweise. Keine Panik, ich will Ihnen hier keine Diät verordnen oder Ihnen sonstige Beschränkungen in der Ernährung vorschreiben. Ganz im Gegenteil.

Jetzt ist Schluß mit der ewigen Diätaskese, mit dem Sparen, dem Reduzieren oder dem Verzicht auf feine Gaumengenüsse. Nur auf das „Wie“ kommt es beim richtigen Genießen an. Mehr Sinnlichkeit heißt das Zauberwort für einen gesünderen Lebensstil und mehr Wohlbefinden.

Und der Genuß ist der Schlüssel zu mehr Sinnlichkeit im Leben. Lassen Sie einfach ab vom Diätenwahnsinn und kehren Sie zu den kulinarischen Genüssen zurück, die Ihnen wirklich Freude bereiten. Nicht die Kalorienmenge zählt, sondern das schmackhafte Erlebnis.

Wissenschaftler haben endlich herausgefunden, daß Genießer länger leben als Asketen. Genießen macht glücklich, und Glücksgefühle erzeugen nun einmal gewisse Hormone und Aktivstoffe im Körper, die für unsere Gesundheit so wichtig sind.

Genießen heißt allerdings nicht, sich zügellos der Freßlust hinzugeben und alles in sich hineinzustopfen, was irgendwie gut schmeckt. Wenn Sie richtig genießen möchten, um Glück und Wohlbefinden zu erlangen, dann müssen Sie sich zunächst von der Alltagshektik bewußt befreien.

Genießen fängt bereits beim Einkaufen an: Kaufen Sie mit Ruhe und ganz bewußt Ihre Gaumenfreuden ein.

Nehmen Sie sich ausgiebig Zeit für den Einkauf von Lebensmitteln, denn mit der Wahl der Nahrungsmittel fängt der kulinarische Genuß bereits an. Lassen Sie bei der Auswahl der Zutaten für Ihr kulinarisches Geschmackserlebnis Ihre Sinne entscheiden: Betrachten, fühlen, riechen und probieren Sie eventuell die gewünschten Lebensmittel.

Die wichtigste Zutat für ein perfektes Geschmackserlebnis ist jedoch die Zeit. Lassen Sie sich genügend Zeit für den Einkauf und die Auswahl der Lebensmittel, und möglichst noch mehr Zeit für die Zubereitung und den anschließenden Genuß Ihres Schlemmermahls.

Mal eben auf die Schnelle einen Hamburger vertilgen - da bleibt der Genuß auf der Strecke. Auf Dauer kann das sogar das Wohlbefinden beeinträchtigen und somit die Gesundheit belasten.

Vergessen Sie „Fast food“ und erleben Sie den wahren Genuß des „Slow food“, des langsamen Essens voller Genuß feinster Gaumenfreuden.

Vergessen Sie beim Einkauf und bei der späteren Zubereitung nicht: Das Auge ißt mit! Lassen Sie Ihre Augen in kräftigen Farben und bewußten Formen schwelgen. Das riesige Marktangebot an Obst und Gemüse läßt eine optische Sinnesorgie mehr denn je zu.

Bunte und pralle Früchte, knackige Salate und würzig-frische Kräuter eröffnen Ihnen eine unbeschreibbare Vielfalt bei der kreativen Zubereitung Ihrer schmackhaften Speisen. Spüren Sie, wie die Vorfreude auf Ihr persönliches Schlemmermahl das Wasser in Ihrem Munde laufen läßt.

Frisches Obst und Gemüse - eine wahre Gaumenfreude und Vitalpower pur.

Richten Sie Ihre Kochkünste schließlich noch optisch anregend an, indem Sie Ihr Lieblingsgeschirr und Ihr bestes Besteck verwenden, damit Ihr kulinarisches Genußerlebnis zu einer echten Sinnesfreude wird.

Übrigens habe ich jetzt überhaupt kein schlechtes Gewissen, wenn ich einen mächtigen Appetit in Ihnen geweckt haben sollte. Wenn Sie beim Essen puren Genuß und Freude erleben, dann brauchen Sie auch selbst kein schlechtes Gewissen mehr zu haben.

Der Genuß und die Freude am Essen verschafft Ihnen nämlich ein tiefes Glücksgefühl und eine innere Befriedigung, was auch mal eine Sünde wert ist. Letztlich lernen Sie auf diese Art und Weise, sich wirklich gesünder zu ernähren und können sogar auf das Futtern von Schokolade oder Chips aus Langeweile leichter verzichten.

Bevor Sie sich also in Rekordzeit mit irgendwelchem Fastfood vollstopfen, um anschließend vollgefressen und träge auf dem Sofa dahinzuvegetieren und aus Langeweile vor dem Fernseher zur Abwechslung Schokolade und Chips zu verdrücken, nehmen Sie sich lieber die Zeit für einen echten kulinarischen Hochgenuß, der Sie rundum befriedigt und glücklich macht.

Genießen beschränkt sich jedoch nicht nur auf den Verzehr von irgendwelchen Schlemmereien. Man kann das Leben auch selbst genießen. Man kann sich bewußt schöne Momente im Alltag schaffen, die man mit allen Sinnen genießen kann.

Ein Spaziergang im Grünen, ein schöner Einkaufsbummel, ein ruhiges Nickerchen auf dem Sofa, Musikhören, Singen, Tanzen, Lachen und unzählig viele Dinge mehr kann man ganz bewußt genießen.

Beim Spaziergang an der frischen Luft kann man die Natur genießen und dabei wieder neue Energien auftanken.

Genießen Sie doch mal wieder einen Kino- oder Theaterbesuch, lassen Sie sich in Ihrem Lieblingsrestaurant verwöhnen, gönnen Sie sich die wohltuenden Streicheleinheiten und die Pflege bei einer Kosmetikerin und, und, und. Sicher fallen Ihnen selbst so viele Dinge ein, die Sie schon lange mal wieder erleben und genießen wollten. Tun Sie es!

Auch Ihr persönliches Umfeld können Sie ganz einfach zu einem Dauergenuß für Ihre Sinne selbst gestalten. Ihre eigenen vier Wände bieten Ihnen die allerbeste Möglichkeit, sich daraus Ihre ganz persönliche Wohlfühlhöhle zu schaffen, deren Atmosphäre Sie immer und immer wieder genießen können.

Mit hübschen Wohnaccessoires können Sie Ihre eigenen vier Wände richtig wohnlich gestalten und diese gemütliche Atmosphäre dauerhaft genießen.

Sie wissen ja inzwischen, welche Möglichkeiten der Raumgestaltung mit Farben und Accessoires Ihnen zur Verfügung stehen. Wenn Sie Ihr Leben zum Positiven verändern wollen, dann müssen Sie auch Ihr direktes Umfeld zum Positiven verändern.

Denken Sie daran: Positives zieht Positives nach sich. So kommt ganz automatisch eins zum anderen, und Ihr Leben wird Schritt für Schritt zu einem wahren Genuß. Und wenn Sie nicht bereits mit der

„Verschönerung" Ihres Lebens begonnen haben, dann fangen Sie noch heute unbedingt damit an. Es lohnt sich in jedem Falle!

Guter Rat

Wenn Sie mal wieder die Nase so richtig voll vom Alltagsstreß haben, dann gönnen Sie sich einen ganz persönlichen Wohlfühltag. Möglichkeiten dazu gibt es reichlich. Am besten eignet sich dazu das Wochenende. Schalten Sie vom Alltag ab, gönnen Sie sich bewußt Ihre persönlichen Sinnesfreuden und genießen Sie diese. Gehen Sie mal wieder schick essen, oder legen Sie im Bad einen Tag für Ihre Schönheit ein, oder tun Sie endlich einmal das, wovon Sie schon so lange träumen. Nur eines sollten Sie an Ihrem Wohlfühltag einmal ganz vergessen: Ihre Sorgen und Probleme. Genießen Sie Ihren Tag ganz ohne Streß und Reue!

P.S.: Ich werde jetzt in Ruhe einkaufen gehen und mir bei der Auswahl der Lebensmittel für ein sinnliches Schlemmermahl bei Kerzenschein besonders viel Zeit nehmen.

Zwar muß ich seit dem schweren Kunstfehler gesundheitsbedingt eine lebenslängliche Spezial-Diät einhalten, die ich auch jahrelang als eine Folter empfunden habe. Viele Lebensmittel kann mein Körper aufgrund meiner Schwerbehinderung leider nicht mehr verwerten.

Aber es bleiben noch genügend Leckereien aus dem Bereich Obst und Gemüse übrig, die ich ohne Probleme verzehren kann und darf. Ich werde mich einfach vom derzeitigen Marktangebot inspirieren lassen. Und ich entscheide frei nach meinen persönlichen Geschacks-Wünschen.

Ein bunter Gemüsetopf à la Ratatouille schmeckt nicht nur richtig lecker, sondern ist auch noch außerordentlich gesund.

Ach, ich freue mich schon richtig auf mein feines Schlemmerdinner bei Kerzenschein. Dazu nehme ich mein schönstes Geschirr und mein bestes Besteck. Mmh, mir läuft schon das Wasser im Munde zusammen.

Machen Sie es doch einfach genauso wie ich. Gönnen Sie sich heute etwas ganz Besonderes und verwöhnen Sie sich selbst mit ganz viel Liebe. Lassen Sie einfach Ihren „Bauch" entscheiden, wer oder was Ihnen heute eine Sinnesfreude der Superlative verschaffen könnte.

Vergessen Sie den stressigen Alltag und genießen Sie Ihre persönlichen Sinnesfreuden, welche auch immer das sein mögen, aus vollen Zügen und verspüren Sie, wie Ihr eigenes Glücksbarometer dabei in die Höhe schnellt.

8. Rituale und Zeremonien

Rituale und Zeremonien erleichtern den Fluß des Lebens

Zu den Ritualen zählt man feierliche Formeln, Bräuche und Handlungen, die stets in festgelegter Form abgehalten werden. Bekannt sind Rituale hauptsächlich aus dem religiösen Bereich, beispielsweise Rituale beim Gottesdienst.

Kennen Sie nicht auch Menschen, die bei ihrer morgendlichen „Sitzung" auf der Toilette stets in aller Ruhe die Tageszeitung studieren und dieses „Viertelstündchen" regelrecht ungestört genießen?

Erst einmal abwarten und Tee trinken. Diesen Spruch kennen wir alle. Um im hektischen Alltag neue Kräfte zu sammeln, sollten wir diesen Spruch wirklich in die Tat umsetzen und uns bei einer genüßlichen Tasse Tee oder Kaffee revitalisieren.

Allgemein betrachtet sind Rituale nützliche Wege, wobei Gedanken und Gefühle auf ein bestimmtes Ziel gerichtet werden, um gestörte Energieflüsse im Leben wieder ins Lot zu bringen und so negative Lebensumstände zu harmonisieren.

Was so kompliziert klingt, ist in Wirklichkeit eine ganz einfache Sache, die wir alle kennen. Unbewußt „feiern" wir nämlich alle unsere ganz persönlichen Rituale, die fest zu unserem Leben gehören.

Wir alle haben gewisse Gewohnheiten, die wir stets in gleicher Form regelrecht zelebrieren. Und diese festen Gewohnheiten sind nichts anderes als persönliche Rituale.

Oder Menschen, die ohne ihre Zigarette nach dem Frühstückskaffee erst gar kein „Geschäft" erledigen können? Oder Menschen, die ohne ihr „Betthupferl" einfach nicht einschlafen können? Oder ... gehören Sie vielleicht auch zu diesen Menschen, oder haben Sie ihre eigenen Gewohnheiten, die Sie nicht mehr aus Ihrem Leben streichen möchten?

Für viele Menschen ist die Toilette der Ort ihres zelebrierten Morgenrituals.

Glückwunsch! Dann sind Sie nämlich völlig normal veranlagt, denn wir Menschen brauchen nun einmal unsere Gewohnheiten, unsere kleinen Rituale, die uns einen gewissen Halt im Leben verschaffen.

Solche Rituale sind so etwas wie Ankerstellen in unserem Leben, an denen wir im fließenden Alltagstrott einfach eine kleine Rast einlegen, um innezuhalten und uns auf neue Aufgaben zu konzentrieren.

Die meisten Rituale zelebrieren wir unbewußt, weil sie schon fest zu unserem Lebensinventar gehören. Wenn wir aber einmal genauer über unsere eigenen Gewohnheiten und Rituale nachdenken, dann wird uns bewußt, daß diese eine wichtige Funktion für uns haben.

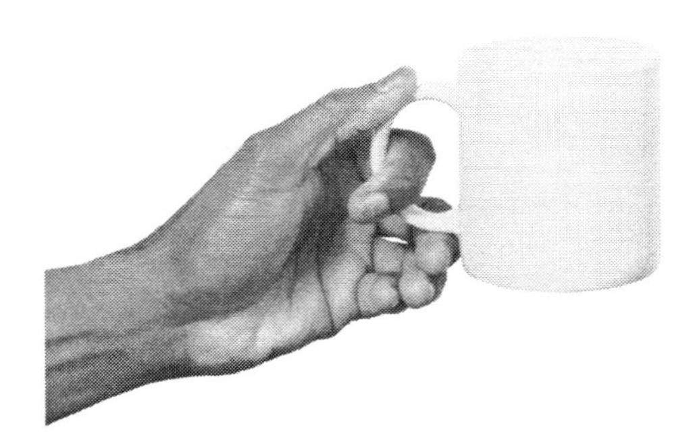

Eine kurze Kaffeepause schadet ganz sicher nicht unserer Arbeitsmoral.

Die kleine Tee-, Kaffee- oder Zigarettenpause an einem stressigen und hektischen Arbeitstag ist zum Beispiel ein solches Ritual mit dem Ziel, wieder neue Energien für den Rest des Tages zu tanken. Nur wenige Minuten des bewußten und ungestörten Genusses reichen aus, um vom Streß abzuschalten und dadurch wieder zur Höchstform zurückzukehren.

Doch leider ist es in unserer modernen Zeit oft so, daß wir vor lauter Streß und Hektik den Tee oder Kaffee nur so nebenbei wegschlürfen oder die Zigarette während der Arbeit rauchen. Von Pause ist da überhaupt keine Spur.

Zwischen Arbeit und Telefonat schnell noch einen Schluck Kaffee runterkippen und dann gibt´s gleich den nächsten Auftrag. Kennen Sie solche Streßsituationen?

Dabei sind doch gerade kleine Pausen so wichtig, um vom hektischen Alltag einmal abzuschalten und dabei neue Kräfte für neue Taten zu sammeln. Kein Wunder, daß immer mehr Menschen mit den Nerven völlig am Ende sind oder sogar einen Herzinfarkt oder einen Schlaganfall erleiden.

Ohne kleine Zwischenstops im Alltag bricht nun einmal unser Körper-Geist-Seele-System irgendwann zusammen und verschafft uns so ernsthafte körperliche und psychische Gesundheitsbeschwerden.

Deshalb ist es besonders wichtig, daß Sie sich einmal genauere Gedanken zu Ihrem Tagesablauf machen! Stört Sie vielleicht der Alltagstrott? Fühlen Sie sich genervt und geschwächt durch den Alltagsstreß? Oder ist Ihr Alltag eher unausgefüllt und langweilig?

Was auch immer bei Ihnen zutrifft, denken Sie immer daran, daß ein nicht zufriedenstellender Alltag auf Dauer Ihnen irgendwann Kummer, Sorgen oder Probleme bereiten kann! Daher rate ich Ihnen dringend, diesem negativen Alltagstrott gezielt entgegenzuwirken.

Schaffen Sie sich eigene Freiräume in Ihrem Leben, die Sie ganz bewußt mit allen Sinnen genießen können. Nehmen Sie sich tagtäglich wenigstens ein paar Minuten Zeit für sich und die Muße. Besonders eignen sich dazu ganz einfache Rituale, die Sie Ihren eigenen Vorlieben anpassen können.

Besonders „wirksam“ während eines hektischen und stressiges Tages ist eine kurze Pause, die man für eine kleine Tee-Zeremonie nutzt. Gerade in Mode gekommen ist der chinesische grüne Tee, der sich hervorragend für eine solche Pause eignet.

Echter grüner Tee eignet sich ganz besonders gut für eine kleine Tee-Zeremonie - in Ruhe genossen ist er das ideale Getränk zur Entspannung.

Die Wirkung des grünen Tees ist ähnlich der einer Meditation. Die Meditation ist ein Moment des körperlich-geistigen Innehaltens, indem wir uns vom stressigen Alltag lösen können, um nur für uns selbst zu sein.

In dieser wohltuenden Phase können wir intensiv entspannen, neue Energien tanken und uns einen „frischen“ Überblick des Tages verschaffen. Eine sinnlich genossene Tasse grünen Tees eignet sich geradezu hervorragend für eine solche kleine Pause vom Alltag.

Selbstverständlich können auch andere „Genüsse“ für diesen erholsamen Zweck herhalten. Wichtig ist nur, daß man diese bewußt und regelmäßig wie ein kleines Ritual im Alltag einsetzt. Und während eines solchen „Erholungs-Rituals“ sollte man mögliche Störfaktoren strikt ausschalten.

Stoppen Sie den Streß und machen Sie Ihren Mitmenschen - zu Hause oder im Büro - klar, daß Sie für ein paar Minuten absolut ungestört sein möchten.

Nutzen Sie im Büro oder zu Hause dazu eine Ruhephase oder machen Sie den Menschen um sich herum klar, daß Sie nun fünf Minuten ungestört sein möchten. Vielleicht können Sie diese Menschen (Kollegen, Kolleginnen, Partner, Kinder etc.) ja von Ihrer Tee-Zeremonie ebenfalls begeistern.

Wenn sich sogenannte „Nervensägen“ jedoch nicht ausschalten lassen, dann rate ich Ihnen, sich an einen Ort der Ruhe zurückzuziehen.

Sinnvoll ist es auch, einen ganz eigenen Raum, ein eigenes Zimmer oder ein Eckchen in der Wohnung nur für sich selbst zu gestalten und sich dorthin zur Entspannung zurückzuziehen. Und dieses Eckchen muß nicht einmal viel Platz in Anspruch nehmen.

Der Blick auf ein herrliches Landschaftsbild wirkt oft schon wahre Wunder.

Ich selbst habe in meinem Büro ein wunderschönes, romantisches Landschaftsbild an die Wand gehängt, das ich regelmäßig anschaue. Im Geiste ziehe ich mich für ein paar Minuten in dieses Bild zurück und genieße diese herrliche Landschaft.

Immer, wenn ich „in" dieses Bild gehe, kann ich für einen Moment innehalten und mich wie bei einem Kurztrip in der echten Natur regenerieren. Ich genieße regelmäßig diesen kleinen „Ausflug" vom Alltag und spüre jedesmal, wie dieses Bild meine Seele nährt. Kleiner Aufwand, große Wirkung!

Auch Sie können sich ganz eigene kleine Rituale schaffen, kleine Oasen für Ihre Sinne. Das einzige, was Sie dazu benötigen, ist etwas Zeit für sich selbst. Wichtig ist nur, daß Sie Ihre persönlichen Rituale und Zeremonien in einem fest vorgegebenen Rahmen zelebrieren.

Nichts und Niemand sollte Sie während Ihrer Handlung stören. Sorgen Sie also einfach dafür, daß Sie nicht gestört werden, damit Sie Ihr eigenes Ritual richtig durchführen und genießen können. Setzen Sie sich gegen mögliche Quälgeister und Nervensägen konsequent durch.

Treten Sie für ein paar Minuten die Verantwortung, für was auch immer, an Ihre Mitmenschen ab. Und ziehen Sie sich nötigenfalls an einen Ort der Ruhe zurück, um Ihr kleines Ritual zu genießen.

Eine Pause steht jedem Menschen zu. Ob bei der Arbeit oder zu Hause. Nutzen Sie Ihre Pausen ganz bewußt für Ihr persönliches Ritual. Und wenn Sie noch kein Ritual zur Entspannung und Harmonisierung Ihrer Lebensumstände für sich kennen, dann möchte ich Ihnen hier einige Vorschläge machen.

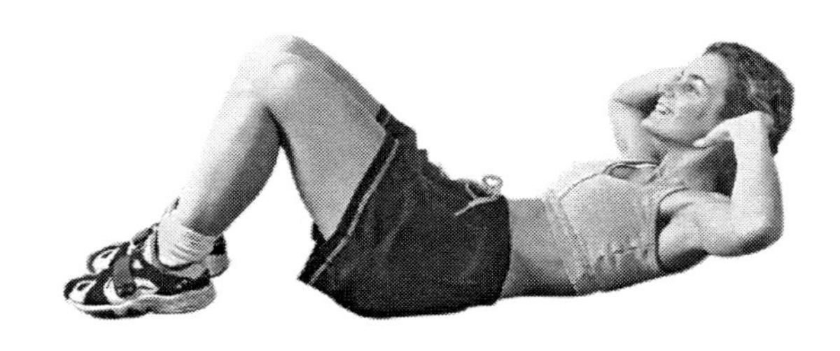

Mit etwas Frühgymnastik am Morgen beginnt der Tag voller Frische und Energie.

Schon morgens, direkt vor dem Aufstehen, kann man sein persönliches „Fit-für-den-Tag-Ritual" im Bett zelebrieren, indem man sich im Bett ausgiebig rekelt und streckt oder leichte Bettgymnastik macht. Dadurch beendet man die Nachtruhe und startet frisch in einen neuen Tag.

Die berühmten Kniebeugen vor dem offenen Fenster sind auch ein ideales Ritual für einen perfekten Start in den Tag. Im Badezimmer gibt es zahlreiche Möglichkeiten für Körperpflege-Rituale. Verwenden Sie doch einfach Ihr ganz persönliches Aromaöl für Ihre Körper-, Gesichts- und Haarpflege.

Geben Sie einfach ein paar Tropfen Ihres Lieblingsduftes in eine duftneutrale Bodylotion. Oder nehmen Sie nach einem anstrengenden Tag ein entspannendes Lavendelbad. Beduften Sie sich doch Ihr persönliches Dufttuch mit Ihrem Lieblingsparfum und schnuppern Sie immer daran, wenn Sie in Hektik und Streß geraten.

Sie werden sehen, wie dieses dufte Ritual Sie regelrecht verzaubern kann. Die Aromatherapie bietet viele Möglichkeiten für ganz persönliche Duft-Rituale. Anregungen dazu finden Sie in diesem Buch im Kapitel zur Aromatherapie.

Beginnen Sie einen neuen Tag stets mit Ihrem Lieblingsduft, um Ihre Sinne daran zu erfreuen.

Wenn Sie Figurprobleme haben, dann sollte Ihre Ernährungsweise Ihrem ganz persönlichen Ritual angepaßt werden. Trinken Sie doch einfach regelmäßig vor den Hauptmahlzeiten ein Glas lauwarmes Wasser. Das regt den Stoffwechsel an und öffnet die Sinne für den folgenden Genuß.

Regelmäßig vor den Mahlzeiten ein Glas lauwarmes Wasser getrunken, das regt den Stoffwechsel an und öffnet die Sinne für die folgende Mahlzeit.

Und gönnen Sie sich mindestens einmal täglich Ihr persönliches Schlemmermahl für die Sinne und machen Sie Ihre persönliche Art und Weise des Genusses zu Ihrem eigenen Genuß-Ritual. Vielleicht mögen Sie ja gerne bei Kerzenlicht schlemmen. Also, schlemmen Sie fortan nur noch bei Kerzenlicht.

Lauschen Sie während des Schlemmens Ihrer Lieblingsmusik. Beenden Sie Ihr Schlemmermahl grundsätzlich mit einem „Magenschließer", einem kleinen Kräuterschnaps, Likör oder mit einem feinem Kräutertee ganz nach Ihrem Geschmack.

Lassen Sie den (Feier)Abend nicht einfach sinn- und nutzlos an sich vorüberziehen, bis Sie in die nötige Bettschwere verfallen. Jeden Abend zur gleichen Zeit 5-10 Minuten Gymnastik, vielleicht auch vor dem Fernseher zu Ihrer Lieblingsserie, tut nicht nur der Figur, sondern auch der Seele gut.

Ein tolles Betthupferl ist auch ein Glas lauwarme Milch mit Honig und einer Prise Vitamin-C-Pulver. Diese Mischung sorgt dafür, daß der Körper über Nacht mehr Wachstumshormon erzeugt, was für eine straffe Figur und mehr Vitalität für den nächsten Tag sorgt. Probieren Sie es aus! Sie werden begeistert sein und wohl nie wieder ohne dieses Betthupferl zu Bett gehen wollen!

Ein echter Geheimtip: Kurz vor dem Schlafengehen ein Glas warme Milch mit etwas Honig und einer Prise Vitamin-C-Pulver sorgt für eine bessere Figur und mehr Power am nächsten Tag.

Im Bett können Sie sich anschließend auf schöne Träume vorbereiten. Nehmen Sie niemals trübe Gedanken mit ins Bett. Schreiben Sie diese lieber auf einen kleinen Zettel und verbannen Sie diesen aus Ihrem Schlafzimmer, indem Sie ihn in ein anderes Zimmer legen.

Denken Sie einfach an schöne und angenehme Dinge, beispielsweise an einen erholsamen Urlaub oder an wunderschöne (Wunsch)Erlebnisse.

Lassen Sie einfach Ihre Wunschträume vor Ihrem „inneren Auge" ablaufen. So werden Sie ganz bestimmt süße Träume einleiten. Gegen böse Alpträume hilft ein Dufttuch mit ätherischem Lavendel- oder Rosmarinöl, das Sie sich unter das Kopfkissen legen können.

Es sind so viele Kleinigkeiten im Leben, die wir tagtäglich unbewußt tun. Machen Sie sich Ihre Lebensweise ab sofort bewußter, indem Sie täglich zur gleichen Zeit und in denselben Situationen kleine Rituale für die Sinne zelebrieren.

Vosicht

Machen Sie Ihr Leben niemals abhängig von irgendwelchen Ritualen. Reden Sie sich nicht unnötig ein, daß Sie bestimmte Situationen im Leben nur mit Hilfe von Ritualen bewältigen können. Wenn Sie zum Beispiel, aus welchen Gründen auch immer, am Morgen Ihre regelmäßige Frühgymnastik nicht vornehmen können, dann heißt das noch lange nicht, daß Sie dadurch einen schlechten Tag haben werden. Rituale sollen Lebenshilfen sein, und ganz sicher kein Hokuspokus, der Ihnen ein schönes Leben erst ermöglicht.

Solche Rituale sind wie kleine Haltestationen, die bewußte Highlights in den Alltagstrott und in das tägliche Einerlei bringen. Gönnen Sie sich Ihre ganz persönlichen Rituale und Zeremonien, die auch Ihnen Glanzpunkte im Leben schenken.

Möglichkeiten dazu gibt es so viele, daß auch Sie Ihre täglichen Glanzlichter finden werden. In diesem Buch entdecken Sie sicher genügend Anregungen für Ihre persönlichen Rituale und Zeremonien.

9. Autosuggestion

Mehr Selbstkontrolle und Selbstbestimmung durch Autosuggestion

Die Autosuggestion ist eine Methode der positiven Selbstbeeinflussung durch bewußt angenehme Gedanken und Vorstellungen. Der französische Apotheker Emile Coué (1857-1926) entdeckte damals, daß bei der Hypnose nicht die (Fremd)Suggestionen des Therapeuten, sondern erst die dadurch veranlaßten und vom Patienten angenommenen Eigensuggestionen wirkten.

Autosuggestion ist wie Kopfkino, bei dem man selbst sein eigener Regisseur ist.

Also entwickelte er eine einfache Methode der Autosuggestion, die zu Beginn des 20. Jahrhunderts weltbekannt wurde. Diese Methode bestand aus nur einer einzigen Grundformel: „Von Tag zu Tag und in jeder Hinsicht geht es mir besser und besser." Wer sich diese Formel regelmäßig vorsagt, beispielsweise morgens beim Aufwachen und abends vor dem Einschlafen, kann sich dadurch automatisch auf eine positive Bewußtseinsveränderung einstimmen.

Bei akuten Beschwerden kann man noch folgende Kurzformel hinzufügen: „Das geht vorbei, das geht vorbei." Mit dieser Methode erzielte Coué selbst dann noch erstaunliche Erfolge, wenn andere Fachleute bereits versagt hatten.

Diese einfachen Coué-Formeln wirken, wenn man sie in entspannter Körperhaltung wiederholt, nicht nur durch den Inhalt, sondern vielmehr durch deren monotone Wiederholung. Dadurch gelangt man zu einer vertieften Ruhe, die wohlige Entspannung und verstärkte Konzentration bewirkt. Voraussetzung für einen spürbaren Erfolg ist regelmäßiges Training, mindestens 1 mal täglich, möglichst lebenslang.

Die moderne Autosuggestion beschränkt sich jedoch nicht nur auf die einfachen Formeln von Emile Coué. So werden heute Suggestionen gezielt in der Werbung oder in der Politik eingesetzt, um positive oder negative, bildhafte Vorstellungen zu erzeugen, die den Verstand und den Willen gezielt beeinflussen.

Sicher haben Sie auch schon das eine oder andere neue Produkt gekauft, weil die Werbung dafür ihren Zweck erfüllt hat: Sie wurden über die Suggestionen in der Werbung gezielt zum Kauf dieser Produkte animiert. Und in der Politik funktionieren Suggestionen nicht anders. Selbstverständlich kann man sich auch mittels ganz persönlicher Autosuggestionen in fast jeder Lebenslage selbst positiv beeinflussen. Übungen mit individuellen Autosuggestionen können gezielt auf eine positive Bewußtseinsveränderung einstimmen, die dabei helfen, die eigenen Probleme im Leben besser in den Griff zu bekommen.

Positive Autosuggestionen können Körper, Geist und Seele auf persönliche Situationen und Lebensumstände einstimmen und so den allgemeinen Lebensablauf harmonisieren und erleichtern. Gute Erfolge lassen sich bei Krankheiten erzielen, indem man sich selbst durch entsprechende Autosuggestionen auf einen „guten Heilungsverlauf" einstimmt.

Bei Hektik und Streß, beispielsweise vor Prüfungen und fordernden Situationen, verschaffen positive Autosuggestionen mehr Selbstsicherheit. Insgesamt versprechen richtig angewandte positive Autosuggestionen mehr Ruhe und Gelassenheit und damit mehr Erfolg in allen Lebensbereichen. Grundsätzlich haben positive Autosuggestionen folgende heilsame Ziele:

- **Beruhigung und vorübergehendes Ablegen innerer Spannungen und Ängste**
- **Entspannung der Muskulatur und Erweiterung der Blutgefäße**
- **Selbstregulation wichtiger Körperfunktionen: Herz, Kreislauf, Atmung, Verdauung**
- **Erholung und Erfrischung des Geistes**
- **Schmerzlinderung durch mehr Gespür für den eigenen Körper**
- **Mehr Selbstkontrolle über Körper, Geist und Seele**
- **Mehr Selbstbestimmung über sich selbst**
- **Verbesserung der Selbstkritik**
- **Mehr Selbstverantwortung und Selbstbehauptung im Leben**

Einfache positive Autosuggestionen haben sich bewährt bei typischen Alltagsbeschwerden wie Konzentrationsmangel, Schlafstörungen, Angstzuständen, Depressionen, Streß, Hektik, inneren Spannungszuständen, Verkrampfungen, Kreislaufstörungen, Kopfschmerzen, Verdauungsbeschwerden und Atmungsproblemen.

Für jedermann und jedes Problem lassen sich ganz individuelle Autosuggestionen in einfachen Formeln zusammenstellen. Wichtig ist allerdings, daß diese Suggestions-Formeln nur positive Gedankenmuster und Vorstellungen erzeugen. Formeln in der Verneinungs-Form sollten dabei grundsätzlich vermieden werden, weil sich sonst ein negatives Gedankenmuster einprägt.

Wer sich z.B. stets „Ich will nicht dick sein" vorsagt, der setzt sich unter Druck und macht sich so nur Selbstvorwürfe, die eine Streßsituation provozieren. Unser Gehirn ignoriert nämlich ganz automatisch Verneinungen und verschafft uns so nur belastende Vorstellungen vom „Dicksein".

Wer mit positiven Autosuggestionen arbeiten möchte, sollte daher grundsätzlich sein gewünschtes Ziel formulieren, um so die entsprechenden positiven Vorstellungen und Gedankenmuster zu erzeugen. Im vorgenannten Fall kämen z.B. folgende Suggestionen in Betracht: „Ich bin schlank, ich bin schön schlank" oder „Ich habe eine gute Figur, ich habe eine richtig gute Figur".

Solche Autosuggestionen erzeugen angenehme Bilder vor dem „inneren Auge" und können so bei regelmäßiger Anwendung das eigene Bewußtsein auf eine entsprechend positive Verhaltensweise einstimmen. Die

Autosuggestions-Therapie funktioniert nach dem Motto: Wer den Erfolg schon vor Augen hat, der wird ihn auch leichter erreichen.

Wunder kann man mit dieser Methode selbstverständlich nicht bewirken. Sicher werden Sie nicht ausschließlich mit der Kraft Ihrer positiven Gedanken binnen kürzester Zeit 20 Kilos abnehmen oder sonstige schwerwiegende Lebensprobleme lösen. Dazu gehört nämlich eine ganze Menge mehr, als nur an das Positive zu denken.

In vielen Esoterik-Büchern wird sogar die „Macht der positiven Gedanken" sozusagen als Allheilmittel bei allen möglichen Beschwerden und Problemen gepriesen, was schon viele Menschen zu irrsinnigen Trugschlüssen verleitet hat. Sicher können positive Gedanken eine bessere Lebensvorstellung erzeugen, doch wenn man aus dieser Vorstellung wieder in die harte Realität zurückkehrt, dann ist man hinterher noch gefrusteter als zuvor.

Ich selbst habe ja diesen „Positiven Gedankenquatsch" am eigenen Leibe erlebt und habe mir die tollsten Lebenssituationen vorgestellt, um so aus meiner tiefen Misere hinauszufinden. Doch nach jeder „Sitzung" fiel ich immer tiefer in ein unendliches Loch von Trauer, Frust und Enttäuschung. Ich erreichte genau das Gegenteil von dem, was ich mir doch so sehr wünschte: Ein glückliches und gesundes Leben.

Doch bevor mich der Lebensmut total verließ, erkannte ich im letzten Moment, daß ich mir völlig falsche Vorstellungen von meinem eigenen Leben gemacht hatte, ähnlich wie die oben beschriebene „Ich will nicht dick sein"-Vorstellung.

Mit jeder „Positiven Gedankensitzung" hatte ich mich so immer tiefer in meine eigenen Probleme hineinmanövriert, ohne nur einen einzigen Gedanken an eine mögliche Lösung für meine Sorgen und Probleme zu erzeugen. So wie ich sind sicher noch sehr viele andere Menschen von diesem Hokuspokus maßlos enttäuscht.

Ziel der positiven Autosuggestion ist die Visualisierung von konkreten Bildern und Vorstellungen, die uns zu einer neuen Verhaltensweise führen. Diese Bilder und Vorstellungen müssen jedoch realisierbar sein und zum eigenen Lebenskonzept passen. Sie dürfen keineswegs als bloße Wunschträume dienen, die uns aus der harten Realität reißen und uns so von der Zielverwirklichung nur weiter entfernen.

Solche Autosuggestionen dürfen kein billiges Täuschungsmanöver darstellen, wenn sie unser Gedankenmuster gezielt beeinflussen und uns schließlich zu der erwünschten Problemlösung hinführen sollen. Autosuggestionen sollen uns nichts vortäuschen, sondern uns auf mentalem Wege dazu anregen und unterstützen, unsere Ziele konsequent zu verfolgen.

Einfache Ziele wie Beruhigung und Entspannung, Mut und Kraft oder mehr Stärke und Power im Leben können wir mit konsequenten Autosuggestionen fast mühelos erreichen. Positive Autosuggestionen sollen uns dazu bewegen, etwas in unserem Leben zu ändern - langsam und allmählich, Schritt für Schritt.

Daher ist es auch sehr wichtig, daß Sie bei Autosuggestionen nur solche Formeln verwenden, die auch wirklich zu Ihnen und zu Ihrem Leben passen. Mit Suggestionen kann man nämlich nichts erzwingen. Auch nicht das persönliche Glück, und schon gar nicht die langersehnte Lottomillion.

Falsche und unpassende Autosuggestionen können sogar mehr Schaden anrichten, als Nutzen bringen. Fangen Sie doch einfach erstmal mit der Grundformel von Coué an und sagen Sie sich in entspannter Körperhaltung tagtäglich und möglichst oft: „Von Tag zu Tag und in jeder Hinsicht geht es mir besser und besser." Denken oder sprechen Sie diese Formel beispielsweise jeden Morgen vor dem Aufstehen und wiederholen Sie diese mehrfach hintereinander. Setzen Sie sich tagsüber, oder wann immer Sie wollen und können, entspannt hin und wiederholen Sie diese Formel möglichst oft.

Vielleicht hilft es Ihnen, wenn Sie bei dieser Übung die Augen schließen. Probieren Sie es doch einfach aus. Die einfache Coué-Formel ist allgemeingültig für alle Lebensbereiche und eignet sich ideal für den Einstieg in die Autosuggestion. Testen Sie doch einfach einmal die wunderbare Wirkung dieser Grundformel und entscheiden Sie dann, ob Sie diese Methode weiter vertiefen möchten.

Wenn Sie sich in dieser Materie vertiefen möchten, dann rate ich Ihnen, dies nur unter fachlicher Anleitung zu tun. Zwar gibt es auf dem Markt zahlreiche Bücher und Kassetten zu diesem Thema, aber beachten Sie bitte unbedingt, daß unpassende Fremdsuggestionen nur falsche Erwartungen vom Leben erzeugen, die Sie letztendlich nur unglücklich machen. Umso mehr „Wunderwirkungen" solche Bücher und Kassetten versprechen, desto größer ist das Risiko, daß auch Sie später falschen Erwartungen erliegen und schließlich maßlos enttäuscht sind.

Wenn Ihnen unseriöse Titel „Ruhm und Reichtum durch positives Denken" versprechen, dann dürfen Sie sicher sein, daß deren Autoren nicht nur ihren Mund zu voll, sondern auch Ihre Bedürfnisse nicht ernst nehmen. Erkundigen Sie sich deshalb vor dem Kauf immer über das gewünschte Buch oder die Kassette.

Selbst mit den allertollsten Autosuggestionen können Sie nicht das große Geld herbeizaubern.

Als Entspannungshilfen sind Einsteiger-Bücher und Themenkassetten durchaus geeignet. Fortgeschrittene Methoden der Selbstbeeinflussung, zum Beispiel Autogenes Training, Selbsthypnose, Biofeedback und Meditation, sollte man allerdings grundsätzlich nur unter fachlicher Anleitung erlernen.

Als praktische Lebenshilfe bieten Volkshochschulen und auch manche Krankenkassen entsprechende Grundkurse unter fachlicher Leitung an. Dort erlernen Sie die Methoden von Grund auf und Sie erhalten ein ganz individuelles Übungsprogramm, das auf Ihre persönlichen Lebensumstände maßgeschneidert ist. Lernen Sie mittels Autosuggestionen Ihre inneren Kräfte zu mobilisieren, die es Ihnen ermöglichen, Ihr Leben selbst in die Hand zu nehmen!

10. Die Ausgleichs-Therapie

Ein Kontrast-Programm zum Verwöhnen und Ausgleichen

Sicher kennen Sie das: Ständig sind Sie für andere da und opfern sich selbstlos für Ihre Mitmenschen auf. Nur für sich selbst finden Sie kaum die Zeit, sich einmal etwas zu gönnen. Das muß sich aber dringend ändern, wenn Sie mit sich selbst im Einklang leben und rundum glücklich sein möchten.

Auto jedoch stets bis zum allerletzten Tropfen Benzin regelrecht verheizt, der muß zwangsläufig damit rechnen, daß das Auto irgendwann plötzlich stehenbleibt und daß möglicherweise der Motor seinen Geist aufgibt. Und dann nützt auch der beste Sprit nichts mehr.

Die einfache Ausgleichs-Therapie hilft dabei, daß wir unser Leben in einer bewußt ausgewogenen Balance halten.

Streß und Hektik, aber auch gähnende Langeweile, können durch ein gezieltes Ausgleichs-Programm auf geschickte Art und Weise ausbalanciert werden.

Kein Mensch kann immer nur geben, ohne dafür etwas zu nehmen. Wer sich dennoch derart verausgabt, der wird irgendwann feststellen, daß dies nicht die Erfüllung des Lebens sein kann. Man kann diese Situation mit dem Autofahren vergleichen: Ein Auto fährt nur solange, bis der Tank leer ist.

Daher ist es sehr wichtig, immer rechtzeitig vor der vollständigen Tankentleerung wieder aufzutanken. Wer sein

Bei uns Menschen verhält es sich ähnlich wie mit dem Auto. Wir können im Leben nicht dauernd Vollgas geben, ohne einmal Halt zu machen und neue Kräfte und Energien aufzutanken.

Wer sich dennoch ständig überbeansprucht, ohne für einen nötigen Ausgleich zu sorgen, der wird irgendwann im wahrsten Sinne des Wortes auf der Strecke bleiben.

Der menschliche Organismus ist nun einmal von Natur aus nicht für eine Dauer-Power konzipiert und muß daher ständig wieder mit neuer Energie aufgeladen werden.

So wie ein Auto Benzin, so braucht unser Körper dringend Kraftreserven.

Ähnlich wie eine wiederaufladbare Batterie können wir nach unserer „Entladung" keine Leistung mehr bringen. Wer dies dennoch versucht, der stürzt sich über kurz oder lang in ein unheilvolles Chaos, das nicht selten in einer schweren Lebenskrise endet.

Gerade in der heutigen Zeit voller Hektik und Streß ist es besonders wichtig, daß wir öfter einmal „in uns hineinschauen" und dort Wünsche und Bedürfnisse entdekken, die wir als Ausgleich zum Alltagstrott dringend befriedigen sollten.

Für ein rundum glückliches und zufriedenes Leben reicht der typische Alltags-Rhythmus „Arbeiten-Essen-Trinken-Schlafen" nicht aus, weil wir durch diese sture Monotonie unser Seelenleben völlig vernachlässigen.

Ein persönlicher Ausgleich zum Alltag ist für uns besonders wichtig, denn dadurch werden Körper, Geist und Seele wieder harmonisiert und Unausgewogenheit wird beseitigt. In einem individuellen Ausgleichs-Programm finden wir schließlich neue Kraft und Energie, die sogar unsere Selbstheilungskräfte mobilisiert.

Doch anstatt sich öfter einmal selbst etwas zu gönnen und sich seine innersten Wünsche und Bedürfnisse einmal bewußt zu machen, lassen die meisten Menschen den Tag einfach so verlaufen. Tag für Tag, und immer wieder dieselbe Leier. Kennen Sie das?

Als Mutter ist man ja gerne rund um die Uhr für die lieben Kleinen da. Aber eine sogenannte „Auszeit" zum Abschalten braucht jeder einmal.

Eine rasante Lebensweise ohne Pausen endet so bald mit einem Kurzschluß, während Dauer-Langeweile das Leben trist und öde erscheinen läßt und vielleicht sogar zu Depressionen führt. Deshalb ist es so wichtig, daß wir einen persönlichen Ausgleich zu unserem Alltagstrott finden und durchführen.

Mutter Natur ist selbst stets um einen harmonisierenden Ausgleich bemüht, um so in voller Pracht gedeihen zu können. Wenn irgendetwas in dieser Harmonie gestört wird, beginnt die Natur zu kränkeln oder gar zu sterben. Ein sehr treffendes Beispiel hierfür ist das Waldsterben.

Durch übertriebene und falsche Eingriffe in die Natur schafft es der Mensch immer wieder, unser Paradies Stück für Stück dem Tode näherzubringen. Wenn wir uns nicht selbst umbringen wollen, dann müssen wir dringend unsere Lebensweise ändern.

Der Mensch zerstört durch falsche oder übertriebene Eingriffe die Natur.

Wir müssen wieder lernen, mit uns selbst und mit der Natur in Harmonie zu leben. Jedes Zuviel oder Zuwenig stört auf Dauer die Energieflüsse von Mensch und Natur. Die Lebenskraft von Mensch und Natur wird so auf Raten allmählich zerstört.

Herrscht hingegen Harmonie, dann ist das Leben ausgeglichen. Nur wer im Leben die Balance hält, der kann auch auf Dauer rundum glücklich und zufrieden mit sich selbst und der Welt sein.

Die Ausgleichs-Therapie ist ebenfalls eine sehr einfache, aber wirksame Methode, um den Alltag, ob hektisch und stressig oder langweilig und öde, sinnvoll zu harmonisieren und dadurch das Leben wieder in Balance zu bringen.

Eigentlich müssen Sie nichts anderes tun, als einfach tief in sich hineinzuhorchen und zu hören, was Ihre innere Stimme Ihnen sagt. Nehmen Sie sich einfach einmal eine Minute Zeit und denken Sie darüber nach, was Sie sich gerne gönnen möchten. Verspüren Sie dabei nicht die Lust auf ein ganz besonderes Erlebnis oder auf eine kleine Freude?

Während der Papa den Nachwuchs beschäftigt, kann die Mama sich auch einmal eine „Auszeit" nehmen und sich etwas ganz Besonderes gönnen.

Es gibt absolut keinen Grund, ständig auf alles zu verzichten und immer nur für andere dazusein. Finden Sie Ihren persönlichen Ausgleich, Ihr nettes Tageserlebnis oder Ihre kleine Freude des Tages, um dadurch neue Kraft und Energie zu tanken.

Gönnen Sie sich ganz bewußt dieses Erlebnis oder diese Freude, die Ihren Tag krönen soll. Nur lassen Sie sich bloß nicht von einem schlechten Gewissen Ihr persönliches Tages-Highlight vermiesen. Sie haben es sich schließlich verdient!

Ziehen Sie einfach jeden Tag eine kurze Tagesbilanz und entscheiden Sie, ob der Tag eher aktiv oder passiv war. Waren Sie hauptsächlich aktiv und haben Sie körperlich oder geistig hart geschuftet? Oder hatten Sie eher einen passiven, vielleicht sogar unausgefüllten Tag?

Je nach Ihrer Entscheidung, ob aktiv oder passiv, sollte nun Ihr ganz persönlicher Tagesausgleich aussehen. Ihre persönliche Tagesbilanz bestimmt über das ideale Ausgleichsprogramm.

So sollte ein aktiver und anstrengender Tag möglichst mit einer passiven und entspannenden Methode, ein passiver und fauler Tag mit einer aktiven und anregenden Methode ausgeglichen werden.

Wie wäre denn mal wieder eine ausgiebige Wanderung durch unsere wunderschöne Natur?

Legen Sie zum krönenden Abschluß des Tages oder der Woche Ihr ganz persönliches Kontrastprogramm ein. Lassen Sie dazu einfach Ihre innere Stimme bestimmen, für welche Ausgleichsart sie sich entscheidet. Nachfolgend finden Sie einige Anregungen für aktive und passive Ausgleichsmöglichkeiten.

AKTIVE AUSGLEICHSARTEN

- jede bewußte Körperbetätigung wie Sport, Gymnastik, Laufen, Spazierengehen
- alle Hausarbeiten wie Putzen, Staubwischen, Waschen, Bügeln, Aufräumen
- alle Gartenarbeiten wie Rasenmähen, Unkrautjähten, Bepflanzen
- Renovierung und Neugestaltung von Haus und Wohnung
- großer Einkaufsbummel: alleine oder mit Freunden
- Tanzen gehen, mit Freunden verabreden und ausgehen

PASSIVE AUSGLEICHSARTEN

- entspannende Körperpflege, Gesichtsmaske, ein Aroma-Bad nehmen
- ein Besuch im Massage- oder Kosmetik-Salon
- ruhige und entspannende Musik hören, Füße hochlegen und dabei relaxen
- eine kleine Siesta in Mutter Natur oder ein kleines Nickerchen für 20 Minuten
- Beine hochlegen und in Ruhe ein gutes Buch oder eine Zeitschrift lesen
- einen guten Film im Fernsehen oder ein tolles Video anschauen

Das alles sind nur wenige Beispiele von vielen Möglichkeiten, die Ihnen für Ihr persönliches Kontrastprogramm offenstehen. Seien Sie einfach selbst kreativ und finden Sie Ihre eigene Ausgleichsbeschäftigung.

10 Regeln gegen Hektik und Streß

1. Versuchen Sie, negative oder schlechte Gedanken einfach bewußt auszuschalten oder wie beim Fernsehen wegzuzappen. Denken Sie an etwas Schönes und erfreuen Sie sich daran!

2. Spielen Sie in Streßsituationen nicht die negativen Seiten hoch, sondern suchen Sie nach der positiven Seite, die gewöhnlich in jeder Situation steckt!

3. Bauen Sie kleine Rituale oder Zeremonien in Ihren Alltag ein, um dadurch neue Kräfte für den Rest des Tages zu tanken!

4. Lassen Sie Ihren Gefühlen freien Lauf! Weinen Sie, wenn Ihnen danach ist, und spülen Sie mit den Tränen Ihren Streß aus!

5. Essen Sie in Streßsituationen gezielt „Nervenfutter"! Eine Banane mit ihrem hohen Magnesiumgehalt hilft.

6. Setzen Sie sich nicht selbst unter Druck! Lassen Sie genügend „Luft" für sich selbst in Ihrem Terminkalender!

7. Leben Sie bewußt im Hier und Jetzt und hängen Sie sich nicht an alte Sorgen und Probleme!

8. Planen Sie Ihren Tag und nehmen Sie sich die wichtigsten Vorhaben zu Ihrer besten Zeit vor! So vermeiden sie unnötigen Streß.

9. Verwöhnen Sie sich mal wieder selbst, oder lassen Sie sich verwöhnen! Das fördert die Produktion von Glückshormonen.

10. Bauen Sie Ihren Streß gezielt ab! Sport, Entspannungsübungen, Musik, Hobbys, Aromabäder usw. helfen dabei!

In diesem Buch haben Sie bereits viele Möglichkeiten und Methoden kennengelernt, womit Sie Ihren Alltag gezielt harmonisieren können. Vielleicht finden Sie ja Ihren persönlichen Ausgleich im Malen? Oder möchten Sie lieber etwas schreiben? Neue Schlemmer-Rezepte ausprobieren? Einen neuen Duft kennenlernen?

Sie sehen, es gibt so viele einfache Möglichkeiten, womit Sie den grauen Alltag ohne großen Aufwand wieder auf Hochglanz polieren können. Verwöhnen Sie sich selbst jeden Tag ein bißchen und genießen Sie als krönenden Tagesabschluß Ihr ganz persönliches Wunsch-Highlight.

Egal, ob Sie sich für ein Power-Programm oder für eine Relax-Methode entscheiden, genießen Sie Ihren persönlichen Tageshöhepunkt und gleichen Sie Ihr Tagesgeschehen und sich selbst damit aus. Wichtig ist dabei einzig und alleine, daß Sie Ihren Tagesausgleich bewußt zelebrieren und dadurch eine innere Befriedigung verspüren: "Ach, tut mir das gut!"

Nach einer harten Woche eignet sich natürlich das Wochenende hervorragend für ein intensiveres Ausgleichsprogramm. Da findet man schon eher die Zeit für ein ausgiebiges Ausgleichsprogramm.

Oder gehören Sie etwa zu den Menschen, die selbst dann keine Zeit und Ruhe für sich selbst finden, weil da noch so viel Arbeit anliegt oder die Lieben zu Hause rundum versorgt sein wollen? Trifft das auf Sie zu? Dann wird es allerhöchste Zeit für Sie umzudenken. Wenn Ihnen die Arbeit über den Kopf wächst und Sie pausenlos ackern wie ein Gaul, dann werden Ihnen bald infolge von Konzentrationsmangel Fehler unterlaufen, deren Beseitigung oft mehr Zeit in Anspruch nimmt, als die eigentliche Arbeit.

Wer also glaubt, durch Dauer-Power Zeit zu sparen, der zieht letztendlich den Kürzeren und verliert sogar kostbare Zeit, die er bewußt für sich selbst nutzen könnte.

Hier ist strenge Selbstisziplin und Zeitmanagement angesagt. Das heißt nichts anderes, als daß man an persönlichen Tagestiefpunkten einfach innehalten und ganz bewußt eine kurze Pause einlegen soll.

Und die „Lieben" zu Hause oder am Arbeitsplatz? Möglicherweise haben Sie sie schon so sehr verwöhnt und verhätschelt, daß sie Ihre liebevolle Fürsorge oder Ihre Zuverlässigkeit als selbstverständlich hinnehmen. Stimmt´s?

Dann hilft jetzt auch kein Stöhnen und Jammern, denn sowas wird von den „Lieben" nur zu gerne mißverstanden. Hier heißt es ganz strikt einen persönlichen Freiraum oder eine Pause für sich selbst zu fordern.

Für diese Zeit können und müssen die „Lieben" zu Hause oder am Arbeitsplatz eben auf Sie verzichten und eventuell das Ruder selbst in die Hand nehmen. Sie sind nicht auf dieser Welt, um anderen stets brav zu dienen oder um ihnen einen Gefallen zu tun. Nein!

Verlangen Sie auch mal etwas von anderen für sich selbst. Eine Pause oder etwas Zeit für Sie selbst steht Ihnen in jedem Falle zu. Fordern Sie diese nötigenfalls mit Nachdruck für sich ein. Sonst machen Sie sich nur zum Clown und werden immer weiter ausgenutzt.

Nutzen Sie die Zeit oder die Pause ganz gezielt für sich selbst und lassen Sie sich durch nichts stören. Machen Sie Ihren Mitmenschen deutlich, daß Sie absolut nicht gestört werden wollen. Oder ziehen Sie sich einfach an einen Ort zurück, wo Sie sich nicht gestört fühlen. Und dann genießen Sie diese Zeit ganz bewußt, ob Sie nun relaxen oder powern möchten.

Wie wär´s mal wieder mit einem netten Spieleabend mit Freunden oder mit der Familie?

Tun Sie genau das, wonach Ihnen gerade ist. Sorgen Sie für Ihren persönlichen Ausgleich auf der Arbeit oder zu Hause, tagsüber, am Abend oder am Wochenende. Wann und wo immer Sie wollen und können, ohne dabei ein schlechtes Gewissen zu haben.

Gönnen Sie sich etwas, was Ihnen eine persönliche Freude bereitet. Danach sind Sie schließlich wieder mit voller Energie und Aufmerksamkeit bei der Sache. Und davon profitieren nicht nur Sie selbst, sondern zweifelsohne auch Ihre Mitmenschen.

Die Geheimnisse des Lebens

Ein Leben voller Liebe, Gesundheit, Glück und Wohlbefinden

Es gibt Phasen in unserem Leben, dann stehen wir mit uns selbst auf Kriegsfuß. Wir sind selbst unsere ärgsten Kritiker oder sogar Feinde. Um herauszufinden, wie wir zu uns selbst stehen, müssen wir einfach nur unser eigenes Verhalten gegenüber unseren Freunden beobachten und es mit dem Verhalten gegenüber uns selbst vergleichen.

Für unsere Freunde sind wir immer und in jeder Notlage selbstverständlich da und helfen ihnen, wo und wie wir nur können.

Die Stärken unserer Freunde kennen und achten und deren Schwächen akzeptieren wir. Es ist ganz selbstverständlich, daß wir unseren Freunden in einer Notlage helfen, daß wir sie trösten und ihnen verzeihen, wenn sie einen Fehler gemacht haben.

Für unsere Freunde sind wir in jeder Lebenslage und in allen Situationen gerne da, wenn sie uns brauchen. Wir nehmen ihre Meinung, aber auch ihre Sorgen und Probleme ernst und tun alles für ihr Wohlergehen, um die Freundschaft zu erhalten.

Doch wie sieht es mit dem Verhalten uns selbst gegenüber aus? Sind wir uns selbst auch immer der beste Freund? Leider ist das nicht immer der Fall. Es gibt Situationen im Leben, dann finden wir uns selbst ganz einfach unausstehlich.

Wenn wir uns zum Beispiel im Spiegel betrachten, dann finden wir lauter Mängel, die wir nicht akzeptieren wollen. Seien es die Figur, die Haut, die Haare oder das Aussehen insgesamt. Neben diesen Äußerlichkeiten kommen oft noch innere Faktoren hinzu, die wir selbst ablehnen oder sogar verurteilen.

Da gibt es möglicherweise Probleme mit der Gesundheit, mit der Partnerschaft oder mit der eigenen Lebensführung. Wir fühlen uns vom Pech verfolgt und können uns deswegen selbst nicht mehr leiden. Wir überkritisieren uns und verurteilen uns für eigene Fehler. Schlimmstenfalls machen wir uns sogar Selbstvorwürfe, weil wir im Leben nichts richtig geregelt kriegen.

Wenn wir uns selbst so sehen, dann betrachten wir uns wie unseren ärgsten Feind, den wir ablehnen und verachten. Unseren Feinden mißtrauen wir, wir halten sie für Versager, wir hassen sie. Wir gehen ihnen nach Möglichkeit aus dem Weg oder wir ärgern uns, wenn wir ihnen begegnen. Wir geben ihnen keine Chance, sich mit uns auszusöhnen oder mit uns zu vertragen. Wir unternehmen eher noch alles, um sie zu schwächen und ihnen zu schaden.

Wenn wir uns selbst als einen Feind betrachten, dann ist es geradezu selbstverständlich, daß wir uns selbst schädigen - mit jedem Gedanken und mit jedem Handeln. Tief in unserem Unterbewußtsein hat sich die Ablehnung gegen uns selbst so fest verankert, daß wir uns selbst nicht mehr akzeptieren möchten und können.

In dieser Situation bestrafen wir uns sogar selbst, indem wir uns z.B. aus Frust vollfuttern bis zum Platzen oder rauchen und trinken bis zum Unwohlsein. Wir vernachlässigen unseren Körper, unseren Geist und unsere Seele derart, daß die von uns selbst zugefügten Schäden immer deutlicher werden und sich in immer schwereren Sorgen, Problemen und Beschwerden äußern.

Wenn wir in dieser Lebenslage die Kontrolle über uns selbst verlieren, dann kann es schnell passieren, daß wir in eine persönliche Katastrophe hineinschlittern, die eine echte Lebenskrise heraufbeschwört.

Diese Lebenskrise kann sich auf alle Bereiche des Lebens, ob Liebe, Glück, Gesundheit usw., ausweiten und unser Leben sogar zerstören, wenn wir nicht rechtzeitig die Notbremse ziehen.

Egal, wen oder was wir für unser grausames Leben verantwortlich machen, wir ziehen uns mit jedem negativen Gedanken nur noch immer tiefer in den Abgrund. Und je tiefer wir sinken, desto mehr verlieren wir den Blick für die Realität und für die schönen Seiten des Lebens.

Der Teufelskreis des Unglücks dreht sich wie eine Spirale immer enger zu. So trifft uns ein Schicksalsschlag nach dem anderen. Und es kommt noch schlimmer, weil wir übersensibel reagieren und alles und jeden als Attacke gegen uns selbst sehen.

Wir fühlen uns von unseren Freunden und Mitmenschen nicht mehr verstanden, weshalb wir uns von ihnen mehr und mehr abkapseln. Und am Ende stehen wir ganz alleine da und finden nicht mehr die Kraft und die Energie, unser Leben neu zu ordnen.

Kennen Sie diese Lebenssituation aus eigener Erfahrung oder stecken Sie vielleicht momentan mitten in Ihrer eigenen Lebenskrise? Dann wird es jetzt allerhöchste Zeit, daß Sie die Notbremse ziehen, um wieder in ein glückliches und zufriedenes Leben zurückzufinden.

Ein Leben in Harmonie mit unserer eigenen Natur schenkt uns Liebe, Gesundheit, Glück und Wohlbefinden.

Ein Leben in Liebe, Glück, Gesundheit, Schönheit und Zufriedenheit bedeutet nichts anderes, als ein Leben in Harmonie mit der eigenen Natur. Doch viele Menschen machen den Fehler, sich ein Glück zu wünschen und krampfhaft zu erhoffen, das gar nicht zu ihnen paßt.

Wir selbst sind der Schlüssel zu unserem persönlichen Lebensglück. Doch wenn wir uns dauernd die falschen Schlösser aussuchen, dann dürfen wir uns auch nicht wundern, daß unser Schlüssel niemals paßt und wir vom Leben stets enttäuscht werden.

Werden Sie Ihr eigener bester Freund

Unseren Freunden und Mitmenschen gegenüber sind wir meistens wesentlich nachsichtiger und geduldiger als uns selbst gegenüber. Wir können und wollen uns selbst so lange nicht akzeptieren, bis wir alle unsere Schwächen und Fehler vollkommen ausgemerzt haben.

Besonders in einer Lebenskrise erwächst in uns der dringliche Wunsch, alles mögliche an uns und in unserem Leben ändern zu wollen. Wenn wir die Nase vom Leben und von uns selbst gestrichen voll haben, versuchen wir alles mit einer Radikalkur zu verändern.

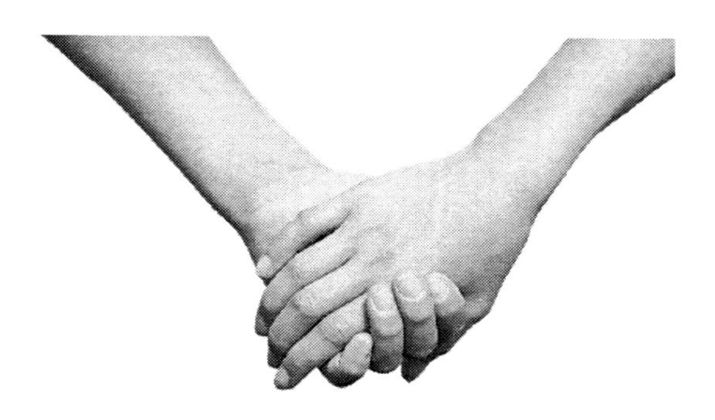

Schließen Sie Freundschaft mit sich selbst und tun Sie alles für sich, was Sie für Ihre besten Freunde auch tun würden.

Fehler und Schwächen haben fortan in unserem Leben nichts mehr zu suchen. Doch leider ist das angestrebte Ziel, frei von Fehlern und Schwächen zu sein, für uns Menschen unerreichbar. Je mehr wir uns selbst ablehnen oder gar verurteilen, desto mehr verlieren wir den Blick für die Realität und machen so möglicherweise noch mehr Fehler im Leben als zuvor, die wir später schließlich bitter bereuen.

Wir sind nun einmal so wie wir sind. Unsere Persönlichkeit und unseren Charakter können wir nicht einfach verändern. Wir Menschen haben alle unsere eigenen Schwächen und machen unsere eigenen Fehler. Diese können wir nicht einfach von uns abstreifen wie eine Schlangenhaut.

Aber wir können aus unseren Fehlern lernen und uns so mit wertvollen Lebenserfahrungen bereichern. Neben unseren Schwächen besitzen wir auch Stärken, die wir nicht verkennen dürfen. In unseren Stärken liegt nämlich die Kraft, unser Leben optimal zu gestalten.

Wir müssen uns unsere Stärken nur einmal deutlich bewußt machen. Wir müssen lernen, uns selbst wie unser bester Freund zu behandeln. Unsere Freunde nehmen wir nämlich so an wie sie sind - mit allen Stärken und Schwächen. Wir müssen uns selbst auch mit allen unseren Stärken und Schwächen annehmen.

Wie bei unseren Freunden müssen wir unsere eigenen Schwächen akzeptieren und uns selbst unsere Fehler verzeihen. Für unsere eigene Zukunft, die ja schon mit der nächsten Sekunde beginnt, müssen wir uns Mut zusprechen und Hoffnung auf bessere Zeiten machen.

Erst wenn wir uns selbst rundum akzeptieren und uns selbst unser bester Freund sind, dann finden wir die Kraft, unser Leben aktiv zu gestalten und zum Besseren zu wenden. Erst wenn wir uns selbst nicht mehr im Wege stehen, machen wir uns den Weg frei in eine bessere Zukunft. Und das funktioniert nur dann, wenn wir wir uns selbst so annehmen wie wir unsere Freunde annehmen - mit all unseren Stärken und Schwächen.

Werden Sie sich selbst Ihr eigener Freund und lernen Sie Ihre starken Seiten an sich bewußt kennen. Schreiben Sie doch einfach einmal alles auf, was Sie an sich selbst gut finden. Wenn Ihnen partout nichts einfällt, dann mag dies daran liegen, daß Ihr Blick für Ihre eigene Realität völlig verklärt ist, weil Sie mit sich selbst auf Kriegsfuß stehen.

Fragen Sie doch einfach einmal Ihre Freunde nach ihrer Meinung über Sie. Hilfreich können in diesem Falle auch Horoskope sein, die uns sehr viel über unsere persönlichen Eigenschaften verraten. Auch wenn Sie nicht an Astrologie glauben, aber die Charakterbeschreibungen der einzelnen Sternzeichen lassen ganz individuelle Studien über die eigene Person zu.

Die Astrologie kann uns mit ihren Charakteranalysen bei der persönlichen Selbsteinschätzung sehr behilflich sein.

Schauen Sie sich doch einfach einmal die positiven und negativen Eigenschaften Ihres Sternzeichens an und haken Sie einfach alle auf Sie zutreffenden Merkmale ab. So kommen Sie sich selbst und Ihren persönlichen Stärken und Schwächen automatisch viel näher und entdecken vielleicht sogar noch ungeahnte Seiten in und an sich.

Sei Dir selbst stets ein guter Freund!

Erkennen Sie Ihre ganz persönlichen Eigenschaften und Fähigkeiten und nutzen Sie diese möglichst positiv bzw. setzen Sie diese sinnvoll für sich selbst und Ihr direktes Lebensumfeld ein. Um sich selbst besser kennen und wie ein Freund lieben zu lernen, können solche astrologischen Persönlichkeits-Studien sicher nicht schaden.

Es gehört nun einmal zu unserer eigenen Natur, daß wir Stärken und Schwächen nebeneinander in uns vereinen, die uns ja schließlich erst zu dem machen, was wir wirklich sind: ein Individuum. Auf der ganzen Welt finden wir gute und schlechte Seiten. Stellen Sie sich nur einmal vor, wenn dies nicht so wäre, wenn es nur Gut oder nur Böse auf der Welt gäbe - wäre dann das Leben nicht extrem monoton und langweilig?

Es gibt also keinen Grund dafür, uns selbst für unsere Schwächen zu verurteilen. Im Gegenteil: Erst die individuellen Stärken und Schwächen machen uns doch erst richtig interessant. Und mit Sicherheit sind auch Sie ein absolut höchstinteressanter Mensch!

Die Magie Ihrer persönlichen Ausstrahlung

Haben Sie sich nicht auch schon einmal gefragt, warum ausgerechnet Ihnen ein Unglück zustößt? Warum führen andere Menschen ein glückliches und erfülltes Leben, nur Sie selbst werden dauernd vom Pech verfolgt? Warum bekommen die anderen im Leben alles, und Sie selbst gehen immer leer aus? Was ist das, was die anderen haben und Sie anscheinend nicht?

Nichts! Ich versichere Ihnen, es gibt nichts, was andere Menschen mehr haben als Sie selbst, um ein Leben voller Liebe, Glück, Gesundheit und Zufriedenheit zu führen. Auch Sie besitzen alles, um ein sorgenfreies Leben führen zu können.

Alles, was Sie nämlich für ein glückliches Leben tun müssen, ist der bewußt sinnvolle Einsatz all Ihrer positiven Eigenschaften und Fähigkeiten. Wenn Sie Ihre eigenen positiven Seiten an sich kennen, dann sollten Sie diese in Ihrem Leben auch intensiv einsetzen und nutzen.

Zeigen Sie Ihren Mitmenschen Ihre guten Anlagen, und Sie werden sie regelrecht verzaubern. Unsere Ausstrahlung auf andere wird hauptsächlich durch unser eigenes Auftreten in der Gesellschaft bestimmt. Und wenn wir dabei bewußt unsere positiven Seiten und unsere guten Anlagen in den Vordergrund stellen, dann wirkt sich unsere Austrahlung auch sehr positiv auf unsere Mitmenschen aus.

Je positiver und freundlicher unsere eigene Ausstrahlung ist, desto größer ist die magische Wirkung auf unsere Umwelt. Mit einem freundlichen Lächeln im Gesicht können wir die Gunst unserer Mitmenschen eher erwirken, als mit sturer Grimmigkeit.

Dein Lächeln

Ein Lächeln in Deinem Gesicht
ist wie der Aufgang der Sonne.
So strahlend hell und lieblich,
voller Wärme und voller Wonne.

Dein Lächeln ist wie reine Magie,
wenn es Deinen Blick erhellt.
Voller Charme und Sympathie
bezaubert es die ganze Welt.

In unserer persönlichen Ausstrahlung schwingt eine Energie, unsere eigene Magie, die andere Menschen verzaubern kann oder auch nicht. Diese wunderbare Energie bestimmt auch darüber, ob wir im Leben Liebe, Glück, Gesundheit und Erfolg finden oder nicht.

Wichtig ist einzig und allein, daß wir diese magische Energie und deren positive Ausstrahlung auf unsere Umwelt auch bewußt nutzen, um davon zu profitieren und ein sorgenfreies und glückliches Leben führen zu können.

Ein kleines Sprichwort trifft hier den Nagel auf den Kopf: „Wie man in den Wald hineinruft, so schallt es auch heraus." So wie Sie auf Ihre Umwelt wirken, so wirkt die Umwelt auch auf Sie. Lassen Sie doch einfach die ganze Welt gut auf Sie wirken, indem Sie ihr bewußt freundlich und positiv begegnen.

Unsere geheimnisvolle Energie

In uns allen steckt diese wunderbare Magie, eine geheimnisvolle Energie. Diese Energie drückt sich in unserer persönlichen Ausstrahlung aus, die von jedem Menschen mehr oder weniger stark ausgeht.

Ist diese geheimnisvolle Energie nur schwach, dann hat der betreffende Mensch keine besondere oder sogar eine negative Ausstrahlung. Und genau diese negative Ausstrahlung wirkt sich auf alle Lebensbereiche und damit auf das ganze Leben aus. Weil wir mit einer negativen Ausstrahlung auf unsere Umgebung eher abweisend wirken, wenden sich unsere Mitmenschen zunehmend von uns ab.

Als ein „negativer Mensch" erfahren wir nicht deren Nächstenliebe und finden so weder Glück noch Erfolg im Leben. Und darunter leidet unsere gesamte Lebensqualität einschließlich unserer Gesundheit.

Ganz anders sieht es bei einem Menschen mit einer positiven Ausstrahlung aus. Dieser ist überall sehr beliebt und zieht förmlich das Glück und den Erfolg an, was die beste Voraussetzung für ein Leben in Liebe, Zufriedenheit und Gesundheit ist.

Echte Harmonie im Leben entsteht nur aus einer positiven Resonanz unserer Umwelt auf unser eigenes Ego mit einer positiven Ausstrahlung. Wenn Sie bisher jedoch nur vom Pech und vom Unglück verfolgt wurden, dann liegt dies mit Sicherheit daran, daß Sie Ihr eigenes magisches Energiepotential im Leben nicht richtig einsetzen, weil Sie es möglicherweise gar nicht kennen.

Von Beginn unseres Lebens an lernen wir Sprechen, Laufen, Lesen, Schreiben, Rechnen und noch viele weitere nützliche Dinge, die uns im Leben behilflich sind. Wir lernen und trainieren so viele Dinge im Leben, doch der Umgang mit uns selbst und mit unseren innersten Energien wird uns nirgendwo gelehrt.

So bleiben wir Menschen Opfer unserer Umwelt, die uns im schlechtesten Falle auch sehr negativ prägt. Diese Prägung wird bestimmt durch unsere Erziehung, durch unseren direkten Umgang mit unseren Eltern, Freunden, Bekannten, Verwandten und unserem gesamten Umfeld, was uns Menschen umgibt.

Unser Verhalten und unsere Lebensweise wird in ganz besonderem Maße durch diese Faktoren bestimmt. Und gerade unser Verhalten und unsere Lebensweise bestimmen darüber, welches Leben wir führen: ein gutes oder ein schlechtes Leben.

Wer mit einem starren Blick durch´s Leben geht, der darf nicht erwarten, daß ihm seine Mitmenschen freundlich zulächeln.

Unser Bewußtsein kann im Leben durch noch so viele Lernvorgänge geschärft werden, aber unsere Lebensqualität ist entscheidend von unserer eigenen Austrahlung, unserer geheimnisvollen Energie, abhängig. Solange uns diese Energie jedoch unbewußt bleibt, können wir sie auch nicht sinnvoll nutzen.

Aber es ist für uns niemals zu spät, unsere eigene geheimnisvolle Energie kennenzulernen. Mit einem einfachen Training läßt sich auch Ihre positive Energie aus Ihrem tiefsten Inneren herauslocken, jeden Tag ein bißchen mehr.

Die Macht Ihrer Gedanken

Sicher kennen auch Sie Menschen, die stets auf der Gewinnerseite stehen und das Glück wie mit einem Magnet anzuziehen scheinen. Doch dieser scheinbare Magnet ist nichts anderes als die Macht der Gedanken.

Gute Gedanken sorgen für ein gutes Leben. Glauben Sie fest an sich und an die Kraft Ihrer Gedanken!

Der Gewinner glaubt stets ganz fest an seinen Sieg, seine Gedanken sind vollkommen auf Gewinn ausgerichtet. Und genau diese Gedanken, getragen von innerer Selbstsicherheit, verleihen uns eine ungeahnte Macht, die uns zum Gewinner macht.

Der Schlüssel zu dieser unglaublichen Macht ist unsere eigene Selbstsicherheit. Wenn unsere Selbstsicherheit so stark ist, daß wir auf andere Menschen überzeugend wirken, dann können wir sogar mit schlechten Karten unser Spiel gewinnen. Dieses Spielchen nennt man „Bluffen“, und das haben Sie sicher in Ihrem Leben auch schon einmal erlebt.

Immer dann, wenn fremde Menschen uns mit ihren außergewöhnlichen Kenntnissen oder mit irgendwelchen besonderen Fähigkeiten regelrecht verbluffen, dann steckt eine ordentliche Portion Selbstsicherheit dahinter.

Solche Menschen können das Glück und den Erfolg ganz bewußt auf ihre Seite ziehen, egal ob sie nun gute oder schlechte Karten im Leben haben. Nur mit Selbstbewußtsein und Selbstsicherheit können wir unsere eigenen Lebensziele sicher erreichen.

Leider steht uns oft die Angst vor dem Ungewissen im Wege. Wir haben Angst vor Hindernissen, Angst vor Mißerfolgen, Angst vor unseren Mitmenschen. Diese Ängste sind jedoch nichts anderes als Mangel an Selbstvertrauen und die daraus resultierende pure Angst vor uns selbst. Und genau diese Angst macht uns unsicher und hemmt uns im ganzen Leben.

So können wir keineswegs langfristig glücklich und erfolgreich werden. Schmeißen Sie einfach Ihre inneren Ängste vor sich selbst über Bord und werden Sie mutig, jeden Tag etwas mehr. Trainieren Sie Ihr Selbstbewußtsein und Ihre Selbstsicherheit und lernen Sie sich von einer ganz neuen Seite kennen.

Die Spiegel-Methode

Immer, wenn Sie in den Spiegel schauen, lächeln Sie sich einfach an. Sagen Sie Ihrem Spiegelbild, wie gut es doch aussieht. Selbst wenn Sie gerade völlig schlimm aussehen, akzeptieren Sie sich einfach so wie Sie nun einmal sind und „bluffen" Sie einfach eine gute Mine.

Lächeln Sie einfach, auch wenn Ihnen möglicherweise völlig anders zumute ist. Setzen Sie Ihr Sonntagslächeln auf und zeigen Sie damit Ihrem Spiegelbild, daß Sie heute ganz besonders gut drauf sind.

Üben Sie besonders die gute Mine, den überzeugenden Gesichtsausdruck, auch wenn er tatsächlich nur ein Bluff ist. Wenn Ihnen diese Übung lächerlich erscheint, dann tun Sie es trotzdem und lachen einfach herzhaft über sich selbst. Aber lächeln oder lachen Sie bitte, denn damit zeigen Sie automatisch Ihr schönstes Gesicht und Ihre freundlichste Ausstrahlung.

Wenn Sie diese Übung jeden Tag ganz gezielt vor dem Spiegel ausführen, dann werden Sie bald feststellen, daß Sie Ihren Gesichtsausdruck bewußt kontrollieren können. Trainieren und kontrollieren Sie auf diese Weise regelmäßig Ihre Ausstrahlung, denn unsere Ausstrahlung wirkt wie ein magischer Magnet auf unsere gesamte Umwelt.

Mit einer positiven Ausstrahlung ziehen Sie ganz automatisch das Glück an, während Sie mit einer negativen Ausstrahlung nur Pech und Unglück anziehen. Helfen Sie Ihrem Schicksal ganz einfach etwas auf die Sprünge und verkaufen Sie Ihren Mitmenschen stets Ihr „bestes Gesicht", ganz selbstbewußt und selbstsicher, auch wenn Sie bluffen müssen.

Üben Sie einfach vor dem Spiegel Ihr bestes Lächeln, bis Sie sich selbst am besten gefallen.

Der Erfolg wird sich schon bald von ganz alleine einstellen - getreu dem Motto: Schenke der Welt Dein Lächeln und Sie wird Dich lieben und umarmen.

Ein Leben voller Liebe

Wer sich selbst nicht liebt, der wird auch von anderen Menschen nicht geliebt. Ein Mensch, der mit sich selbst nicht im Reinen ist, der drückt dieses Mißverhältnis zur eigenen Person auch im Umgang mit seinen Mitmenschen aus.

Wer sich selbst nicht richtig akzeptiert, der wird auch von seinen Mitmenschen nicht akzeptiert und stößt in allen Lebensbereichen nur auf Ablehnung. Deshalb ist es besonders wichtig, daß wir uns selbst erst einmal akzeptieren und so lieben wie wir nun einmal sind.

Es gibt keinen Grund auf dieser Welt, sich selbst nicht zu mögen. Erlebtes Leid und Elend, egal welcher Art auch immer, sind kein Grund für Selbstvorwürfe, sondern ein Hinweis unseres Schicksals, daß wir unser Leben dringend umkrempeln sollen.

Lernen Sie zunächst, sich selbst zu akzeptieren. Sehen Sie nicht ständig alle Ihre Fehler und Makel. Gehen Sie nicht zu hart mit sich selbst ins Gericht und verurteilen sich selbst wegen jeder Kleinigkeit, sondern entdecken Sie ganz einfach die guten Seiten an und in Ihnen. Lassen Sie sich dabei niemals von billigen Äußerlichkeiten blenden, die Ihnen immer und überall vorgegaukelt werden.

Finanzieller Reichtum oder makellose Schönheit sind kein Garant für das perfekte Glück. So sind zum Beispiel körperlich behinderte oder schwerkranke Menschen oft sogar glücklicher als kerngesunde Menschen, weil sie ihr Leben problemorientiert bewußter gestalten und genießen.

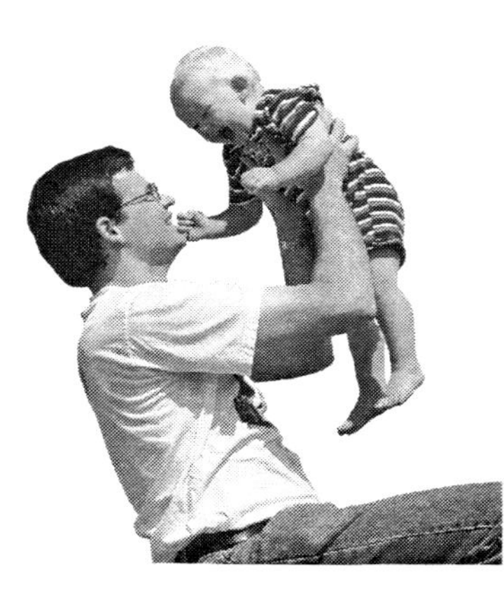

Der liebevolle Umgang mit unseren Liebsten schenkt uns die reinste Lebensfreude.

Das Glück findet man nämlich nicht in irgendwelchen Äußerlichkeiten oder Oberflächlichkeiten, sondern in der inneren Ausgeglichenheit und Unbeschwertheit der eigenen Lebensweise, die sich in der gesamten Lebensart und in der persönlichen Ausstrahlung ausdrückt.

Für viele Menschen ist ein harter Schicksalsschlag oft erst der Anlaß, die eigene Lebensweise intensiv zu überdenken und zu verändern. Menschen, die im Leben einen schweren Schicksalsschlag erlitten haben, können nur dann weiterleben, wenn sie das Schicksal für sich annehmen und sich selbst nicht einfach aufgeben.

Sich selbst nicht aufgeben heißt sich selbst mit allen Fehlern und Macken zu akzeptieren und zu lieben. Und oft ist es ein harter Schicksalsschlag, der uns aus unserem monotonen Alltagstrott reißt und uns die Augen für die richtige Lebensrichtung öffnet. Seltsamerweise machen viele Menschen sich erst nach einem solchen Schicksalsschlag zum erstenmal Gedanken über ihr eigenes Leben.

Warten Sie nicht unbedingt auf einen harten Wink Ihres Schicksals, um Ihr Leben zu verbessern. Lernen Sie, sich so zu mögen wie Sie sind. Entdecken Sie Ihre eigene Sympathie für sich selbst. Die Sympathie kommt ganz tief aus Ihrem Inneren - und kein Fehler oder Makel soll Sie daran hindern, dieses warme und freundliche Gefühl für sich selbst zu entdecken.

Sie sind ein Mensch wie jeder andere, egal was Sie momentan vielleicht noch an sich stört. Das, was zählt, ist Ihre eigene Liebenswürdigkeit. Und die kommt aus einer freundlichen Ausstrahlung tief aus Ihrem Inneren heraus. Schenken Sie sich und Ihren Mitmenschen stets ein freundliches und warmes Lächeln, auch wenn es Ihnen oft schwerfällt.

Überwinden Sie einfach Ihren inneren Schweinehund, wenn Ihnen der Sinn mal nicht gerade nach einem lieben Lächeln steht. Was auch immer passiert, verlernen Sie niemals Ihr bezauberndes Lächeln. Denn Ihr Lächeln macht Sie sympathisch, und Sympathie ist der Anfang eines Lebens voller Liebe und Harmonie.

Sie werden sehen, daß Sie mit jedem freundlichen und sympathischen Lächeln immer ein Stückchen mehr Liebe gewinnen, weil Ihr Lächeln, Ihre Sympathie, von Ihren Mitmenschen mit Anerkennung, Zuneigung und bald auch mit wahrer Liebe erwidert werden wird.

Der Weg zum Glück

Sicher haben Sie schon bemerkt, daß die Geheimnisse des Lebens nichts mit Zauberei oder Hokuspokus zu tun haben. So etwas wäre auch purer Unsinn, denn Zauberei gibt es nur im Märchen.

Auch wenn Ihnen heutzutage überall per Anzeigen in Zeitungen und Zeitschriften selbsternannte Magier und Seher mit ihren angeblich magischen Zauberformeln Ihr großes Lebensglück versprechen, sowas ist nur teurer Humbug.

Glauben Sie bitte nicht an solche Märchen. Ihr persönliches Lebensglück finden Sie nur in sich selbst. Der Weg zum Glück sind Sie selbst. Und diesen Weg können nur Sie selbst gehen, kein Hokuspokus wird Ihnen diese Hürde abnehmen können.

Ein nettes Lächeln kann oft Wunder bewirken, wie Sie ja inzwischen wissen. Mit einem Lächeln beeindrucken Sie Ihre Mitmenschen und erwirken so eine positive Resonanz. So ähnlich funktioniert das auch mit dem Glück. Wenn Sie dem Glück zulächeln, dann wird das Glück Ihnen schon sehr bald zuwinken.

Das klingt jetzt zwar kitschig, aber es funktioniert tatsächlich. Das Glück kommt ganz automatisch zu Ihnen, wenn Sie nur fest daran glauben. Schließen Sie doch einfach einmal Ihre Augen und stellen Sie sich Ihre Lebenssituation genau so vor, wie Sie sie für glücklich erachten.

Der Weg zum Glück hat ganz sicher nichts mit böser Hexerei oder mit faulem Hokuspokus zu tun.

Träumen Sie Ihr ganz persönliches Glück, stellen Sie sich einfach vor, was Sie alles glücklich machen würde. Nun verbinden Sie in Gedanken alle Glücksmomente zu einer harmonischen Geschichte mit einem Anfang und einem wunderschönen Ende. Diesen wunderschönen Traum prägen Sie sich nun ganz fest ein und merken sich jedes einzelne Detail.

Von heute an werden Sie jeden Abend vor dem Einschlafen diesen kleinen Glückstraum vor Ihrem inneren Auge ablaufen lassen. Möglicherweise werden Sie feststellen, daß Sie von Abend zu Abend den Traum etwas verfeinern, etwas deutlicher ausarbeiten, vielleicht auch etwas verändern. Tun Sie dies ruhig. Aber nehmen Sie bitte keine trüben Gedanken mit ins Bett, die Ihren schönen Traum nur zerstören würden.

Bei Sorgen und Problemen ist es besser, sich diese auf einen Zettel zu notieren und diesen bis zum nächsten Tag in ein anderes Zimmer zu verbannen. Konzentrieren Sie sich nur auf Ihren wunderbaren Glückstraum, um Ihr persönliches Glück weiterzuentwickeln.

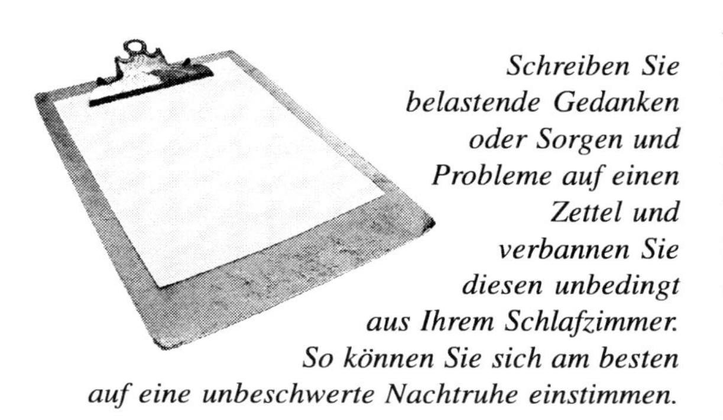

Schreiben Sie belastende Gedanken oder Sorgen und Probleme auf einen Zettel und verbannen Sie diesen unbedingt aus Ihrem Schlafzimmer. So können Sie sich am besten auf eine unbeschwerte Nachtruhe einstimmen.

Wenn das jetzt doch wie Hokuspokus klingt, dann kann ich Sie beruhigen. Denn Wissenschaftler haben eindeutig bewiesen, das alles, was man unmittelbar vor dem Einschlafen tut, denkt, hört oder liest, den stärksten Einfluß auf unser Traumgeschehen hat. Und mit angenehmen Träumen können wir uns optimal auf den kommenden Tag einstimmen.

Wenn Sie also jeden Abend vor dem Einschlafen glückliche Visionen haben, trainiert Ihr Unterbewußtsein diese im Schlaf über Ihr Traumleben ganz automatisch ein. Damit öffnen Sie Ihrem Unterbewußtsein das Tor zu ihrem persönlichen Glück. Denn unser Unterbewußtsein ist in der Realität maßgeblich dafür verantwortlich, ob wir glücklich sind oder nicht.

Ab heute wird Ihr eigenes Unterbewußtsein Ihnen das Glück jeden Tag ein Stückchen näherbringen, wenn Sie nur regelmäßig Ihr persönliches Glück vor Ihrem inneren Auge trainieren. Nur vor einem möglichen Unglück möchte ich Sie dringend warnen: Wünschen Sie sich niemals ein Glück, das überhaupt nicht zu Ihnen paßt! Aus Blei hat bisher auch noch niemand Gold gemacht.

Bleiben Sie mit Ihren Glücksträumen bei der Realität und erträumen Sie sich nichts Unmögliches. Damit würden Sie Ihr Unterbewußtsein nur täuschen und verwirren und sich selbst den realen Weg zum Glück versperren. Bleiben Sie also immer realistisch, wenn Sie Ihr eigenes Glück finden wollen.

Gesundheit braucht Energie

Wie alles auf dieser Welt, was wachsen und gedeihen soll, braucht auch unsere Gesundheit Energie, um uns ein Leben voller Kraft und Vitalität zu schenken. Doch leider scheint uns das Schicksal in gesundheitlicher Hinsicht nicht immer sehr wohlgesonnen.

Vielleicht haben wir auch von Mutter Natur nicht gerade die besten Gene geerbt, die dafür sorgen, daß wir vor Gesundheit nur so strotzen. Schlimmstenfalls kann unsere Gesundheit durch einen harten Schicksalsschlag, durch eine schwere Erkrankung oder durch einen Unfall, stark angegriffen oder sogar zerstört werden.

Aber gerade die Gesundheit und Schönheit werden uns mittels knackiger und bildhübscher Models in allen möglichen Medien als der Mittelpunkt des Lebens verkauft, ohne den man scheinbar nur ein klägliches Dasein fristet.

Glauben Sie etwa diese Werbelügen? Sinn und Zweck solcher uns vorgegaukelter Idealbilder des Menschen ist doch nur, uns mit unseren eigenen Makeln so mürbe zu machen, daß wir unser gutes Geld für oft sinnlose Schönheits- und Gesundheitsmittelchen ausgeben.

Sparen Sie sich Ihr gutes Geld und machen Sie sich bloß keine unnötigen Sorgen, die Ihnen von diesen Idealfiguren eingeredet werden. Vergleichen Sie sich niemals mit etwas, was Sie niemals erreichen können. Gerade in gesundheitlicher Hinsicht sollten Sie sich auf Ihre eigenen Möglichkeiten besinnen, die Ihnen Mutter Natur geschenkt hat. Und da haben Sie weitaus mehr Möglichkeiten, als Sie jetzt wahrscheinlich vermuten.

Wenn Sie Ihren Gesundheitszustand stabilisieren oder sogar verbessern wollen, sind Ihre Möglichkeiten auf Ihren ganz persönlichen Rahmen beschränkt, der durch Ihre Veranlagung und ganz besonders durch Ihre Lebensumstände bestimmt wird.

Ihre genetisch festgelegte Veranlagung können Sie nicht ändern. Aber Sie können Ihre persönliche Veranlagung bestmöglich nutzen, indem Sie Ihre Lebensumstände Ihrer Veranlagung optimal anpassen. Ihre persönlichen Lebensumstände beeinflussen nämlich Ihr Gesundheitspotential ganz enorm.

Nicht allein eine gesunde Ernährung mit allen wichtigen Vitalstoffen und ausreichende Bewegung sorgen für eine gute Gesundheit, sondern in hohem Maße auch Ihr Geist, Ihre Gedanken und Gefühle, die wiederum durch äußere Gegebenheiten beeinflußt werden. Sorgen Sie also einfach dafür, daß Sie die äußeren Gegebenheiten und Ihre direkte Umgebung so angenehm wie möglich für sich gestalten.

Neben einer gesunden Ernährung sorgt eine allgemein harmonische Lebensweise für eine gute Gesundheit.

Selbst wenn Sie nach einem harten Schicksalsschlag oder nach schwerer Erkrankung zunächst keinen Weg mehr sehen, irgendwann wieder ein erfülltes Leben zu führen, hilft Ihnen Ihre eigene Geisteskraft, getragen von positiver Energie, Sie aus Ihrer unglücklichen Lage wieder herauszuführen.

Lernen Sie zuerst, Ihre Lebenssituation vollständig zu akzeptieren. Stellen Sie keine Vergleiche zu makellosen Idealzuständen an, die Sie eh nicht erlangen können. Schauen Sie nach vorne und befreien Sie sich von negativen Gedanken und Gefühlen, indem Sie bewußt an die schönen Seiten Ihres Lebens denken.

Machen Sie sich gezielt angenehme Vorstellungen von Ihrem Leben, um mögliche Ängste und sinnlosen Gedanken-Ballast abzubauen. Durch die angenehmen Gedanken und Vorstellungen werden sehr bald wieder neue Lebensperspektiven in Ihnen heranreifen, die Sie körperlich, geistig und seelisch stärken werden. So finden Sie auch den Mut, ganz offen und bewußt mit Ihrer eigenen Lebenssituation umzugehen.

Sie glauben nicht an Wunder? Das sollten Sie aber, vor allem dann, wenn ein Wunder Ihnen ein neues Leben schenkt. Glauben Sie daher ganz fest an Ihr persönliches Wunder!

Auf diese Weise können Sie alle inneren Blockaden und Hemmungen Schritt für Schritt abbauen und so wieder ganz gezielt Ihre positive Lebensenergie nutzen. Und genau diese wunderbare Energie hat schon so manches Wunder bewirkt und sogar medizinisch für unheilbar erklärte Menschen geheilt.

Diese Energie steckt in uns allen, und selbstverständlich auch in Ihnen. Aktivieren Sie Ihre ganz persönliche Energie und leben Sie - und erleben Sie dadurch Ihr ganz eigenes Wunder Ihres Lebens!

Aktivieren Sie Ihre verborgenen Energien

Tiere haben so sensible „Antennen", daß sie große Gefahren regelrecht wittern, um sich davor rechtzeitig in Sicherheit bringen zu können. Wir Menschen haben im Laufe der Evolution leider verlernt, unsere eigenen „Antennen" sinnvoll zu nutzen. Stattdessen stellen wir ganz andere Dinge in den Mittelpunkt unseres Lebens: Forschung, Wissenschaft und Technik.

Das nennen wir Menschen schließlich Fortschritt, obwohl wir uns damit immer weiter von unseren angeborenen Urfähigkeiten, unserem Instinkt, entfernen und uns so zu Sklaven unserer eigenen Erfindungen machen. Dadurch haben wir leider den Umgang mit unseren inneren Energien und Kräften längst verlernt.

Wenn wir unsere verborgenen Energien wieder reaktivieren wollen, dann müssen wir uns eigentlich nur auf unseren „Bauch" verlassen. Entscheidungen, die wir sozusagen „aus dem Bauch heraus" treffen, kommen ganz tief aus unserem Innersten - und meistens sind diese sogar unsere besten Entscheidungen.

Tiere in freier Wildbahn haben sehr sensible Antennen, um rechtzeitig drohende Gefahren zu erkennen.

Wir müssen wieder lernen, mehr aus unseren Gefühlen heraus zu handeln. Unsere Gefühle sind eng mit unserem Unterbewußtsein verbunden. Und unser Unterbewußtsein ist das eigentliche Tor zu unserem persönlichen Glück. Denn im Unterbewußtsein sammeln wir äußerst wichtige und nützliche Informationen aus unserem Alltag.

Doch leider bleiben diese Informationen in unserem Unterbewußtsein solange verborgen, bis wir sie abrufen. Oft „verarbeiten" wir solche Informationen erst in unseren Träumen, weil wir sie im Wachzustand gar nicht beachten.

So mancher Hund hat mit seinem richtigen Riecher seinem Frauchen oder Herrchen schon das Leben gerettet.

Aus Erfahrung wird der Mensch klug, heißt es. Und im Alltag machen wir Menschen regelmäßig unsere Erfahrungen, gute und schlechte. Doch leider verarbeiten wir die meisten unserer Erfahrungen nicht richtig, so daß der größte Teil unserer Erfahrungen ins Unterbewußtsein verdrängt wird.

Dort werden dann unverarbeitete Erfahrungen entsprechend aufbereitet, und so manches Ergebnis dieser Arbeit gelangt dann in unsere nächtlichen Träume und werden uns so bildhaft vor Augen geführt.

Stellen Sie sich Ihr Unterbewußtsein einfach wie einen großen Topf vor, der all Ihre persönlichen Informationen aus Ihrem Leben sammelt und verarbeitet. In diesem Topf werden sämtliche Informationen gesammelt und verwertet, auch solche, die Sie selbst nicht bewußt wahrnehmen oder die Sie nicht für sonderlich wichtig erachten.

Rein instinktiv, wie bei den Tieren, werden in unserem Unterbewußtsein stets die richtigen Entscheidungen gefällt und programmiert. Doch wenn wir diese verarbeiteten Informationen nicht gezielt abrufen, dann rutschen sie immer tiefer in unser Unterbewußtsein und verursachen möglicherweise irgendwann irgendwelche Beschwerden.

Wir alle kennen wohl solche verdrängten Erfahrungen, vielleicht aus unserer Kindheit, die irgendwann in unserem Leben einen derartigen (Leidens)Druck verursachen, daß uns diese Erfahrungen regelrecht wieder als Probleme „hochkommen", um endlich verarbeitet zu werden.

Sorgen und Probleme haben ihren Ursprung oft auch in negativen Erfahrungen in unserer Kindheit, die wir nie richtig gedeutet und entsprechend aufgearbeitet haben.

Wenn unser Unterbewußtsein mit unverarbeiteten Erfahrungen und Informationen überlastet wird, dann entstehen ganz automatisch Probleme. Und wenn wir diese

Probleme immer weiter verdrängen, dann hat sich der sogenannte Problem-Teufelskreis geschlossen.

Alles wird nur immer schlimmer und schlimmer, bis uns vielleicht eines Tages der Kragen platzt. Hoffentlich! Denn es ist sehr wichtig, daß wir unseren verdrängten Problemen Luft machen und sie regelrecht an die Oberfläche, ins Bewußtsein, dringen lassen, um sie endgültig vernünftig verarbeiten zu können.

Viele unserer unverdauten Probleme machen sich auf diese Weise in körperlichen Beschwerden bemerkbar, sozusagen als ein deutliches Signal dafür, daß es allerhöchste Zeit geworden ist, ab sofort das Lebensruder mit allen Sinnen zu steuern.

Wenn wir in unserem Leben vom Kurs abgekommen sind, dann sollten wir das Ruder herumreißen und neue Lebensziele ansteuern.

Wenn wir es tatsächlich soweit kommen lassen, daß unsere Sorgen und Probleme sich in körperlichen Beschwerden ausdrücken, dann wird es wirklich höchste Zeit, unser Leben bewußter zu gestalten. Wir sollten uns mehr auf unsere inneren Werte, auf unsere verborgenen Energien, besinnen und wieder lernen, mehr aus dem Bauch heraus zu leben. Wir sollten unseren Gefühlen wieder mehr Beachtung schenken und mehr auf sie „hören“.

Was auch immer mit uns geschieht, unser (Über)Lebensinstinkt sagt uns ganz genau, was wir zu tun haben. Dieser Instinkt ist ein in unserem Unterbewußtsein fest verankertes Funktionssystem, das auf jegliche Impulse und Erfahrungen unseres Lebens, innere wie äußere, anspricht und automatisch die richtigen Entscheidungen fällt.

Der Instinkt reagiert auf sogenannte Schlüsselreize und löst eine gezielte Verhaltensweise aus. Doch leider wird unser menschlicher Instinkt, im Gegensatz zum Instinkt der Tiere, sehr stark von verstandesmäßigem Handeln überlagert. Und so wird unsere Verhaltensweise auch sehr stark durch unseren Verstand bestimmt, was nicht immer vorteilhaft für uns ist.

Deshalb ist es gerade in der heutigen hektischen und durchtechnisierten Zeit besonders wichtig für uns geworden, wieder verstärkt unseren Instinkt einzusetzen, wenn wir in Harmonie mit der Umwelt und mit uns selbst leben wollen.

Wir müssen wieder mehr in uns kehren, um tief in uns unsere Urbedürfnisse des Lebens zu erkennen. Wir müssen unsere verborgenen Energien, unseren ureigenen Instinkt, wieder reaktivieren, um unsere persönliche Lebensharmonie wiederherzustellen. Und das kann jeder Mensch lernen.

Hören Sie dazu einfach ganz bewußt auf Ihre „innere Stimme“. Entscheiden Sie nicht immer und alles mit Ihrem Verstand, der ja sowieso nicht jede Situation vollständig erfassen kann. Es gibt nun einmal viele Situationen im Leben, da hat unser Verstand keine Macht und wir können eigentlich nur aus dem Bauch heraus entscheiden.

Denken Sie doch einfach einmal an einen siegreichen Spieler, der nicht lange zögert, sondern direkt aus dem Bauch heraus entscheidet. Und es gibt Situationen im Leben, die lassen uns gar nicht erst die Zeit, unseren Verstand einzusetzen und das Pro und Contra in aller Ruhe vernünftig abzuwägen.

Es gibt Situationen im Leben, zum Beispiel ein Autounfall, da kann schnelles Handeln aus dem Bauch heraus Leben retten.

Es gibt so viele Fragen in unserem Leben, deren Antworten tief in unserem Unterbewußtsein schlummern. Nehmen Sie sich jetzt einfach etwas Zeit und denken Sie einmal darüber nach, wieviele Chancen Sie im Leben wohlmöglich schon verpaßt haben, weil Sie Ihr Leben bisher nur von der Verstandesseite gesehen und bestimmt haben.

Wäre es nicht schön, wenn Sie im Leben auch etwas mehr Glück hätten? Nun, wir alle ziehen unser Lebenslos, unser ganz persönliches Glück, jeden Tag von Neuem. Machen Sie es wie ein siegreicher Spieler: Ziehen Sie Ihr persönliches Glückslos mit innerer Selbstsicherheit direkt aus dem Bauch heraus.

Jeder Mensch zieht nämlich sein ganz persönliches Glück oder Unglück an. Und wenn Sie sich bei Glücksentscheidungen, auch bei Ihrem persönlichen Lebensglück, zu stark auf Ihren Verstand verlassen, dann können viele Ihrer Glückschancen leicht ungenutzt an Ihnen vorüberziehen.

Fordern Sie in Ihrem Leben ganz bewußt Ihren ganz persönlichen Instinkt und handeln Sie einfach wieder öfter aus dem Bauch heraus: schnell, selbstbewußt und treffsicher.

Trainieren Sie ihre instinktive Handlungsbereitschaft ganz einfach, indem Sie öfter einmal ganz bewußt genau das tun, was Ihr Unterbewußtsein Ihnen sagt: Tun Sie genau das, worauf Sie gerade Lust verspüren. Schenken Sie sich mindestens einmal täglich einen solchen puren Lustgenuß und erleben Sie die Befriedigung Ihrer Sinne.

Guter Spruch

Unser Lebensglück finden wir nicht in uns selbst, sondern in den Herzen unserer Mitmenschen.

Egal, welches schöne Erlebnis Sie rein instinktiv in Freudenstimmung bringen wird - gönnen Sie sich ganz bewußt Ihren persönlichen Lustgenuß. Öffnen Sie sich einfach Ihren oft verdrängten oder unbewußten Gelüsten. Damit wecken Sie Ihre inneren Geister und aktivieren so Ihre verborgenen Energien, die Ihnen die Kraft für ein neues Leben spenden.

Beschwerden ganzheitlich behandeln

Drei Dinge braucht der Mensch zum Glück: Körper, Geist und Seele

Unser Leben ist ein ständiges Auf und Ab in allen Lebensbereichen. Für jeden von uns gibt es im Leben mal gute und mal schlechte Zeiten. Die guten Zeiten vergehen oft wie im Fluge, so daß sie uns nur wie ein kleiner Moment erscheinen. Die schlechten Zeiten hingegen machen den Anschein, als würden sie nie vergehen.

Genießen Sie Ihr Leben mit allen Sinnen: Setzen Sie Ihren Körper, Ihren Geist und Ihre Seele im Leben immer ganz gezielt ein und sehen, fühlen, hören, riechen und schmecken Sie ganz bewußt die feinen Nuancen des Lebens.

Selbst ein schlechter Tag oder Moment scheint eine ganze Ewigkeit zu dauern, was uns als eine lästige Qual erscheint. Für viele Menschen bringt diese Qual sogar echtes Leid, was sich in Beschwerden aller Art ausdrücken kann.

Unsere Sorgen und Probleme können uns sogar richtig krank machen. Je nach persönlicher Sicht- und Verarbeitungsweise leidet der eine mehr als der andere. Es gibt Menschen mit einem „dicken Fell", die äußerst „hart im Nehmen" sind und denen nur selten einmal etwas „unter die Haut geht".

Sensible Naturen hingegen „fressen allen Kummer in sich hinein" und leiden unendlich dabei. So können zwei Menschen auf ein und dasselbe Problem völlig unterschiedlich reagieren.

Der eine sieht sein Problem eher nüchtern und nimmt alles „locker vom Hokker", während der andere vor lauter Kummer und Sorgen fast vergeht. Manchmal möchte man sich von den starken Naturen ein Scheibchen abschneiden können, nicht wahr? Ein dickeres Fell müßte man einfach haben!

Tatsächlich ist es sogar möglich, sich ein dickeres Fell zuzulegen. Menschen, die im Leben schon viel gelitten oder viele schlechte Erfahrungen gemacht haben, besitzen meist ein dickeres Fell, weil sie ihr Leben wesentlich nüchterner überblicken und sich keine unrealen Illusionen mehr machen.

In guten Tagen scheint die Zeit zu rasen, während die Zeit an schlechten Tagen kaum vorübergeht.

Aus Erfahrung werden wir Menschen klug und wir lernen daraus. Je mehr Erfahrungen, ob gute oder schlechte, wir im Leben sammeln und verarbeiten, desto routinierter verläuft unser Leben. Mit den entsprechenden Erfahrungen lassen wir uns kein X mehr für ein U vormachen. Wir wissen schließlich, wo der Hase langläuft.

Doch leider kommt im Leben oft alles ganz anders, als man denkt. Plötzlich steht man vor einem gewaltigen Problem, das Leben spielt einem übel mit. Dann hilft auch die größte Lebenserfahrung nicht mehr weiter. Eine echte Lebenskrise tut sich wie ein großer Abgrund auf und scheint uns immer mehr in die Tiefe zu ziehen.

Es scheint, als würde eine pechschwarze Wolke unser Leben überschatten und trüben. Mit völlig verklärtem Blick finden wir schließlich keinen Ausweg mehr, und unser Leben erscheint uns regelrecht aussichtslos.

Wenn ich Ihnen hier wie aus Ihrem eigenen Herzen schreibe, dann liegt dies daran, daß ich ja selbst schon diese Situation erlebt habe. Ein schwerer ärztlicher Kunstfehler mit fatalen Folgen hat mein ganzes Leben in einen tiefen Abgrund gerissen.

Mein ganzes Leben war plötzlich völlig zerstört. Ich sah keine Zukunft mehr für mich und wollte deswegen sogar mein Leben aufgeben. Erst im letzten Augenblick habe ich dann doch noch die Kurve gekriegt und mich aus eigener Kraft, die ich zuvor nie in mir vermutet hätte, aus dem Elend befreit. Die weitere Geschichte kennen Sie ja bereits.

Lassen Sie sich niemals ein X für ein U vormachen!

Auch Sie können aus eigener Kraft, selbst wenn Sie es jetzt nicht für möglich halten, Ihr Lebensruder herumreißen und Ihr Leben ganz neu gestalten. Dabei ist es völlig gleichgültig, welche Sorgen, Probleme oder Beschwerden Sie bedrücken. Ob Kummer in Liebe, Partnerschaft, Beruf, Gesundheit oder welche Beschwerden auch immer - auch Sie schaffen es, Ihren Leidensdruck aus eigener Kraft zu beenden.

Sie haben, wie alle Menschen, drei ganz lebenswichtige „Instrumente“ dazu in Ihrer Hand, die Sie nur richtig benutzen müssen. Diese drei Instrumente sind Ihr Körper, Ihr Geist und Ihre Seele.

Lernen Sie ganz einfach, diese drei Instrumente im ganzheitlichen Sinne richtig zu beherrschen und entlocken Sie dadurch Ihrem Leben ganz neue Töne. Wenn Sie dieses Buch bisher ganz aufmerksam gelesen haben, dann dürfte es Ihnen sehr leicht fallen, Ihr Leben in drei Schritten grundlegend zu verändern.

1. Schritt: Der Körper

Hören Sie auf die Signale Ihres Körpers. Wenn Sie körperliche Beschwerden haben, dann behandeln Sie diese entsprechend. Nehmen Sie Ihre Krankheitssymptome ernst und doktern Sie bitte nicht einfach selbst an Ihrer wertvollen Gesundheit herum, wenn Sie nicht die entsprechenden Fachkenntnisse besitzen.

Gönnen Sie sich Zeit und Muße, um auf die Signale Ihres Körpers hören zu können.

Lassen Sie sich medizinisch einmal richtig durchchecken und eine passende Therapie verordnen. Halten Sie sich grundsätzlich an die Therapieanweisungen ihres Arztes oder Therapeuten. Wenn Sie Medikamente nehmen müssen, dann lassen Sie sich bitte bloß nicht von den vielen eventuell möglichen Nebenwirkungen im Beipackzettel verunsichern.

Wenn Sie dennoch Fragen oder Bedenken haben, dann sprechen Sie ganz offen mit Ihrem Arzt oder Therapeuten darüber. So lernen Sie ihn auch besser kennen und schätzen und finden Vertrauen zu ihm.

Erkundigen Sie sich ganz genau, welche Begleitmaßnahmen für Sie in Betracht kommen. Bewegungstherapie? Ernährungsumstellung? Nützen freiverkäufliche Präparate und Nahrungsergänzungsmittel? Wer kann was und wo in dieser Hinsicht für Sie tun?

Lassen Sie sich bei unklaren körperlichen Beschwerden vom Arzt oder von der Ärztin Ihres Vertrauens genau untersuchen und besprechen Sie ganz offen Ihre körperlichen Probleme.

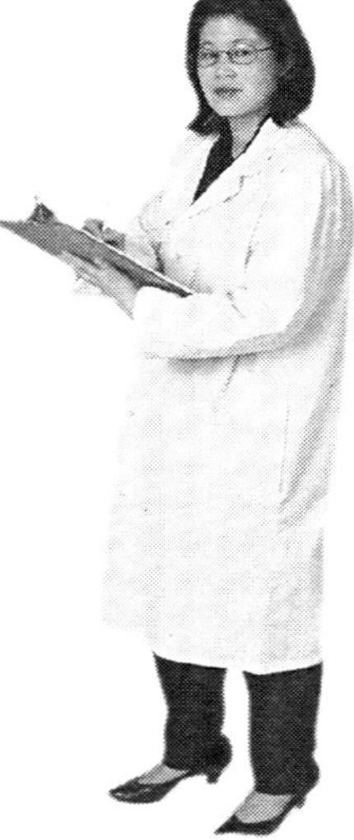

Klären Sie diese Fragen in einem persönlichen Gespräch mit Ihrem Arzt oder Therapeuten. Nennen Sie dabei ruhig auch Ihre Ängste und Befürchtungen, lassen Sie diese in der Praxis und nehmen Sie sie nicht wieder mit nach Hause. Sprechen Sie sich offen über alles aus.

Da unsere Mediziner heute leider auch immer etwas knapp in der Zeit sind, rate ich Ihnen, Ihre Fragen schriftlich zu notieren. Verlassen Sie die Praxis nicht eher, bis alle Ihre Fragen zu Ihrer Zufriedenheit geklärt sind.

Wenn Sie jedoch aus der Praxis „höflich herauskomplimentiert“ werden, dann überlegen Sie sich, ob Sie diesem Arzt oder Therapeuten künftig noch weiter Ihr Vertrauen schenken möchten. Hier geht es um Ihren Körper, um Ihre Gesundheit, und nicht um lebloses Material.

Wenn Sie einen guten Arzt oder Therapeuten suchen, der sich auch die nötige Zeit für Sie nimmt, dann erkundigen Sie sich zunächst einmal in Ihrem Bekanntenkreis. Ansonsten greifen Sie einfach zu den Gelben Seiten und suchen sich dort Ihren passenden Mediziner aus.

Guter Rat

Wenn Sie einen guten Arzt oder Therapeuten suchen, dann stellen Sie sich vorher die Frage, was Sie von ihm ganz genau erwarten. Machen Sie sich schriftliche Notizen und schreiben Sie sich alle wichtigen Fragen an den Arzt oder Therapeuten auf.

Rufen Sie dort an und stellen Sie ein paar Fragen zum Praxisablauf. Wenn Sie das Gefühl haben, daß dies eine „Fließbandpraxis“ ist oder daß man Sie unhöflich berät, dann rufen Sie die nächste Praxis an. Möglicherweise kann Ihnen auch Ihre Krankenkasse weiterhelfen.

Nehmen Sie die Beratungsdienste Ihrer Krankenkasse in jedem Falle in Anspruch, denn dafür zahlen Sie schließlich Ihr gutes Geld. Bei einer guten Krankenkasse wird man sich gerne für Sie schlau machen. Bei dem heutigen Wettbewerb dürfte es sich eigentlich keine Krankenkasse leisten, Sie mit Ihren Fragen alleine zu lassen.

Nur eines dürfen Sie niemals tun: Mißachten Sie niemals Ihre körperlichen Symptome oder tun diese als kleines Zipperlein ab. Aus kleinen Zipperlein werden nämlich schnell ernsthafte Beschwerden, die einem das Leben ganz schön schwer machen können.

Nehmen Sie körperliche Beschwerden immer ernst und machen Sie möglichst sofort einen Termin bei Ihrem Arzt aus.

Sie sollten sofort etwas unternehmen, sobald Sie sich in Ihrem Körper nicht mehr wohlfühlen. Warten Sie nicht erst darauf, daß alles von ganz alleine wieder in Ordnung kommt.

Nehmen Sie fachliche Hilfe in Anspruch, denn das ist Ihr gutes Recht - wofür Sie ja schließlich auch Ihr gutes Geld zahlen. Tun Sie alles für Ihren Körper und unterstützen Sie ihre körperlichen Funktionen mit allen Mitteln, die Ihnen zur Verfügung stehen.

2. Schritt: Der Geist

Verlassen Sie sich nicht einzig und alleine mit Ihren Sorgen und Problemen auf das Wissen oder die Hilfe anderer. Machen Sie sich auch selbst schlau über Ihre eigene Lebenssituation. Nutzen Sie Ihre geistigen Fähigkeiten und erweitern Sie Ihr eigenes Wissen über die Medien.

Es gibt viele gute Ratgeber über alle möglichen Themen. Lesen Sie mal wieder ein gutes Buch, nehmen Sie sich die Zeit für ein schönes Hobby oder schließen Sie sich einer Selbsthilfegruppe an.

Nutzen Sie die Macht des Wissens und machen Sie sich in Büchern, Zeitschriften, Zeitungen und in anderen Medien schlau.

Informationen zu allen möglichen Themen rund um Ihr Leben finden Sie in jeder gut sortierten Buchhandlung. Bei Volkshochschulen und Stadtverbänden erhalten Sie nötige Informationen über Freizeitkurse oder Selbsthilfegruppen.

Lassen Sie auf keinen Fall Ihre geistigen Fähigkeiten verkümmern, sondern fordern Sie diese so oft wie möglich. Nutzen Sie Ihren Geist, um Ihren eigenen Horizont zu erweitern. Nur wenn Sie geistig nicht auf der Stelle stehen bleiben, kommen Sie in Ihrem Leben auch immer weiter.

Die geistige Bildung sollten wir nicht allein auf unsere Schulzeit beschränken. Wir sollten in unserem ganzen Leben immer noch dazulernen und uns weiterbilden. Denn Wissen ist Macht, wie es richtig heißt. Mit unserem eigenen Wissen haben wir nämlich die Macht über unser eigenes Leben.

Je mehr wir wissen, vor allem über uns selbst und über die Zusammenhänge in unserem Leben, desto besser können wir auf alle möglichen Lebenssituationen reagieren. Bleiben Sie also geistig niemals stehen, solange Sie leben!

3. Schritt: Die Seele

Lassen Sie Ihre Seele baumeln und nehmen Sie das Wohlgefühl dabei ganz bewußt in sich auf. Anregungen für Sinnestherapien, bei denen Sie Ihre Seele so richtig schön baumeln lassen können, finden Sie in diesem Buch reichlich. Lassen Sie sich einfach fallen und streifen Sie einmal Ihren Alltag für eine gewünschte Zeit von sich ab.

Genießen ohne Reue ist Futter für die Seele.

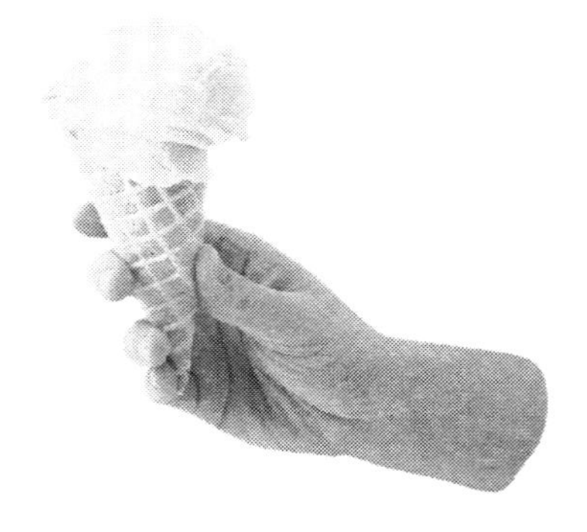

Befreien Sie sich von inneren Ängsten und Befürchtungen. Bauen Sie Ihre inneren Hemmungen langsam ab, indem Sie Gedanken wie „Das kann ich nicht“, „Ich weiß nicht so recht“ oder „Ich trau mich nicht“ einfach nicht mehr zulassen und schon gar nicht erst aussprechen.

Wenn Sie es fest wollen, dann können Sie alles schaffen, wissen Sie genau Bescheid und trauen sich auch mehr zu im Leben. Ursache aller Ängste ist nämlich das Unbekannte in uns selber. Erkunden Sie sich einfach selbst und entdecken Sie neue Möglichkeiten für Ihr Leben, indem Sie Ihre Ängste abbauen.

Bleiben Sie sich nicht länger selbst fremd und gehen Sie auf Entdeckungsreise zu Ihrem eigenen Ich. Sie lernen ganz neue Seiten an und in sich kennen, wenn Sie ihren Gefühlen öfter freien Lauf lassen.

Daran denken: Nicht nur das Auge, sondern auch die Seele ißt mit!

Am besten eignen sich für sogenannte Selbsterkundungstouren die in diesem Buch beschriebenen Sinnestherapien, die Sie allesamt ohne großen Aufwand zu betreiben anwenden können. Nutzen Sie die Wirkung dieser wunderbaren Therapien!

Schließlich möchte ich Ihnen noch einen guten Rat geben, wenn Sie in einer völlig verfahrenen Lebenskrise stecken und Sie vor lauter Sorgen und Problemen keinen Weg nach vorne mehr sehen.

Schreiben Sie einfach auf einen Zettel folgende Worte: „Ich bin stark, ganz stark!“ Lesen Sie sich diese Worte mehrfach hintereinander laut vor, so oft wie möglich, bis Sie sie regelrecht „verinnlerlicht“ haben.

Legen Sie den Zettel in Griffbereitschaft oder verwenden Sie ihn einfach als Lesezeichen für dieses Buch. Immer, wenn Sie diesen Zettel in die Hand nehmen, lesen Sie sich den Satz laut vor. Das befreit von inneren Ängsten.

Ergänzen Sie diese Worte durch ein lautes „Ja, ja, ja!“ und fühlen Sie die befreiende Wirkung. So ändern Sie ganz automatisch Ihre innere Einstellung zu sich selbst. Bejahen Sie Ihr Leben, und alles wird gut.

Stark ist nur derjenige, der sich selbst und seinen Mitmenschen gegenüber seine Schwächen eingesteht.

Seien Sie stark genug und stehen Sie zu sich selbst. Stehen Sie zu Ihren Schwächen und machen Sie das Beste daraus. Zeigen Sie Ihren Mitmenschen ruhig, nach welchem „Strickmuster“ Sie geschaffen sind. Nicht nur Ihre Stärken, sondern besonders auch Ihre Schwächen machen Sie erst richtig liebenswert. Leben Sie Ihre „Ganzheit“ mit all Ihren guten und schlechten Seiten, denn nur so können Sie auch wirklich rundum glücklich werden.

So wenden Sie die Para-Methode an

Ihr ganz persönliches Wohlfühl-Programm in allen Lebenslagen

Ob wir im Leben gesund, glücklich und rundum zufrieden sind, hängt maßgeblich von der Harmonie zwischen Körper, Geist und Seele ab. Körper, Geist und Seele stehen in enger Wechselbeziehung zueinander und zu unserer Umwelt und bilden eine wichtige Einheit, die genau das ausmacht, was wir sind: ein Individuum.

Wenn allerdings die Umgebungsbedingungen zu extrem unerträglich werden oder Störungen in diesem System selbst aufkommen, dann wirkt sich das ganz sicher auf unser allgemeines Wohlbefinden und damit auch auf unsere gesamte Lebensqualität aus.

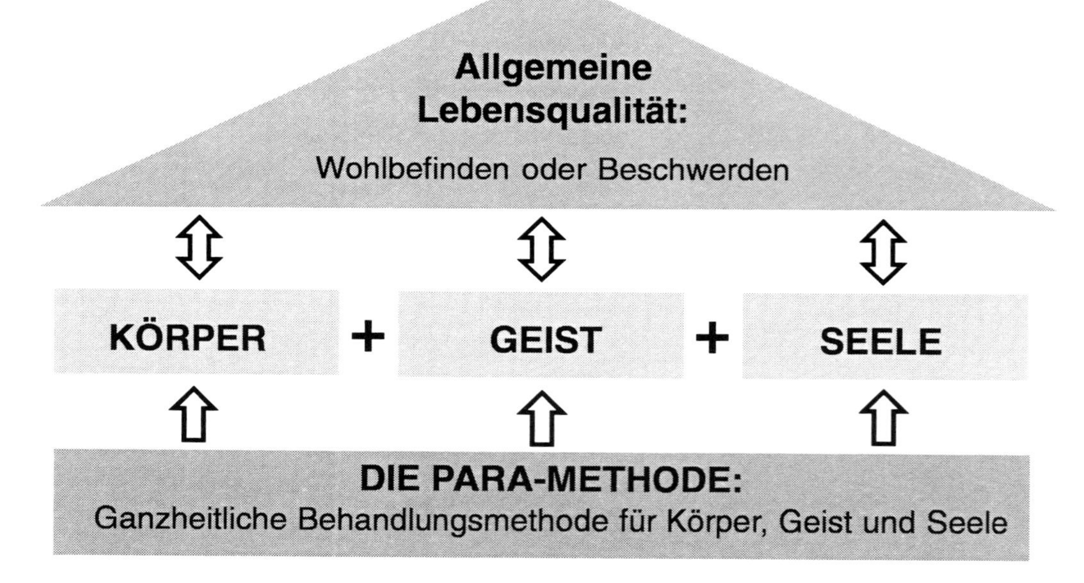

Die Para-Methode: *Die Harmonie von Körper, Geist und Seele ist entscheidend mitverantwortlich für unsere allgemeine Lebensqualität. Körper, Geist und Seele stehen in enger Wechselbeziehung zueinander und zu unserem direkten Lebensumfeld. Eine Störung dieser Harmonie löst entsprechende Probleme und Beschwerden in den verschiedenen Lebensbereichen aus. Die Para-Methode stellt eine ganzheitliche Behandlungsmethode zur Harmonisierung von Körper, Geist und Seele dar, um das eigene Wohlbefinden wiederherzustellen und damit die Lebensqualität zu steigern.*

Diese Einheit können wir als ein gut ausgeklügeltes System betrachten, das sich im Normalfall auf veränderte Umgebungsbedingungen einstellt und entsprechend reagiert.

Schlimmstenfalls beeinflussen negative Umstände in den Lebensbereichen Liebe, Beruf oder Zuhause unser Körper-Geist-Seele-System derart, daß wir sogar richtig krank davon werden können. Dabei ist es absolut gleichgültig, in welcher Ebene, ob Körper, Geist oder Seele, Störungen auftreten, es ist immer das gesamte System betroffen.

Wenn ein Mensch auf der körperlichen Ebene typische Krankheitssymptome äußert, dann geht er in der Regel zum Arzt und läßt diese dort mit entsprechenden Mitteln behandeln.

Die geistig-seelische Ebene wird bei einer schulmedizinischen Behandlung allerdings meistens vernachlässigt, obwohl sich körperliche Störungen erwiesenermaßen auch eindeutig auf diesen Bereich auswirken und dieser dementsprechend mitbehandelt werden müßte.

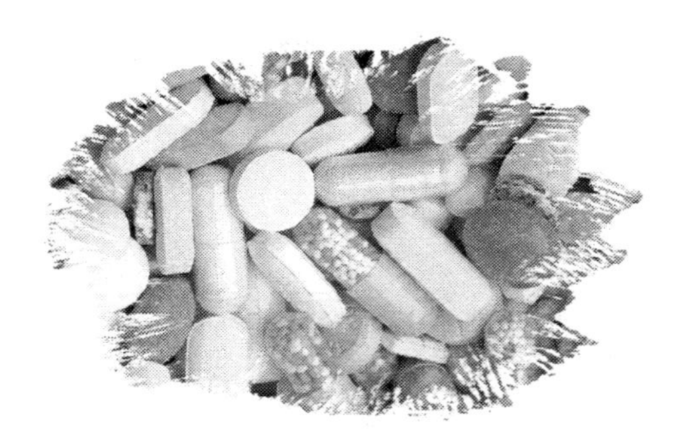

Tabletten, Kapseln und Pillen aller Art gehören zu den klassischen Behandlungsmitteln in der Schulmedizin.

Die allgemeine Medizin behandelt immer nur die jeweiligen Störungen, nicht aber die Auswirkungen auf das gesamte System von Körper, Geist und Seele. Gerade aber bei langwierigen, ernsthaften oder chronischen Erkrankungen ist eine ganzheitliche Behandlung angezeigt, die neben der körperlichen Symptombehandlung auch eine geistig-seelische Unterstützung bietet.

Doch leider können wir von den meisten Medizinern eine ganzheitliche Behandlung nicht erwarten, weil diese sich beruflich nur auf körperliche Beschwerden spezialisiert haben. Geist und Seele bleiben bei einer schulmedizinischen Therapie daher leider auf der Strecke.

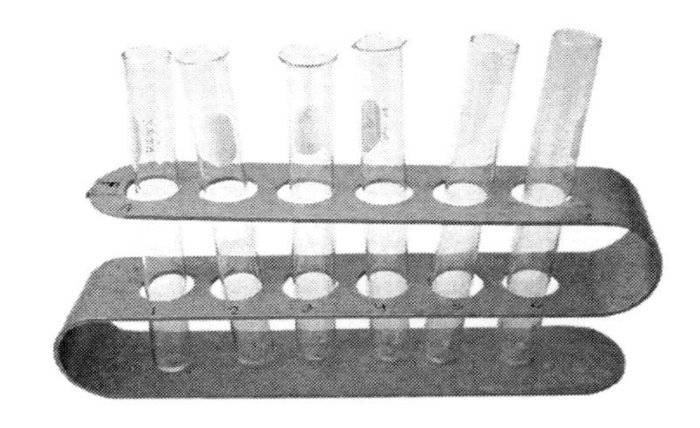

Die klassische Medizin kennt zwar raffinierte Untersuchungsmethoden; bei der Behandlung von körperlichen Beschwerden werden aber Geist und Seele meistens vernachlässigt.

Genau hier bietet die Para-Methode eine ideale Hilfe. Die Para-Methode versteht sich als eine übergreifende Methode, die verschiedene Therapieformen als Ergänzung zur klassischen Medizin zu einer ganzheitlichen Behandlungsmethode vereinigt.

Die Para-Methode aktiviert in besonderem Maße die Sinne und unterstützt damit in erster Linie die geistig-seelischen Funktionen, die bei einer schulmedizinischen Behandlung leider nur selten berücksichtigt werden.

So kann eine schulmedizinische Körperbehandlung durch die wunderbare Para-Methode sinnvoll ergänzt und begleitende geistig-seelische Störungen wirksam therapiert werden.

Die Para-Methode eignet sich jedoch nicht nur als Begleitbehandlung zu medizinischen Therapien bei rein körperlichen Beschwerden, sondern besonders auch als eine eigenständige Therapie der Sinne, die bei allen möglichen Problemen und Beschwerden Hilfe leistet.

Die Para-Methode ist eine individuelle Kombination von verschiedenen Sinnestherapien, die auf Ihre jeweiligen Bedürfnisse und Veranlagungen angepaßt werden kann. Ihre persönlichen Vorlieben und Ihre individuellen Möglichkeiten entscheiden darüber, wie Sie Ihre eigenen Probleme in Angriff nehmen möchten.

Die sensationelle Para-Methode schenkt Ihnen wieder neue Lebensfreude. Ist das nicht ein Grund zum Feiern?

Die Para-Methode macht Ihnen keine strengen Behandlungsvorschriften. Ganz im Gegenteil: Hier entscheidet einzig und alleine Ihr Spaß und Ihre Freude über die in Frage kommenden Therapieformen. Die Para-Methode ist kein lästiges Muß, sondern eine ganz spezielle Sinnestherapie, die Ihrem Leben neue Freude vermitteln soll.

Mit der Lebensfreude kehrt auch ganz automatisch Ihr persönliches Wohlbefinden wieder zurück. Mit der Para-Methode entdecken und aktivieren Sie Ihre in Ihrem Unterbewußtsein verborgenen Energien, die Ihnen das Tor zu einer deutlich besseren Lebensqualität eröffnen.

Mit Hilfe der Para-Methode können Sie Ihr Leben mit der Leichtigkeit von Luftballons meistern lernen.

Viele Menschen schlucken tagtäglich Medikamente in der Hoffnung, daß sie dadurch ihr Wohlbefinden und damit ihre Lebensqualität steigern. Aber leider behandeln fast alle Medikamente Beschwerden immer nur an der Oberfläche, nämlich nur die körperlichen Symptome.

Für eine optimale Lebensqualität und ein ideales Wohlbefinden muß aber auch die geistig-seelische Ebene gezielt mitbehandelt werden. Denn Probleme und Beschwerden, egal welcher Art, betreffen immer das gesamte Körper-Geist-Seele-System.

Eine Therapie, die jedoch nur einen Teil dieses Systems berücksichtigt, ist nur in den seltensten Fällen wirklich hilfreich. Erst eine Rundum-Therapie des Ganzen verspricht letztlich auch den gewünschten Erfolg.

Die Para-Methode hilft Ihnen, Ihre Sorgen, Probleme und Beschwerden zunächst genau auszuloten, um diese schließlich auch zielsicher behandeln zu können. Zuerst sollten Sie Ihre persönlichen Störfaktoren im Leben auffinden, indem Sie eine ausführliche Bilanz Ihres Lebens anfertigen (siehe Kapitel 6).

Fragen Sie sich, was Sie in Ihrem Leben stört, was Sie gerne ändern möchten und können. Was ist Ihr Lebensziel? Wie können Sie es erreichen? Selbstverständlich können Sie jetzt Ihren ganz persönlichen Lebensplan erstellen und alles schriftlich fixieren, was sicher nicht verkehrt ist.

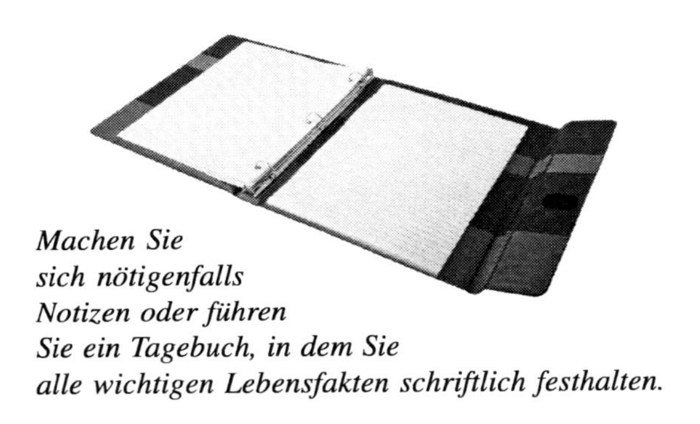

Machen Sie sich nötigenfalls Notizen oder führen Sie ein Tagebuch, in dem Sie alle wichtigen Lebensfakten schriftlich festhalten.

Aber bedenken Sie bitte, daß im Leben vieles anders kommt, als Sie es sich wünschen oder vorstellen. Viele Einflüsse auf unser Leben, zum Beispiel ein Unfall oder der Tod eines nahestehenden Menschen, sind nicht plan- oder vorhersehbar.

Ein solcher Schicksalsschlag trifft uns so hart, daß wir in ein tiefes Loch fallen können, wodurch unser Lebensfluß stark eingeschränkt wird.

Wer nur Gutes im Leben erfährt, der sollte sich trotzdem auch seine Gedanken über schlechtere Zeiten machen und sich für alle Eventualitäten wappnen. Ein Sprichwort drückt diese Situation besonders deutlich aus: „Wer hoch fliegt, der kann auch tief fallen!"

Bleiben Sie also bitte möglichst flexibel, um auch auf unvorhergesehene Lebensereignisse angemessen reagieren zu können. Betreiben Sie die nötige Vorsorge und sichern Sie die guten Seiten in Ihrem Leben ab.

Für fast jeden Lebensbereich gibt es gute Vorsorgemöglichkeiten: für die Partnerschaft, für den finanziellen und beruflichen Bereich und vor allen Dingen für die Gesundheit. Denn Vorsorgen ist immer noch besser, als hinterher zu jammern, nicht wahr?!

Guter Spruch

Gesundheit ist nicht alles im Leben. Aber ohne Gesundheit ist im Leben alles nichts.

Welche Sorgen und Probleme Sie auch immer haben, versinken Sie nicht in Selbstmitleid. Dadurch verklären Sie nur Ihren eigenen Blick für mögliche Lösungen und hemmen Ihre wertvolle Energie, die Sie aus Ihrem Dilemma hinausführen kann.

Gehen Sie mit sich selbst ins Gericht und ziehen Sie Ihre persönliche Lebensbilanz. Vielleicht hilft Ihnen zunächst ein Gespräch mit einem nahestehenden Menschen, Ihre eigene Lebenslage besser einzuschätzen. Erst wenn Sie genau wissen, wo Ihre Probleme liegen und was deren Ursache ist, dann können Sie Ihre persönliche Strategie zur Problembewältigung entwickeln.

3 Schritte zum Erfolg

1. Ziehen Sie Ihre persönliche Lebens-Bilanz (siehe Kapitel 6).

2. Testen Sie bitte unbedingt die 10 wunderbaren Sinnestherapien (siehe Kapitel 7).

3. Stellen Sie schließlich daraus Ihr persönliches Wohlfühl-Programm zusammen.

Aus eigener Erfahrung kann ich Ihnen nur dringend dazu raten, sich die geringe Mühe zu machen und Ihre persönliche Lebensbilanz zu ziehen. Einen neuen Anfang im Leben können Sie nämlich nur dann angehen, wenn Sie die Vergangenheit entsprechend aufarbeiten. Und das gelingt am besten mit einer schriftlichen Lebensbilanz, in der Sie die „Schattenseiten" Ihres bisherigen Daseins einmal ganz gründlich durchleuchten.

Zögern Sie nicht und schreiben Sie einfach einmal alles auf, was Sie an Ihrem Leben stört.

Probieren Sie anschließend selbst unbedingt die 10 Sinnestherapien aus diesem Buch in Kapitel 7 einmal aus und entdecken Sie die unglaubliche (Heil)Kraft, die in diesen simplen Methoden steckt. Spüren Sie am eigenen Leibe und mit allen Sinnen die Wohltat dieser unkomplizierten Therapieformen.

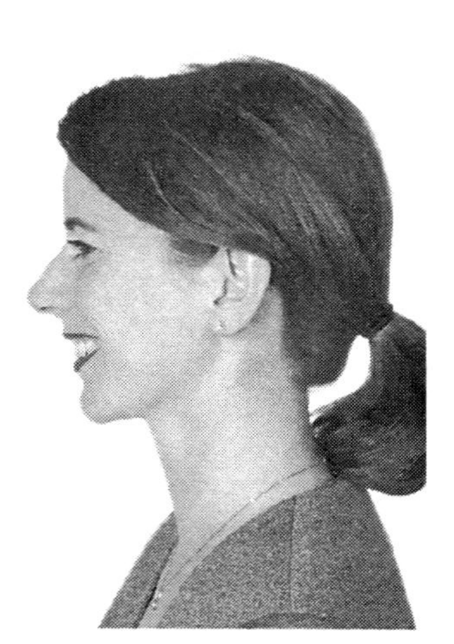

Genießen Sie mit allen Sinnen die pure Wohltat der einmaligen Para-Methode und erfreuen Sie sich an der tollen Wirkung.

Finden Sie heraus, welche dieser Therapien Ihnen am meisten Spaß und Freude bereiten und binden Sie diese schließlich in Ihren Alltag ein. Stellen Sie sich Ihr persönliches Wohlfühl-Programm aus Ihren Lieblings-Sinnestherapien zusammen.

Alle in diesem Buch genannten Vorschläge sind sehr einfach zu befolgen und lassen sich ohne großen Aufwand Ihrem persönlichen Lebensrhythmus anpassen. Lassen Sie Ihr Gefühl entscheiden, welche Therapie Sie wann und wieoft bevorzugen.

Beleben und erfrischen Sie Ihren Alltag mit Ihrem persönlichen Wohlfühl-Programm und lernen Sie dadurch sich selbst und die Zusammenhänge in Ihrem Leben besser kennen. So können Sie ganz gezielt die Störfaktoren in Ihrem Leben aufspüren und diese schließlich treffsicher beseitigen.

Das Entscheidende an Ihrem persönlichen Wohlfühl-Programm ist Ihre Freude daran. Im Gegensatz zu vielen anderen Therapien sollen Sie sich hier nicht mühsam aufraffen, um Ihre Übungen streng nach Vorschrift zu absolvieren.

Guter Rat

Gönnen Sie sich mal wieder etwas ganz Besonderes. Vielleicht einen neuen Lippenstift, oder ein neues Make-Up, oder ein neues Parfum, ein neues Kleid, einfach irgendetwas, was Ihnen eine große Freude bereitet. Verwöhnen Sie sich mal wieder selbst. Sie haben es sich ganz sicher verdient!

Es gibt schon genügend Vorschriften und Regeln in Ihrem Leben, die Sie wohl oder übel einhalten müssen. Ihr persönliches Wohlfühl-Programm soll Sie hingegen von solchen belastenden Zwängen und deren Auswirkungen befreien.

Es soll Ihre eigene Lebens-Kreativität wecken und steigern, damit Sie aus eigener Kraft neue Wege in Ihrem Leben finden können. „Wo ein Wille ist, da ist auch ein Weg", heißt es richtig.

Setzen Sie Ihre eigenen Bedürfnisse verstärkt gegen die ungeliebten Verpflichtungen des Alltags durch. Wer mehr nach seinen Gefühlen lebt, der ist schließlich auch den Anforderungen des Alltags besser gewachsen. Leben Sie daher mehr aus dem Bauch heraus und spüren Sie dadurch das aufkeimende positive Lebensgefühl in Ihnen.

Lassen Sie sich nicht mehr länger willenlos durch Ihr Leben treiben, sondern nehmen Sie das Ruder selbst in die Hand. Leben Sie bewußter und genießen sie die schönen Momente in Ihrem Leben.

Mit Ihrem eigenen Wohlfühl-Programm aktivieren Sie Ihre inneren Kräfte und Energien, um Ihr Leben zum Positiven zu wenden. So schaffen Sie sich ganz gezielt schöne Momente, die Ihr bislang ödes Leben regelrecht aufpeppen. Gönnen Sie sich Ihr ganz persönliches Wohlfühl-Programm, denn Sie haben es sich verdient!

In diesem Buch haben Sie nun die Grundlagen für Ihr ganz persönliches Lebensglück kennengelernt. Wenn Sie anfangs auch noch etwas zögern, meine Ratschläge in die Tat umzusetzen, dann liegt dies wohl auch daran, daß der Mensch üblicherweise Neues grundsätzlich kritisch betrachtet oder gar scheut.

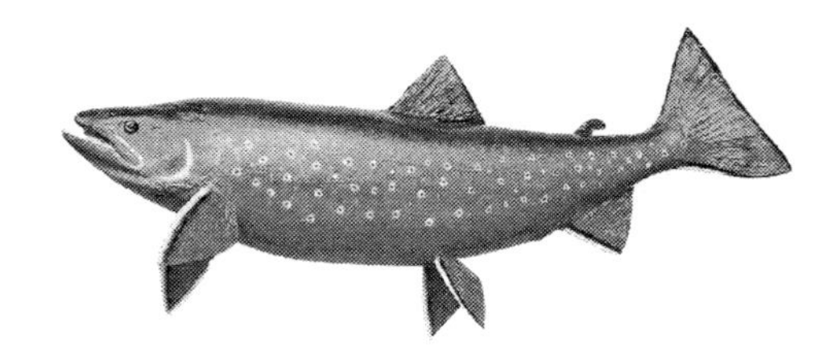

Fühlen Sie sich wohl wie ein Fisch im Wasser!

Fühlen Sie sich daher von mir „wie ins kalte Wasser geschubst" und beginnen Sie mit der Umsetzung der Para-Methode. Lernen Sie, sich wie ein „Fisch im Wasser" wohlzufühlen, indem Sie sich nicht länger scheuen, Ihre Sorgen und Probleme in Angriff zu nehmen. Machen Sie noch heute Schluß mit Ihrem alten Trott und beginnen Sie Ihr neues Leben!

Zum guten Schluß

Oder: Ende gut, alles gut!

Noch ein Wort zum guten Schluß. Sie haben dieses Buch gekauft, weil Sie sich davon eine besondere Hilfe in Ihrem Leben versprechen. Stecken Sie jedoch jetzt nicht alle Hoffnungen und Erwartungen in dieses Buch, das ja lediglich nur aus bedrucktem Papier besteht, sondern sehen Sie dieses Buch mehr als eine Art Betriebsanleitung zu einem neuen Anfang.

Kein Buch dieser Welt wird Ihr Leben verändern. Aber das geschriebene Wort darin kann ein Anstoß zu einem neuen Leben sein.

Nicht dieses Buch wird Ihr Leben verändern, sondern Sie selbst haben die Fäden dazu in Ihren Händen. Ihre Erwartungen und Hoffnungen können nur Sie selbst aus eigener Kraft realisieren. Einen Anstoß dazu kann Ihnen dieses Buch geben.

Dieses Buch hat ganz gewiß nichts mit Hokuspokus zu tun, aber dennoch können Sie am eigenen Leibe die wunderbare Magie der hier vorgeschlagenen Sinnestherapien verspüren. Erleben Sie, wie Sie mit Hilfe dieser einfachen Sinnestherapien Ihr Leben wie mit magischen Kräften regelrecht verwandeln.

Sehen Sie dieses Buch bitte als eine Anleitung, die Ihnen verschiedene Wege aufzeigt, wie Sie Ihr Leben selbst in die Hand nehmen können. Dieses Buch soll Sie motivieren, Ihr eigenes neues Lebenskonzept zu kreieren.

Was Sie letztlich aus Ihrem Leben machen, ist Ihre freie Entscheidung. Verlassen Sie sich daher niemals auf übertriebene Versprechungen oder auf irgendwelche Wundermittelchen, wenn Sie in Ihrem Leben etwas ändern wollen.

In allgemein schlechten Zeiten schießen gerade sogenannte Lebenshilfen oder angebliche Wundermittelchen wie Pilze aus dem Boden, die es allesamt nur auf eines abgesehen haben: nämlich auf Ihr gutes Geld und keineswegs auf Ihr persönliches Wohlergehen. Nur Sie selbst können aus eigener Kraft Ihr Leben in die eigenen Hände nehmen.

Mit diesem Buch verspreche ich Ihnen keine Wunderwirkungen, denn das Wunder steckt in Ihnen selbst. Ich will Ihnen hiermit Mut zusprechen und Ihnen verschiedene Möglichkeiten aufzeigen, den Weg zu Ihrem eigenen Wunder, einem wunderbaren Leben, zu finden.

Meine Vorschläge in diesem Buch sind keine Erfolgsrezepte. Der Erfolg kommt nämlich aus Ihnen selbst, tief aus Ihrem Inneren. Dieses Buch soll Sie dazu motivieren, auf die Suche nach Ihrer persönlichen Erfolgsstrategie für Ihr Leben zu gehen. Es soll in Ihnen alle Kenntnisse und Fähigkeiten, Ihre persönliche Begabung, wekken, damit Sie daraus Ihre ganz persönliche Lebensstrategie entwickeln können. Denn erst dann, wenn Sie Ihre eigenen Kenntnisse und Fähigkeiten wirklich gut kennen und beherrschen, können Sie diese auch sinnvoll für sich einsetzen und entsprechend nutzen.

Viele Menschen vergeuden leider ihre wertvollen Kenntnisse, ihre nützlichen Fähigkeiten und ihre einzigartige Begabung, indem sie sie im Leben nicht sinnvoll einsetzen. Dadurch lassen diese Menschen die größten Chancen ihres Lebens einfach ungenutzt an sich vorübergehen, ohne sich dessen bewußt zu sein.

Machen Sie sich Ihre Kenntnisse und Fähigkeiten und Ihre individuelle Begabung bewußt und entwickeln Sie damit Ihr eigenes Lebenskonzept. Stellen Sie sich Ihr Leben wie ein großes Schiff vor, und Sie sind der Kapitän.

Solange Sie Ihr Schiff durch unbekannte Gewässer treiben lassen, solange werden Sie auch immer unbekannten Gefahren ausgesetzt sein und können daher nicht zielsicher in den Hafen des Glücks einfahren.

Erst wenn Sie das Ruder selbst in die Hand nehmen, dann können Sie auch Ihren Zielhafen bewußt ansteuern. Nutzen Sie Ihre persönlichen Kenntnisse und Fähigkeiten und Ihre einmalige Begabung als Ihr Ruder, um damit Ihre eigenen Lebensziele anzusteuern.

Dabei ist es immer besser, auf Ihrem Weg durch das Leben lieber immer erst kleinere Ziele anzusteuern, die Sie schließlich zu Ihrem großen Lebensziel bringen. Wenn Sie sich nämlich nur ein einziges sehr weit entferntes Ziel im Leben setzen, dann kann es sehr leicht passieren, daß Sie im großen Ozean den Überblick verlieren und sich so in Ihrem Leben grob verirren.

Daher sollten Sie auf Ihrer Fahrt durch den großen Ozean lieber mehrere Zwischenziele ansteuern, um dort kurz vor Anker zu gehen und Proviant sowie neue Energien für die weitere Fahrt zu tanken. Und so gelangen Sie von Zwischenstop zu Zwischenstop ganz sicher zu Ihrem gewünschten Ziel.

Steuern Sie Ihr Schiff zielsicher durch´s Leben!

Für Ihr Leben bedeutet das, daß Sie lieber in kleinen und sicheren Schritten Ihr Lebensziel verfolgen sollten, anstatt zu große Sprünge zu machen, wobei Ihnen leicht der Atem ausgehen kann. Kraft- und mutlos verlieren Sie dann schnell den weiteren Überblick und geraten dadurch leicht in Verwirrung.

Wenn Sie sich also ein Lebensziel setzen, dann achten Sie auch bitte darauf, daß Sie die nötigen Zwischenstationen einlegen, damit Sie im Leben nicht untergehen. Nehmen Sie sich die nötige Zeit für Ihr Lebensziel, denn das Glück kann man nicht bezwingen. Rom ist ja auch nicht an einem Tage gebaut worden.

Wenn Sie nun in einer völlig verfahrenen Lebensituation stecken, dann müssen Sie zunächst Ihren derzeitigen Standort genau auskundschaften. Ziehen Sie einen Strich unter Ihr bisheriges Leben und ziehen Sie Bilanz.

Erkennen Sie selbst die bisherige falsche Richtung in Ihrem Leben, indem Sie Ihr wirkliches Leben mit Ihren persönlichen Vorstellungen vergleichen. Je größer Ihnen die Abweichungen erscheinen, desto stärker müssen Sie Ihre neue Lebensroute korrigieren.

Und dazu können Sie nur Ihre eigenen Kenntnisse und Fähigkeiten einsetzen, die Ihnen als nötige Energie wie eine Art Treibstoff dienen. So können Sie schließlich Ihre persönlichen Ziele im Leben ansteuern.

Hindernisse, die sich Ihnen auf Ihrer neuen Lebensroute in den Weg stellen, können Sie mit einer positiven Sichtweise wesentlich entschärfen oder sogar beseitigen. Sie kennen sicher das Beispiel vom halbvollen oder halbleeren Glas.

Es liegt ganz an Ihnen, wie Sie Ihr Leben betrachten und dementsprechend empfinden. Versuchen Sie einfach möglichst immer Ihr Leben aus einem positiven Blickwinkel zu betrachten, dann wird Ihnen alles viel leichter fallen.

So mußte ich damals nach einem schweren ärztlichen Kunstfehler meine Ernährungsweise drastisch umstellen und mich hauptsächlich von glibberigem Haferschleim und klebriger Ballaststoffpampe ernähren. Wenn ich nur an dieses eklige Geglibber und Geschmiere dachte, wurde mir schon speiübel.

Also aß ich nur noch so wenig, daß ich zum Hungerhaken abmagerte und dadurch noch meine letzten Energiereserven zusehends abbaute. Doch durch eine positive Sichtweise änderte sich schließlich mein ganzes Leben.

Auch heute ernähre ich mich gesundheitsbedingt immer noch vornehmlich von Haferflocken und speziellen Ballaststoffen, aber ich kreiere mir daraus feine Köstlichkeiten wie „Soupe à la Crème“ aus zarten Haferflocken oder „Bunter Ballasto-Mix“ in den unterschiedlichsten Geschmacksrichtungen.

Sicher ist es immer noch die gleiche Glibberangelegenheit wie damals, aber meine positive Sichtweise hat mein inneres Verhältnis zu dieser Ernährungsweise grundlegend geändert. Inzwischen habe ich sogar tatsächlich etliche schmackhafte Rezepte aus denjenigen Zutaten, aus denen ich einst nur meine schleimige Pampe zubereiten konnte, entwickelt.

Manchmal muß man eben zweimal oder dreimal oder öfter hingucken, um die positiven Seiten und damit die Schönheit des Lebens zu erkennen. Ich wünsche Ihnen jedenfalls von ganzem Herzen, daß Sie Ihre ganz persönliche Schönheit des Lebens entdecken und das beste für sich daraus machen werden. Alles Gute auf Ihrem Weg zu einem neuen Leben,

Ihre Vanessa Halen

12 wunderbare Karten zur Farbtherapie(1)

Bitte schneiden Sie die nebenstehenden Karten einfach einzeln aus und malen Sie anschließend die Kreise entsprechend den Zahlenangaben aus. Verwenden Sie für jeden Kreis die Farbe, die der jeweiligen Farbe zugeordnet ist:

1 = Blau
2 = Grün
3 = Gelb
4 = Rot

Das funktioniert so einfach wie „Malen nach Zahlen“. Zum Ausmalen eignen sich am besten Filzstifte in kräftigen Farbtönen.

Wählen Sie für Blau ein leuchtendes Meerblau, für Grün ein sattes Grasgrün, für Gelb ein strahlendes Sonnengelb und für Rot ein kräftiges Feuerrot. Die richtigen Farben entsprechen übrigens denen des farbigen Covers dieses Buches.

Im Kapitel 7 dieses Buches finden Sie ab Seite 59 eine genaue Anleitung zur Verwendung dieser wunderbaren Farbkarten.

Lebenskraft

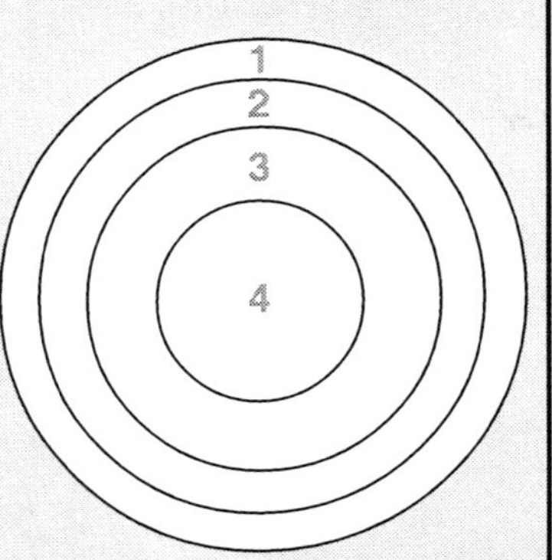

Situation: Erschöpfung
Der Weg: Energieaufbau
Das Ziel: Kraft, Vitalität, Mut

Lebensfreude

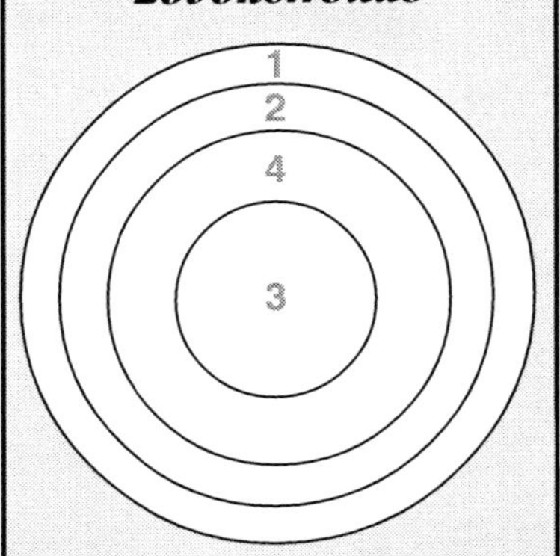

Situation: Trauer, Depression
Der Weg: Erheiterung
Das Ziel: Freude, Fröhlichkeit

Erneuerung

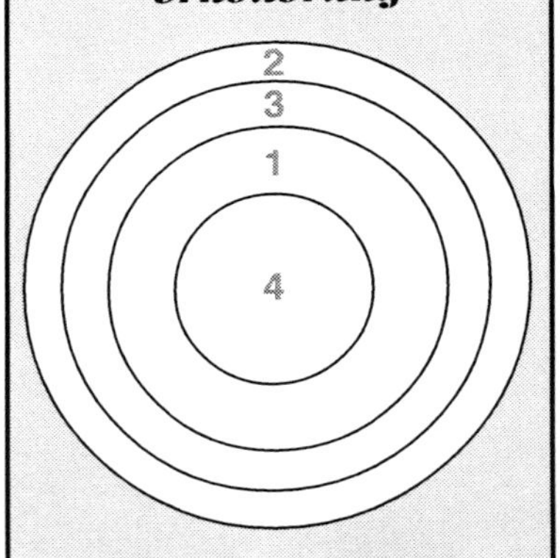

Situation: Gleichgültigkeit
Der Weg: Sinne schärfen
Das Ziel: Durchblick

Kreativität

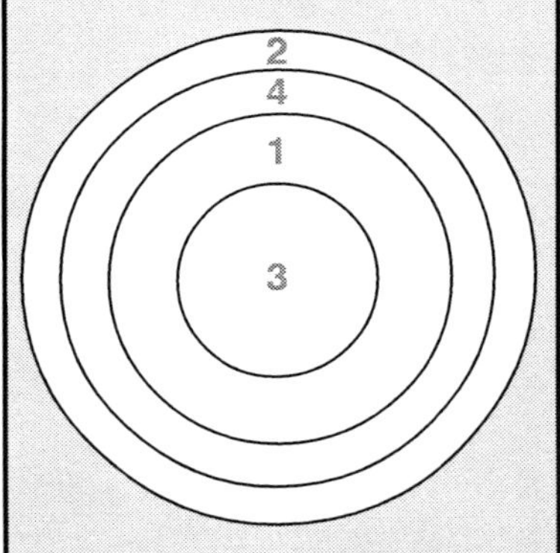

Situation: Geistige Leere
Der Weg: Inspiration
Das Ziel: Ideenreichtum

Leidenschaft

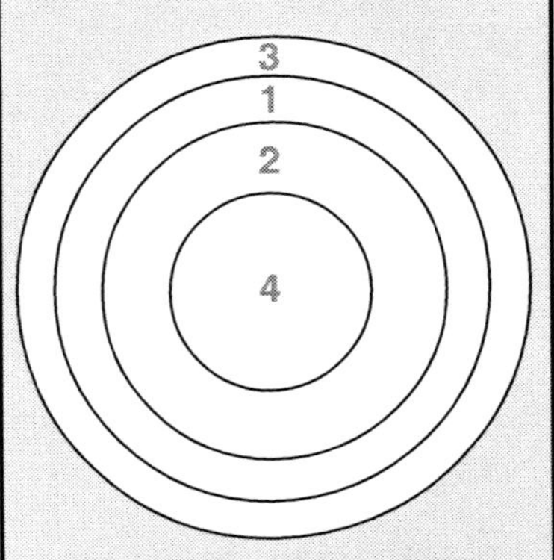

Situation: Lustlosigkeit
Der Weg: Anregung
Das Ziel: Gefühlsaktivierung

Erleuchtung

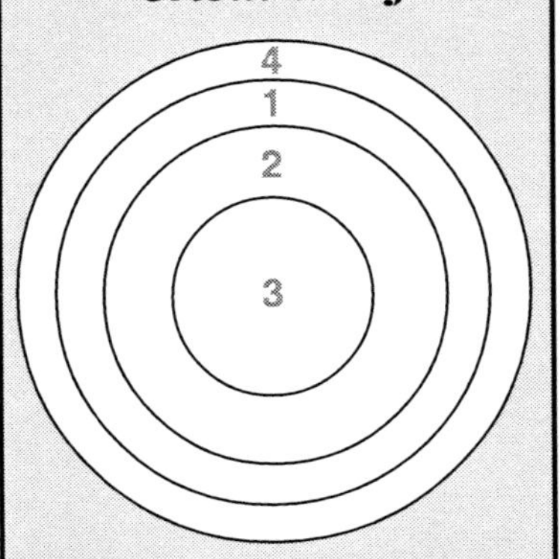

Situation: Innere Hemmungen
Der Weg: Geistige Stimulation
Das Ziel: Optimismus

12 wunderbare Karten zur Farbtherapie(2)

Bitte schneiden Sie die nebenstehenden Karten einfach einzeln aus und malen Sie anschließend die Kreise entsprechend den Zahlenangaben aus. Verwenden Sie für jeden Kreis die Farbe, die der jeweiligen Farbe zugeordnet ist:

1 = Blau
2 = Grün
3 = Gelb
4 = Rot

Das funktioniert so einfach wie „Malen nach Zahlen“. Zum Ausmalen eignen sich am besten Filzstifte in kräftigen Farbtönen.

Wählen Sie für Blau ein leuchtendes Meerblau, für Grün ein sattes Grasgrün, für Gelb ein strahlendes Sonnengelb und für Rot ein kräftiges Feuerrot. Die richtigen Farben entsprechen übrigens denen des farbigen Covers dieses Buches.

Im Kapitel 7 dieses Buches finden Sie ab Seite 59 eine genaue Anleitung zur Verwendung dieser wunderbaren Farbkarten.

Ordnung

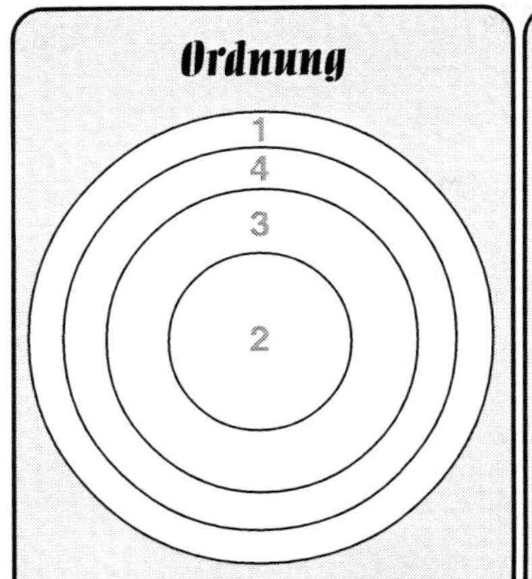

Situation: Verwirrtheit
Der Weg: Ballast abwerfen
Das Ziel: Innere Reinigung

Entspannung

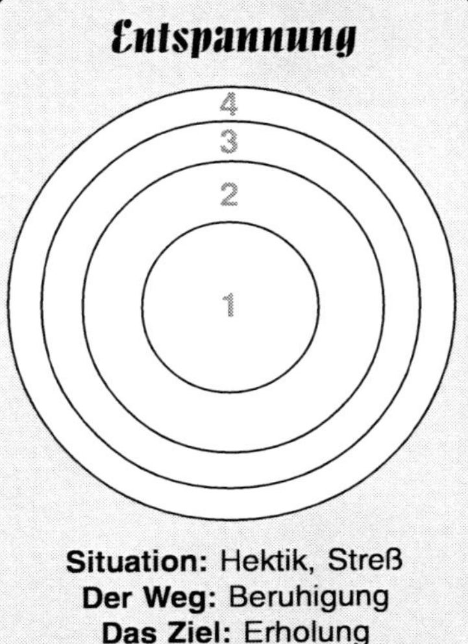

Situation: Hektik, Streß
Der Weg: Beruhigung
Das Ziel: Erholung

Harmonie

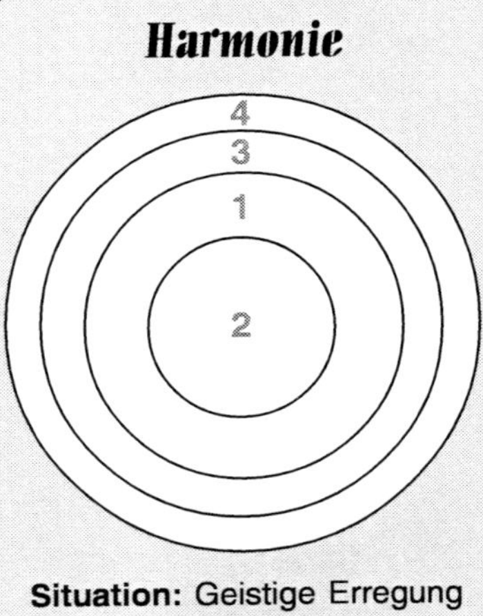

Situation: Geistige Erregung
Der Weg: Ausgleichen
Das Ziel: Ausgewogenheit

Konzentration

2
4
3
1

Situation: Unkontrolliertheit
Der Weg: Gedanken sortieren
Das Ziel: Intuition

Selbstvertrauen

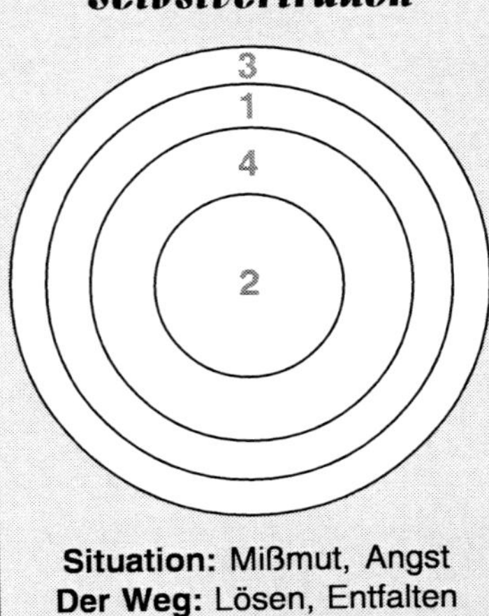

Situation: Mißmut, Angst
Der Weg: Lösen, Entfalten
Das Ziel: Geistige Befreiung

Gelassenheit

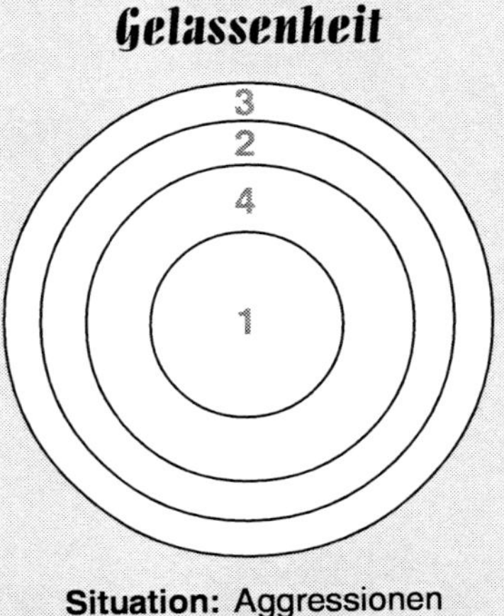

Situation: Aggressionen
Der Weg: Gefühle stabilisieren
Das Ziel: Selbstbeherrschung